目錄｜Contents

《莊子，從心開始》序

他這麼活過他的一生，留下一本書，《莊子》。這本書影響了陶淵明的一生，影響了李太白的一生，影響了白居易的一生，影響了蘇東坡的一生。唐玄宗下詔稱此書為《南華真經》，尊莊子為南華真人。清初名評論家金聖歎，評定這本書是「天下第一才子書」。

才子必讀，欲成才者必讀。如果你醉心於技進於道、技道合一的職人文化，追本溯源，請讀《莊子》。如果你不想成材、不想在優勝劣敗的競走中疲憊一生，也請讀《莊子》。如果想處於才與不才之間、想在人生的驚濤駭浪間存活、無傷，更鍊就日益精進的乘御之力，就請打開《莊子》。

「福輕乎羽，莫之知載。禍重乎地，莫之知避。」（《莊子．人間世》）

莊子所處的戰國時代，平民百姓能擁有的福份比羽毛還要輕薄，飄忽不定，不知道要怎樣才能承接、擁有；可是災難禍患卻比山河大地還要沈重，想要閃避卻不知道有什麼方法能全身而退。當時，一次戰爭裏被斬首、殺害的士卒多達數萬、數十萬人。

而莊子，就在這麼個布滿羅網、暗藏凶器的時代社會裏，擔任一個小小漆樹園的，小小吏。

必須承受、最能感受時代之傷的，莫過於金字塔底層。

是戰國中期的莊子，也是當代的你我。

蕭條異代都同樣湧動著如風浪翻滾、層出不窮的普世之傷。

與莊子為友，在李白之後、東坡之後，在詩人、哲人、職人與成千上萬因此改變姿勢、意識與用情的人們之後，你我都將在與莊子同遊的韶光中，擁有更輕靈的身體、更安定的心地，返本歸根，活出生命的無限可能。

本書雛形是二〇一四年開設於臺大《莊子》專書課的課堂講錄，經秋歷冬陪同學子逐字逐句讀完莊子親筆內七篇中的前三篇〈逍遙遊〉、〈齊物論〉、〈養生主〉，而莊周在此中斷續鋪陳、輻輳的三個主題：姿勢、意識與感情，也將在逐字逐句的講解中豁然胸次。並增添體驗古典單元，使更能活用於日常。——你會發現，原來只要把注意力收回自身，心就可以不煩、不亂、不痛。原來只要掌握正確的姿勢原則，身體竟可以如此輕靈放鬆。原來感情可以不執著、不陷溺，只要懂得深情而不滯於情。原來身心的安定，是面對混亂的時代最有力量的武器。為使學習者易於掌握《莊》學大旨，將〈逍遙遊〉、〈齊物論〉、〈養生主〉各分為三、五、五章，各章下依長度略分小節。

從二〇〇七年到二〇一六年，這門課我已經講了十八輪。聽的人裏面，有文學院、法學院、社會科學院，有學農學、理學、醫學的，還有學工的、學電機資訊的、學管理的；有剛考上大學十八歲的年輕人，有就讀研究所的，有從事身體技術相關教學的大學教授，也有堂堂都來旁聽的家庭主婦，或短期來臺旅遊期間特意前來聽講數堂的外地旅客；有臺灣的、中國大陸的、也有外國的；部份講題，還在講座上、廣播中講過。在二〇一四年的那個學期，隨堂助理帶領幾位同學替我錄音整理成電子文本，就是現在這份課堂講錄的雛形。之後幾經增添修訂，外加兩個信有助於生活實踐的【體驗古典】單元，完成這本《莊子，從心開始》。

深度託付論文，典雅且寄予詩。如果要我用最簡單的語言來說莊子，我會說這是一門教人即便在亂世裏、逆境中仍能放鬆心身的學問。所以選擇用最淺顯曉暢的語言、最契近生活的事例，讓學習者彷彿就在與莊子閒聊之間，已然了解莊子、懂得莊子、體會莊子，並自然感受到：原來莊子與自己，只有一個轉身的距離。

時局板蕩，曖昧天光，半部《論語》治天下，半部《莊子》治身心，正是時候，好好讀《莊子》。

逍遙遊

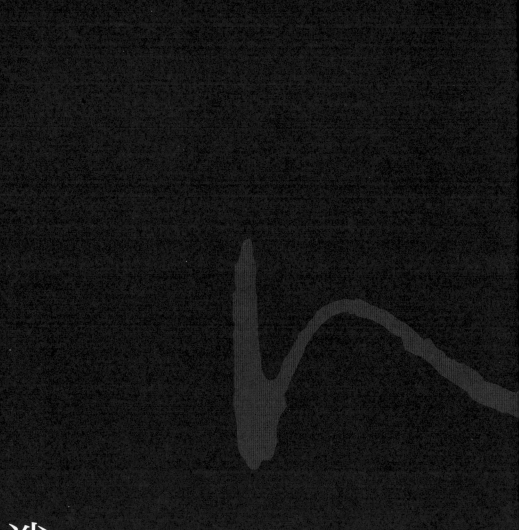

逍遙遊——壹

北冥有魚

設定怎樣的人生目標
才能幸福逍遙？

林徽因在不能跟徐志摩在一起之後曾經感慨，覺得人只是上帝手中的一枚棋。如果你們跟林徽因不一樣，都是自己生命的主宰，你希望這輩子是逍遙遊，還是水深火熱？我想，我們都會選擇逍遙遊。所以莊子在全書第一篇就講出所有人類的人生目標——我們都好希望好快樂地過一輩子，而莊子安排第一個出場的角色是「大鵬」。

其正色邪——
標竿典範，誰說了算？

要知道大鵬是怎樣的一隻鳥，最好的辦法就是跟牠一起飛。也許，你會覺得很奇怪，不知道牠為什麼要一直飛，大鵬飛行的目的是什麼？〈關雎〉是《詩經》第一篇，「關關雎鳩，在河之洲。窈窕淑女，君子好逑」。「關關」是摹寫鳥叫聲，公鳥叫一聲「關」，母鳥就應和一聲「關」，這樣的開頭不是很浪漫嗎？大凡小說、戲劇、漫畫要吸引人，就是要有愛情、有熱血、有反派，為什麼莊子就這麼不懂抓住觀眾的心？才開始就只看見一隻大鵬鳥孤零零地在那裏飛啊飛。或許莊子要寫的就是我們生命的本質吧，一個人長跑，孑然一身。一個人的長跑可能是我們一生的樣子，而孑然一身可能是我們來到世界跟離開世界，最初跟最後的樣子，所以就別怪大鵬鳥是單飛了。

北冥有魚，其名為鯤，鯤之大，不知其幾千里也。化而為鳥，其名為鵬。鵬之背，不知其幾千里也。怒而飛，其翼若垂天之雲。是鳥也，海運則將徙於南冥。南冥者，天池也。

「北冥有魚」，「北」當然是北方，「冥」就是看不清楚。你是否想過，每一天追求的東西，是別人看得到的嗎？還是看不到的呢？在學術圈，同事間有時開玩笑說，學術工作者們都好像梅花鹿，只要到了鹿場，就看著彼此想：「唔，他今年身上又多了一點了，發表了一篇。」「哇，她今年多了八點，發表了八篇，好厲害。」生存的價值彷彿被身上這些別人看得見的斑點給決定了。

那你呢？生活中有沒有花時間在一種追求上，它很難量化，很難數據化，很難在聚光燈下被看到——這就叫做「冥」。

莊子整個學說指出，人的一生，不論是心靈的提升，或身體的放鬆，一旦往這個工夫行去，心靈將非常地平靜、清朗，反映在專業上，將成為那個行業的翹楚，就如莊子書中各行各業的職人一樣。

「北冥有魚，其名為鯤」，故事開始了。

這個開始，是個滑稽的開端。「鯤」，是小魚之名，一隻很小的魚。如果用現代的語言來講，叫「魩仔魚」[1]。你覺得非常地荒謬，這麼大一隻魚，卻叫做「魩仔魚」。

這有什麼荒謬？就像如果我說前幾天去登山，到了一個很荒涼的地方，看到一隻大怪獸，你們問我那是什麼動物？我說牠的名字叫螞蟻，你們肯定笑翻了。怪獸很大，螞蟻卻這麼小。這是莊子刻意讓人們去想，為什麼這麼大的動物，牠的名字這麼小？

「鯤之大，不知其幾千里也」，這鯤實在太巨大了，好幾千里，沒有人看過牠的全貌。

「化而為鳥，其名為鵬」，有天，牠化為一隻鳥，這鳥的名字叫做「鵬」。什麼叫做鯤化為鵬？這絕對不是你說：「我大一的時候五十公斤，大二的時候六十公斤，大三七十公斤。」這不過是體重的、物理的變化。鯤變為鵬可是體質的、物類的蛻變，是脫胎換骨的徹底變化。希望學莊子一年後再回首，已有脫胎換骨的變化，覺得經過這一年，自己有一些長進，更喜歡現在的自己。

「化而為鳥，其名為鵬」，牠的名字叫做鵬。這魚大，化成鳥，鳥也大。「鵬之背，不知其幾千里也」，牠的背有好幾千里那麼長，甚至更長。「怒而飛」，「努」寫成憤怒的

「怒」，是努力的意思。大鵬鳥都這麼大了，還要努力飛嗎？不是隨便「咻」翅膀一拍，就飛很遠了？不是這樣的。

我現在不敢隨便讚美學生。多年前教詩，班上有一位同學，第一次交作業，我驚為天人，便告訴他說：「你是天才，你的才分遠遠超過老師在你這個年齡的時候。」他對我燦爛一笑，我永遠記得他的笑容、名字，以及那份作業的內容。也許他想：「我是天才耶，連老師都不如我，那上她的課幹嘛？」所以這位同學再也沒有來上課，導致他的期末作業，不僅平仄不合，布局、結構，乃至情感的醞釀與蓄積，都遠遠不如班上二分之一的同學。這個故事告訴我們，天才，是「只要」能持續發揮才能（其實不是只要，是必要），珍惜它，就有機會讓它綻放光芒，達到某種成就。反之，若沒有好好珍惜、發揮你的才分，讓它持續地成長，那最後，天才也終將成為隱沒在人群中的庸才。

所以「怒而飛」的「怒」字，讓我們看到即便是這麼大的一隻鳥，翅膀像從天際垂下來的雲這麼地長，也還是要非常努力地飛翔。

這樣卻還不夠。「是鳥也，海運則將徙於南冥」。什麼叫「海運」？是當大風海動的

1 臺語，泛指鯷科、鯡科或蝦虎魚科等不同魚類之稚魚。

時候，牠就要遷徙到遙遠的南冥去了。為什麼是大風海動？船需在漲潮的時候出航，因為退潮後，水就不夠深。大鵬要起飛也是一樣的道理，要有足夠深厚的水跟風，才能起飛往南。「南冥」是哪裏呢？「冥」是幽遠的、看不清楚的。這個字，在甲骨文中的形象是這樣的：「」，一塊布蓋住了一個被兩隻手捧著的東西。另一個說法是，「冥」是分娩的「娩」的意思。「冥」跟「娩」之間有共通的意涵。中國兩大思想——儒家跟道家，要達到的最高境界，一個是「赤子之心，人皆有之」，一個是「專氣致柔，能嬰兒乎」。儒家認為每一個人要從「大人者，不失其赤子之心者也」的「赤子之心」，以及「惻隱」、「是非」、「辭讓」、「羞惡」的「四端之心」這些天生的本來之心擴而充之，飛向人初生就已經具備的德性、應該歸往的方向。立南冥之志，則魚非凡魚、鳥非凡鳥。如果大鵬代表儒家、堯或者是孔子的話，我們似乎就能理解為什麼這隻大鳥要「怒而飛」了。

「南冥者，天池也」，牠這樣飛，目的就是要飛到一個廣闊無垠的地方，叫做天池。

> 齊諧者，志怪者也。諧之言曰：「鵬之徙於南冥也，水擊三千里，摶扶搖而上者九萬里，去以六月一息者也。」野馬也，塵埃也，生物之以息相吹也。天之蒼蒼，其正色邪？其遠而無所至極邪？其視下也，亦若是則已矣。

〈逍遙遊〉很有意思，這麼大的鳥，這麼大的魚，多數時候我們以神話來看待這種故事，但莊子不希望這樣。莊子希望牠好比是尼斯湖大水怪，不只一個人、兩個人、三個人看過，所以莊子重複說了三次，想要你相信這個故事。

第二次是透過另一個人說的。「齊諧者，志怪者也」，「齊諧」是一個人的名字，他專門記錄一些光怪陸離的事。莊子講這段話，好像是想讓我們相信真的有這隻大鵬鳥，所以藉這個專記光怪陸離之事的齊諧之口說「鵬之徙於南冥也」，大鵬要飛往遙遠的、遙遠的南方。讓我們特別著墨一下「徙」這個字。我常聽戀愛中的人說：「我喜歡你原來的樣子，什麼也別改變，作你自己就好。」這種現代人最愛講的話，絕對不是出自「文化中國」的中國人之口。因為肯定人更臻美善的能力，是整個中國文化的精髓，儒家說：「吾日三省吾身，為人謀而不忠乎？與朋友交而不信乎？傳不習乎？」人透過每天不斷反省來提升自己，希望在不斷的變化中，不斷往好的方向行進。而道家則希望藉由隨時隨地學習「心如死灰」、「用心若鏡」、「照之於天」、「安之若命」、「心齋」、「神凝」，一點一滴地長養真陽之氣，不斷地提升、充實自己，每天都比昨天更好。那為什麼要跟一個人說：「我們相愛，你就保持原來的樣子就好。」而不是有天回首看一段相遇，師生也好，朋友也好，情人也好，覺得：謝謝老天讓我遇見這個人，因為遇見他，我的生命更好。人最好的緣分應該是這樣，最好的自己也應該是像倒吃甘蔗一樣，每天都漸入佳境。東方文化所講的，不論生理或心理，都不只是沒病就夠了。沒病只是數線上的「零」點，我們可以從零出發，不斷朝正向邁進，透過內省讓我們的脾氣、個性、身體每天都比前一天更好。這個「徙」字，莊子是落得很用力的。

「鵬之徙於南冥也，水擊三千里」，莊子要強調的是大鵬鳥要飛往南冥去，需深達三千里的大洋、高達九萬里的飆風供牠起飛。「摶扶搖而上者九萬里，去以六月一息者也」，什麼叫「扶搖」？「扶搖」是疾風，非常快速的風，上行風。古書的注解會讓人想到電影裏的龍捲風，這種風非常地強，可以把大鵬鳥一下子送到高空去。剛剛講「海運」，這邊講「六月一息」，是指憑著相隔六個月才會碰上一次的大風海動，大鵬才有辦法飛到那遙遠遙遠的南方。

想想看，如果大學學測或指考考壞了，你能跟考試單位說：「對不起，我昨天拉肚子，可不可以今天再幫我出一份卷？」當然不行，考期過了就過了，要就請等明年吧。這就是這世界的殘酷，你要飛往一個目標，那就有待於外在世界機緣的配合。

大鵬飛到高空，看見什麼呢？這非常重要。牠看見「野馬也，塵埃也」，雲氣既像野馬一樣地奔騰，也像塵埃一般地飄浮。更重要的是牠看到了「生物之以息相吹也」。我覺得這一點是莊子要提醒我們的，也是《老》、《莊》，道家思想不斷闡述的。為什麼功成能夠不居功？因為知道我們活在天地間，彼此受著彼此氣息的影響。舉個例子，如果今天老師重感冒，一邊講，一邊咳，坐在前面的同學就被我傳染了、影響了。可是你沒有發現的是，在你大一那一年，迎新宿營的那一年，同學說要組織個什麼團體的那一年，你參加了，這一栽進去就是四年。一生有幾個四年？可是在非常不經意的緣起，你就這樣進去了，這就是「生物之以息相吹」。

以下是更重要的。莊子問：「天之蒼蒼，其正色邪？其遠而無所至極邪？」他說天空顏色蒼蒼，真的就是天空真正的顏色嗎？這句話我讀來覺得莊子是天下第一罵人高手呀！他寫得完全不著痕跡，到我讀《莊子》十年以後才發現，這不是達文西密碼，是〈逍遙遊〉密碼。怎麼說是罵人高手呢？中國的先秦諸子有一家很喜歡講「正」，人心要「正心」，位子要「正位」，名分要「正名」，「席不正不坐，割不正不食」，這是哪一家？儒家。為什麼莊子要問天色蒼蒼是真的天色嗎？因為這得要有一個前提，就是這隻大鵬鳥飛到的地方要遠到不能再遠，這個時候再來告訴我天空真的是蒼蒼，我才信。你知道這句話很嚴厲嗎？他其實在說：「如果你飛到的地方不是人類的至境，請不要為我定義什麼叫『正』。」這樣的「正」，就只是你主觀覺得最對的、最好的意見而已。

讀《莊子》之後，我們對於過去的種種堅持就不再那麼固執，學《莊子》的我會跟自己說，「正」，就是你覺得這樣就是最對的、最好的，但我達到最高境界了嗎？我是完人嗎？所以我常聽學生抱怨：「某某某非常可惡，他明明知道……，可是他卻……。」我就會說：「你怎麼知道他『明明』知道呢？你是上帝嗎？」學生通常會愣住。既然不是上帝，那就不要用上帝的口氣說話。

新聞媒體上看到大多數的人也常這樣。像宗教的戒律，到底什麼東西有氣血，掐得出血來不能吃？或者植物也有所謂的葷腥而不能吃？那為什麼一樣是佛教，這個流派可以吃，那個流派又不可以吃？這一切到底怎麼回事？所謂的「正」到底是什麼？其實有很多可以挑戰、質疑的地方。但是我覺得學《莊子》最重要的不是挑戰、質疑別人定義的「正」，而是挑戰自己的成見。

聚糧待風——
成功人士的必備條件？

且夫水之積也不厚，則其負大舟也无力，覆杯水於坳堂之上，則芥為之舟，置杯焉則膠，水淺而舟大也。風之積也不厚，則其負大翼也无力。故九萬里則風斯在下矣。而後乃今培風，背負青天，而莫之夭閼者，而後乃今將圖南。

我剛才強調，大鵬鳥要飛那麼高、那麼遠，還是要靠水、靠風，莊子在〈逍遙遊〉中一次一次，一層一層寫得非常清楚。他說：「且夫水之積也不厚，則其負大舟也无力」，如果今天水的蓄積不夠深厚，就不能乘載起大船。「覆杯水於坳堂之上，則芥為之舟」，有個凹洞，倒一杯水下去，再去旁邊樹上摘片葉子，那不就變成一條船了嗎？可是「置杯焉則膠」，如果放上一個杯子，或是把用厚紙板摺成的紙船放上去便不行，因為「水淺舟大」，船就卡住、不能動彈了，越大的船，是需要越多的水來承載的。

水是這樣，風也是這樣。「風之積也不厚，則其負大翼也无力」，如果風不夠強勁，連放風箏都無法。「故九萬里則風斯在下矣」，大鵬鳥這麼大，所以要有九萬里的翼下之風托著牠，支持牠在旅途中的每一次振翅，才能飛上高空。「而後乃今培風」，這個「培」是憑藉的「憑」，牠才能憑藉著風，背負起廣闊的藍天。為什麼這邊要盪開這一筆呢？我不知道是不是因為大鵬鳥象徵的是儒家的緣故。儒家胸懷天下，比起汲汲營營於個人的私利跟欲望，當然是偉大的。為了社稷蒼生，為了更多人著想，我們不就是希望有這樣胸懷的人，出來管理眾人之事嗎？想要拯飢解溺，想要齊家、治國、平天下，那樣的胸懷要背負起的，不就是這一片天嗎？

「而莫之夭閼者」，中國歷史上多少受到儒家思想影響的人，岳飛也好，文天祥也好，甚至在戲劇裏面看到的趙氏孤兒，因為想要完成他覺得一個臣子該做的，於是犧牲自己的生命，犧牲自己子女的生命，在所不惜。

「莫之夭閼」，「夭」跟「閼」都是停止。你有做過什麼事情，是不論別人怎麼反對，你都要做的嗎？大鵬鳥飛得這麼遠，除了要有先天龐大的體型、自身堅強的意志力，還必須要有一陣又一陣幫助牠的海跟風，牠才能「而後乃今將圖南」，往牠夢想的南方飛去。

看到大鵬鳥這樣的飛，你可曾問自己，人生的目標在哪裏？你走在通往哪裏的路上？

蜩與鷽鳩笑之曰：「我決起而飛，槍榆枋而止，時則不至，而控於地而已矣。奚以之九萬里而南為！」適莽蒼者，三飡而反，腹猶果然；適百里者，宿舂糧；適千里者，三月聚糧。之二蟲又何知！

講完大鵬的目標，再來看看其他飛禽的目標。「蜩與鷽鳩笑之曰」，「蜩」就是蟬，「鷽鳩」就是小山雀。「笑之曰」，牠們噗哧一笑，笑什麼？「決」是快飛，輕鬆快速地往上一個騰躍。「槍榆枋而止」，「槍」是停止，就停止聚集在榆枋枝頭了。不知道你有沒有發現，大鵬鳥的飛翔是一隻孤獨地飛，這些小隻的都是一群一群的。

「時則不至」，有時候連這麼矮的枝頭都沒飛到，掉了下來。「而控於地而已矣」，「控」就是投，就好像一顆球，被丟在地上而已，有什麼關係呢？就像貓跌倒，一隻麻雀跌在地上，都不礙事的。

「奚以之九萬里而南為！」牠想，大鵬鳥你何必呢？鄰近枝頭的果子就這麼甜美，飛到九萬里外的高空又沒得吃，為的是什麼呢？每個時代都有這樣的人，總要往艱難的路走，我們會想，為什麼要選一條明明沒有什麼賺頭卻很辛苦的路？蜩、鷽鳩跟大鵬鳥，是飛翔目標遠近的兩個極端，在牠們兩端之間，還有不同的里程。

「適莽蒼者」，要飛到近郊。剛剛講的蜩與鷽鳩，只想棲止在矮矮的枝頭，完全不必考慮要帶多少糧食的問題。就像準備聯考，如果從小你父母就覺得，考上了也好，沒考上也好，那我想你應該也不用去補習了。但如果你是「適莽蒼者」，要飛到近郊的草野，那可能得準備一個餐盒，帶上三餐的糧食，這樣子當天回來，肚子才能「果然」，跟水果一樣圓滾滾的，吃得很飽。

「適百里者，宿舂糧」，如果你要飛到百里外，可能要花一整個晚上的時間舂搗糧食。

另一個解釋是因為要在外面過夜，所以要舂搗更足夠的糧食。「適千里者，三月聚糧」，百里路程都要這樣準備了，何況是千里之外，那要花上三個月之久囤積糧食。也許你覺得奇怪，赴千里之外的鳥兒，牠的糧食要放在哪個行李箱呢？又是怎麼把牠叼到千里之外的？請先別這麼理性，這是譬喻。在這個譬喻裏我們了解到，要達到的目標越高、越遠，要付出的就越多。「之二蟲又何知！」這一切都不是蜩與鷽鳩能了解的，更何況是大鵬鳥遠徙南冥的萬里征途。

蜩與鷽鳩，其實牠們從未往外飛，只是在附近跳啊、飛啊，掉下來就算了。如果你讀《世說新語》，會認識一個人叫王導，是東晉時的宰相，相當於現在的行政院長。後代的人怎麼看王導呢？《朱子語類》說：「王導為相，只周旋人過一生。」講得更簡單一點，王導一生，周旋而已。

以前我在報紙上看到一則小新聞，說有個人他本來是一位廟祝，後來有人鼓勵他出來選議員，因為他當廟祝認識好多人，人脈可好著，選著選著就當了個小議員。這個人很知道怎麼樣帶大家去旅遊，票越來越多，後來竟當到議長。沒想到最後涉案，就沒官當了，別人問那你現在怎麼辦？他說：「沒關係啊，我再回去當廟祝就好啊！」今天你如果忠肝義膽，為了提升這塊土地上人們的生活而出來管理眾人之事，就像志在南冥天池的大鵬鳥。這條路很艱難，你可能自己過得有點窘迫，要揭發很多弊案、遭遇重重阻礙，卻還是堅持走下去，這都需要付出很大的代價。可是你若只是出來混混，其實還滿容易的。王導的一生就被人認為只是周旋而已，縱使他當到宰相，卻好像反而跟蜩與鷽鳩最接近，是不？

同學們的大一生活，跟王導其實有相近之處。想一下剛上大學的頭兩個禮拜，是不是很忙？忙完迎新宿營，忙新生盃，忙完新生盃就要忙期中考了，期中考結束又要加入各系「某某之夜」的演出，演出完就要送學長姐離開學校了，但還不能喘口氣，馬上大二就要辦營隊來迎新，你們就這樣匆匆告別了大一的歲月。人有時候覺得自己不斷地往前跑，可其實，只是一直在原地繞圈圈、繞圈圈。只是大家一起跑，覺得很熱鬧，就好像海德格[2]講，我們人的一生，只有少數的人生活在「I」，活在自己之中；大部分的人其實都活在「they」，活在他者之中。

我認識一些學生因為實在太聰明了，不花太多力氣就考上很好的科系，所以人生主要的飛行就在魔獸世界裏，從七級、十幾級打到七、八十級，一百級，召集夥伴組隊打怪、獲寶，不斷打怪、獲寶，等待著虛擬世界更好的裝備，周而復始。我總想，他在面對螢幕不斷

2　德國哲學家，二十世紀最重要的哲學家之一。

晉級的這些歲月，有沒有意識到自己可能是背對幸福的？有可能背駝了，沒時間認識朋友，也沒時間培養更多的興趣嗜好或專長。所以讓我們好好想想，你的飛行目標到底在哪裏？

不要講打電玩，我站在這個講臺，如果沒有不斷地提醒自己，很可能也會變身成為一隻梅花鹿，就這樣在講臺上、在文章裏、在字跡間，為了教學成績、評鑑，或是學術表現，把背搞駝了，把心牢禁了。如果不讀《莊子》，不去注意時時刻刻都能感受幸福的是心，不是別的；不明白享受健康人生必須有健康的身體，隨時提醒自己提升身心技能、身心境界，可能很快就在潮流裏憔悴了，老了。

小知不及大知，小年不及大年。奚以知其然也？朝秀不知晦朔，蟪蛄不知春秋，此小年也。楚之南有冥靈者，以五百歲為春，五百歲為秋；上古有大椿者，以八千歲為春，八千歲為秋。而彭祖乃今以久待問，眾人匹之，不亦悲乎！

外面的世界都有風風雨雨，那小隻跟大隻的禽鳥在面對風雨時是不是一樣的呢？莊子說不一樣。

「小知不及大知，小年不及大年」，莊子清楚地告訴我們，不一樣。為什麼？小的智慧為什麼比不上大的智慧？壽命短的為什麼比不上壽命長的？「奚以知其然也？」怎麼知道是這樣呢？「朝秀」是朝生暮死的蟲子，它有兩個解釋，一個是大芝，就是靈芝，另一個是小蟲，我跟隨王叔岷先生的校詮，選擇小蟲的解釋。「朝秀不知晦朔」，牠的生命很短，沒幾天就死了，所以牠永遠不知道什麼叫月初，什麼叫月尾，什麼叫上弦月，什麼叫下弦月。而「蟪蛄」，蟬，我們知道蟬破土而出就只剩十三天左右的生命。「蟪蛄不知春秋」，如果春蟬看到一張秋天的照片，牠會很困惑，因為這是牠一輩子來不及見到的光景，這就是年壽短的限制。

楚國的南方有一棵叫冥靈的大樹，葉子生長完整需要五百年，葉枯也需要五百年。上古有一棵大椿更是不得了，葉生葉落都要八千年，一生就有一萬六千年那麼長。這棵大樹，遇到什麼亂子都老神在在。它會告訴你這件事古代也發生過，沒什麼，小青年，冷靜下來。「道家者流，蓋出於史官」，不是嗎？

如果你的眼界不到這裏，不知道有這麼長壽的大樹，也許你會一直想：我要跟彭祖一樣，我要跟彭祖一樣！要能活到七、八百歲，覺得一生這樣就夠了，就很滿足了。但莊子說：「眾人匹之，不亦悲乎！」莊子的時代，儒家思想是主流，大家都想要齊家、治國、平天下，立德、立功、立言，流芳萬世。好像這樣就不得了了，還能更不得了嗎？將來莊子在

〈齊物論〉會揭曉，他要達到的境界不只是齊家、治國、平天下，而是「天地與我並生」。

如果你對待這地球上的每一棵樹，每一隻動物，甚至腳下的泥土，都如對待自己的生命一樣尊重愛惜，那便不會有那麼多垃圾亂丟在地上，因為怎麼可能把垃圾丟到自己嘴裏呢？不會丟到嘴裏，就不會丟到泥土裏，因為「天地與我並生」。你愛這個世界是用一種更普及的態度，不只是對人類，對整個環境都有更深的關懷。豈止要流芳萬世？你不求流芳萬世，因為「天地與我並生」，相較之下，彭祖也顯得壽短了。

莊子要為我們打開的生命境界，可能是更高遠而遼闊的。

小大之辯——

你懷抱著小確幸還是大夢想？

湯之問棘也是已：「窮髮之北，有冥海者，天池也。有魚焉，其廣數千里，未有知其脩者，其名為鯤。有鳥焉，其名為鵬，背若泰山，翼若垂天之雲，摶扶搖羊角而上者九萬里，絕雲氣，負青天，然後圖南，且適南冥也。」

莊子彷彿怕讀者以為鯤鵬的故事是假的，所以他現在要開始敘述第三遍。這個故事被敘述三次，第一次是莊子直接說，第二次他說：「不是只有我這麼說，齊諧也這麼說。」他第三次說「湯之問棘也是已」，商湯問他的賢臣棘，棘也說了這個故事，你就相信我吧。

「窮髮之北，有冥海者」，大地的頭髮是什麼？是樹木。在完全沒有綠色植物的地方，在地球的最北，有個冥海。「冥」就是遠，遠到看不清楚的地方。那兒有個天池，「有魚焉，其廣數千里，未有知其脩者，其名為鯤」。「有鳥焉，其名為鵬，背若泰山」，鵬的背像泰山一樣地雄偉。「翼若垂天之雲，摶扶搖羊角而上者九萬里」[3]。「扶搖」是上行風，「摶」就是擊，大鵬拍打著、乘著形如羊角騰捲而上的旋風，穿越層層雲氣，飛上九萬里高空。有多高？「絕雲氣」，到已經完全沒有雲的地方。搭飛機都知道，飛到夠高的地方就沒有雲了。「負青天」，用背負青天來講大鵬鳥，講的就是齊家、治國、平天下的重責大任。「然後圖南，且適南冥也」，牠的目標在南方，便往遙遠遙遠的南方飛去。

如果你現在還乘坐在大鵬鳥的背上，你會想，大鵬鳥要把我載到哪裏？其實值得自省的，不是大鵬鳥要把你帶到哪裏，是你自己要把自己帶到哪裏？這是每一個人，或者每一個

3 這邊講「扶搖羊角」，ㄐㄩㄝˊ是讀音，讀文章，念羊ㄐㄩㄝˊ。平常聊天，念語音，如我們說牛「ㄐㄧㄠˇ」麵包。

學《莊子》的人都要深刻思考的問題。

人在不同的階段會有不同的憧憬，之前班上有一個女生，在某一個階段最愛的就是漂亮的外觀了，那陣子最愛買衣服。有天，她有點失落，因為發現如果把身體練健康了，穿什麼衣服都好看，於是就開始不買衣服而跑去學瑜伽了。人的一生都曾買過一些當下很喜歡、很想要的東西，但幾年過後當你在整理房子、整理衣櫃時看到，卻會想：當初怎麼會買這個？為什麼花時間在那裏？但在曾經的當下，你是很陶醉的。

我永遠記得有一天，忘了當時幾歲，只記得好像過聖誕節吧，不知道是吃什麼糖果擁有好幾個小聖誕老人。我用黏土將它們立成一整排，在那邊精雕細琢。父親走過我身邊，問道：「璧名妳在做什麼？」我說：「在玩聖誕老人，在製作手工藝。」爸笑了，說：「有一天妳回頭看這件事，會覺得非常無聊。」那一剎那年幼的我自覺受傷了，我想，這麼美的雕塑作品，明天拿到班上炫耀一下，保證同學們覺得酷得不得了，爹爹不知道欣賞，唉呀，代溝呀！後來某一年整理抽屜的時候，我一把就將它們全丟了，好無聊的玩意啊！其實人生常是這樣，就看你在什麼時候找到你生命中那件很重要的事，甚至是最重要的事，值得你做一輩子。

人生其實一直在面對選擇，每選一次就錯過其他。你不知道你選的那一個是更重要的，還是錯過的才是？要怎樣面對每一天？我今天可以這樣、也可以那樣。面對選擇，要非常地謹慎，怎麼樣的選擇心會最安和、最靜定、最沒有煩惱、身體感覺會最輕鬆。如果不這樣選擇，你會發現，你永遠有一天做最多運動，永遠有一天過得最好、最充實、最積極，知道是哪一天嗎？就是「明天」！比方說今天該要念書，就會想明天再開始。今天該早起，要起床的時候想沒關係，再睡晚一天，明天就早起了。所有東西都推到明天，這是非常負面的思維。「南冥也」，跟著大鵬鳥飛到這，大家可以好好想一想。

為什麼講這麼多，因為我就像是一個年紀很老的史官嘛。今天課前接到這樣的電話：「璧名，我父親肝癌第四期，能不能建議我現在該怎麼辦。」每次接到這種電話，我就會想，為什麼總要等到這一天？包括我自己，也是等到那一天，才會徹底反省自己的生命，然後把生命的本末先後重新布局。可不可以早一點？可不可以在下坡的開端就回頭？這就是老莊思想，持盈保泰的思想。

斥鴳笑之曰：彼且奚適也？我騰躍而上，不過數仞而下，翱翔蓬蒿之間，此亦飛之至也，而彼且奚適也？」此小大之辯也。

這時候，小隻的鳥兒要出場了。一樣的故事講三遍，小隻的如果都叫蜩與學鳩，那也太無趣了，所以換斥鴳上場。「斥」是尺澤，就是一個大概只有一尺見方的池塘。「鴳」是小雀鳥，小澤上的一隻小雀鳥，牠看到了大鵬。「彼且奚適也？」小雀鳥問大鵬要飛到哪呢？「我騰躍而上，不過數仞而下」，我就這樣往上一跳，飛個十來尺就掉下來了。「翱翔蓬蒿之間」，像這樣在矮矮的蓬草、蒿草之間遨遊，「此亦飛之至也」，不就是飛翔的極致了嗎？

你以為已經知道莊子用小小鳥影射真實世界的哪種人，但其實你並不知道。你可能以為一定是那種胸無大志的人，未來做些什麼？都可以，錢多事少離家近，最好是上班的時候可以喝茶看報紙，但並不是如此，且待後言。這隻小小鳥固然覺得牠飛到的地方就是牠心目中最遠的地方，但牠的目標卻也迥異於大鵬鳥飛到的遙遠所在。小小鳥不會了解「彼且奚適也？」大鵬為什麼要這麼累，飛那麼遠？莊子說，這就是小跟大的差別。永遠不要忘記，雖然莊子提出的生命目標，是不在「大」之上、亦不在「小」之下，而是超越「小大」，在小大之外的理想境界，但莊子仍然為我們分判、辨析「小不及大」，也就是在莊子心目中，大鵬鳥還是有崇高地位的。我很佩服莊子，他筆下摹寫的對手角色，大鵬鳥，可以如此壯偉、如此堅毅，能夠在中國飛行千年，為這麼多文人墨客所鍾情。這是讀《莊》最該學到的一件事，莊子多麼善於看到別人的優點。

故夫知效一官，行比一鄉，德合一君，而徵一國者，其自視也亦若此矣。

那麼剛剛講「此亦飛之至也」的斥鴳，究竟是指人類世界裏的誰呢？「故夫知效一官」，他的智能能夠勝任一個官職，做什麼事情總是要有一定程度的聰明。「行比一鄉」，他的德性言行，能夠庇蔭一個鄉里。「德合一君」，他的品德操守適合當一個國君。「而徵一國者」，「而」念作能力的「能」，能力為全國所徵信。什麼叫做能力為全國所徵信？在選舉可以投票的民主時代，拿到最多選票就等於被最多人信任。可是莊子下一句接什麼？「其自視也亦若此矣」，莊子說這些位階已經在眾人之上、看似有很高成就的人，其實就是像這隻小小鳥斥鴳一樣，自以為已經達到飛行的極致。

每次講到這段就要提醒諸位，避免上過《莊子》還沒搞清楚。我明明講「聰明才智能勝任一個國家的官職，言行舉止能庇蔭一個鄉里，品德操守適合當一個國君，能力為全國徵信」的，就是莊子筆下的小小鳥，可是有的同學還是會這麼問：「老師，我可不可以不要當宋榮子或列子，可不可以就當小小鳥就好，我覺得這樣子比較有安全感。」你是說，明天老師看到你就要喊「總統好」、「市長好」是嗎？記得莊子明言小小鳥指的是誰。

猶有所待——
你的夢想，是否還待天時地利或他人的協助才能完成？

而宋榮子猶然笑之。且舉世而譽之而不加勸，舉世而非之而不加沮，定乎內外之分，辯乎榮辱之境斯已矣。彼其於世未數數然也。雖然，猶有未樹也。

金聖嘆說《莊子》是「天下第一才子書」，我覺得挺有意思的。有些作者喜歡在作品中埋下伏筆，但要埋得不著痕跡可不容易。「而宋榮子猶然笑之」，這「猶然」兩字就是笑的樣子，宋榮子笑了。為什麼莊子要描寫宋榮子出場的表情？莊子絕對不會說，「至人」猶然笑之。《老子》說「上士聞道，勤而行之」，最高階的知識分子聽到道，喜樂而行之，就立刻開始勤奮實踐了。《論語》中第一等的知識分子「朝聞道，夕死可矣」，對老子而言這還不夠，既然「朝聞道」，朝就要開始精勤實踐，才是他認定的最高境界。「中士聞之」，中等程度的讀書人會怎麼樣？「若存若亡」，每次課堂問同學，老師上到哪兒啊？有的同學說，老師這段還沒上，然後一、兩個同學糾正：上了。有人覺得還沒上，有人覺得上了。好像有聽過，又好像沒聽過，過了一個禮拜，又忘得差不多了。這還不是最低階的，《老子》說「下士聞道，大笑之」，哈哈大笑：「這是什麼道？」「不笑不足以為道」，可見還會譏笑人，絕不會是最高的境界。

去年我好好地研究了一下宋榮子，覺得莊子真是解人。莊子淨揀好的說，他很會看一個人的優點，所以他的世界很美好。當年我第一次讀《莊子》寫宋榮子的章節時，好欣賞宋榮子這個人，「舉世而譽之而不加勸」，全世界的人都讚美他，他也不會更加勸勉。這很像一個拿諾貝爾獎的印度礦物學家，得獎那天賀客盈門，一堆新聞媒體集湊門前。他穿著實驗服，緩緩走出來，只跟大家打了聲招呼說：「得獎之前的我跟今天其實完全一樣。得獎之前，沒人來找我，得獎之後，來這麼多人，可是我還是跟昨天一樣，要作實驗去了。」那麼多的讚美，沒有讓他感到開心、虛榮、光耀。「舉世而非之而不加沮」，全世界的人都批判他，他也不在意，知道自己在做對的事。這非常困難。

但如果你把宋榮子考察一番，肯定宋榮子夢碎，太沒有美感了。因為宋榮子一生，其實就是提出一些不太理想的理論，帶著他的學生們到處遊說，君王都不歡迎，讀書人也不接受，他還是堅持到底，把嘴巴講爛了。他跟他的學生因此非常窮困，三餐不繼，大概是這樣一個學派。事實上，宋榮子根本沒有「舉世而譽之而不加勸」，他只是「舉世而非之而不加沮」。莊子也許因為章句對仗，寫「舉世而譽之而不加勸，舉世而非之而不加沮」，聽起來就十分不得了了。宋榮子的理論很簡單，「定乎內外之分」，要辨別什麼是重要的，什麼是不重要的，重要的就是讓每個人都吃飽，除此之外，什麼事情都不用太計較，也不講什麼公平正義，讓大家有得吃就好。

《莊子．天下》提到「宋鈃尹文」的「宋鈃」——也就是宋榮子，他的理論是「辯乎榮辱之境」，戰亂的時代，被攻打的國家都覺得受辱，而他說只要別覺得自己受辱，你就沒有受辱。人民哀哀無告受苦，宋鈃說，你只要感受你並沒有受辱就好。這樣的理論實在欠缺周詳，所以沒辦法像墨家、法家，更不可能像儒家、道家的思想被這麼多後世的注疏家或學者研究、尊崇。可是他也了不起了，為什麼？因為他的價值跟一般人不一樣。坦白講，姑且不論他的理論周不周全，為了自己堅持的理想，率領這批學生，不求人間溫飽，不圖個人富貴，其實已經很難得了。在後面就幾個學生跟隨，在前面沒有賺頭，卻依然堅定前行，這絕對是少數，這就是宋榮子。一般人可能就想賺了錢圖個人生活富貴、圖一家生活富貴，最好小孩一出生，銀行裏的存款已經很多了。「彼其於世未數數然也」，可是宋榮子不然，他不汲汲於這些世俗之人的追求，這在莊子的評價標準中，已經高於世俗之人了。可是莊子說：

「雖然，猶有未樹也」，宋榮子踽踽獨行到處勸說的身影，還是有著尚未達到的、更高的境界。那更高的境界是什麼呢？

夫列子御風而行，泠然善也，旬又五日而後反。彼於致福者，未數數然也。此雖免乎行，猶有所待者也。

「夫列子御風而行，泠然善也」，更高的境界，莊子說是乘風而行的列子。風，可能是機會，也可能是考驗。如果抓不住，可能就落空了。如果挺不住，可能就摧折了。列子御風而行，不計較是不是一定要往前走，他沒有這樣的固執，但如果機會來了，他就乘風而去。「泠然善也」，他的姿態是這麼地輕靈美妙。「旬又五日而後反」，十五天後，風轉了向，他又乘勢、藉機地被吹了回來。莊子說列子「彼於致福者，未數數然也」，列子追求幸福的態度較為順隨自然，不過度執著，這是什麼意思？先看一般定義下的幸福是什麼？

我們在這塊土地成長，可能大多數的家長都會跟兒女說：「不要管外面的事情，趕快讀書就好。不用做家事，趕快讀書就好。」我在臺大的學生中，不少爸爸媽媽會對孩子說，最大的期望就是孩子念完學士念碩士、念完碩士念博士。或者對孩子說：「你拿到博士學位，爸爸媽媽就死而無憾了。」孩子聽到「死」，覺得沉重，所以就一步一步地往上念。

可是，如果你不是出生在這樣的家庭，多看看四周，「風聲、雨聲、讀書聲，聲聲入耳。家事、國事、天下事，事事關心」。我很怕下雨的日子經過臺北的一條路，因為那一條路常會有人在路邊護樹。護樹者不喜歡市政府亂砍樹，他們知道只要風雨大了，往來人車不注意時，就是官方砍樹的大好時機，所以他們就爬到樹上，抱住那些可能為財團、為經濟利益而被濫砍的樹。我是一個愛樹的人，所以很怕看到這樣的場景，教人十分不忍。這些人不覺得在外面淋雨很痛苦，因為這是他們認為的幸福，覺得地球就是要永續經營，要擁有很多的綠樹才幸福。這種的幸福，顯然跟另一種想要開Party，想要花很多的錢，想要吃好穿好享受好的幸福，是不一樣的。

護樹團體真是可憐，日以繼夜地守著。管理眾人之事者越輕忽他們，處理得越粗糙、越殘暴，他們身心受的傷就越重。這時候就顯得列子聰明了，列子看機會來了，才會去護樹。換句話說，他覺得今天做這件事情有用，自己也安全無虞，他才會去做，他不強求。在儒家思想的影響下，我們總是「不信春風喚不回」、「知其不可而為之」、「生亦我所欲也，義亦我所欲也，二者不可得兼，舍生而取義者也」，就算壯烈成仁，也是完美的結局。莊子的疑問是，真的是這樣嗎？他覺得一個人保身全生，愛養自己的生命，愛養所處社群的生命。

而管理眾人之事者，愛養更多人的生命，不是最基本的嗎？「彼於致福者，未數數然也」，列子追求幸福的態度異於眾人，並非固執地汲汲追求，所以他也就不像宋榮子那麼執著、那麼辛苦。

「此雖免乎行，猶有所待者也」。就好像「聖之時者也」，風起了，便乘風而去，風吹回來了，便跟著回來。但列子還是要等風來，才能完遂他所要達到的目標。就像政治清明了你就想出仕經世濟民，但政治太混亂就放棄了，就家裏蹲算了。他還是有個在身心外面的目標，只是不強求而已。我研究列子，發現他確實有些特殊的技能，他非常會射箭，是個神射手。可是有一天，他的老師，一個得道高人，要他到山上射箭。列子有懼高症，到了高山上懸崖邊，只剩三分之二的腳掌踩在地面上，腳後跟有點跑到懸崖外了。他整個人發抖冒汗，趴了下來，連箭都射不出去，更別提射中了。這是列子的故事。深入每一個故事了解列子，就發現列子仍沒有達到最高的境界。因為莊子講的最高境界，工夫是在心上。那麼，更高一階的境界到底是什麼？

乘正御辯——

有一種能力，無論順境、逆境都能逍遙駕御。

若夫乘天地之正，而御六氣之辯，以遊无窮者，彼且惡乎待哉！故曰：至人无己，神人无功，聖人无名。

「若夫乘天地之正，而御六氣之辯，以遊无窮者」，這太重要了，得字斟句酌地講。「乘天地之正，而御六氣之辯」，我的一篇論文〈莊子「乘天地之正而御六氣之辯」新詮〉[4]，就是研究這兩句。可是我不是從《莊》學裏面找到答案的，而是從我的另一個興趣、專業——傳統醫學。我發現醫學經典談五運六氣，天地之間的運氣，或者講節氣，有它正常跟不正常的時候。你可以把它講得非常玄妙不可解，也可以講得非常簡單。簡單地講，「天地之正」，就是天氣正常的時候。如果是正常的秋天，一定要有點涼爽對不？如果熱到大家都穿沒袖的衣服，那就是「六氣之辯」了。我們都讀過《竇娥冤》的六月雪，或者〈上邪〉的「冬雷震震，夏雨雪」，這些都是「六氣之辯」。如果就心靈的工夫來講，你們覺得是「天地之正」容易乘御，還是「六氣之辯」容易呢？像這幾天接連下雨，所以我們都帶傘，自然不覺得受到什麼傷害。可是如果待會忽然下雪了呢？我要講的是，異常狀態總是比較難面對的。如果你的情人總在固定時間打電話給你，在固定的時候約會，你是不是很容易有好心情？可是如果他對你說：「今天晚上九點，臺大傅鐘下集合。」但你在傅鐘下不管再怎麼等，他就是不來，那就是「六氣之辯」了，這時候當然比較不容易開心。

「天地之正」容易乘御，「六氣之辯」艱難。對待人與人之間的情感也一樣。如果老師今天一走進來就說：「對不起，老師今天不舒服，一個人發一張紙，請默寫〈逍遙遊〉第一段。」你一定非常憤怒，因為還沒教完。「不教而殺」，不教背而背。這時候你還能氣定神閒，在答案紙上寫「我知道妳在測試我乘御的功力」嗎？那麼莊子最後講的最高境界到底是什麼？

大鵬鳥那麼奮發地飛到九萬里外，或者中型鳥已經飛到百里外、千里外，「三月聚糧」了，多麼不容易，莊子怎麼會說那個最小隻的才是紅塵俗世中擁有最高權力、最高貴的管理眾人之事者呢？莊子先是提出宋榮子，這個懷抱著不同於世俗的價值，卻這麼奮力地實踐的人。宋榮子的確不容易，但有點太執著了，可能因此使身心受傷。所以莊子接著講列子，

---

4 〈莊子「乘天地之正而御六氣之辯」新詮（上）〉，《大陸雜志》，一〇二卷四期，二〇〇一年四月，頁一五四—一五九。〈莊子「乘天地之正而御六氣之辯」新詮（下）〉，《大陸雜志》，一〇二卷五期，二〇〇一年五月，頁一九三—二一一。

風吹過去，就乘風而去做一番事業，風吹回來了，就順勢休息。這樣還不夠嗎？是的，還不夠。莊子說，你的目標還是在外面。

最後，莊子的最高境界是什麼呢？原來最高境界就是任何天氣都不會感冒、都能從容面對，不只是你的身體，還有你的心靈。在任何處境中你都很開心，好像衝浪高手一樣，乘御這些風浪，「以遊无窮」。「无窮」兩個字非常困難，表示任何時間，任何地方，你的心都能乘御一切。

「彼且惡乎待哉！」假若這就是你的人生目標，那你還需要等待什麼？如果今天你把所有的逆境都當成考驗，所有的順境當成值得感謝的幸福，「生物之以息相吹」，在與萬物的互動間交相琢磨、滋養，其實就不必盼著一定要有什麼好事降臨在你的頭上，因為不論什麼樣的境遇，你都能品出不同的滋味，覺得它可以強化你的生命。所以，莊子說：「彼且惡乎待哉！」這樣的人哪還需要等待、依賴什麼呢？

最後，莊子用「至人无己，神人无功，聖人无名」來收尾。「至人无己」，達到人所能達到最高境界的人，不再執著於自我。什麼是不再執著於自我？就像是你書讀得非常好，也覺得讀書是件很有意義的事，但這學期拿書卷獎的並不是你，而是班上另一位同學，你一樣替他高興，不覺得那個人一定要是你。如果你欣賞、愛慕這名女子，你跟他都追了，她最後沒有選擇你，而接受了他的感情。你深愛的女孩，能在心智自由的情況下做出選擇，那你應該為她做出選擇而感到開心並誠摯祝福。沒有什麼是你一定要得到才行，才覺得滿意、過癮的，怎麼知道誰才是真命天子、天女呢？所以你衷心祝福她，你也很開心。

「神人无功」，最了不起的人，不一定要是你打開所有週刊、所有媒體，聚光燈都跟著他跑的人。我們常會在臺灣發現有一些人，在媒體披露之前你從來不知道。例如一位賣菜老太太，捐錢給一些圖書館，一些需要的單位，數十年如一日。他們往往就只是經營一個小小的生意，默默造福一些人，沒有什麼顯赫的功績可言。但是，不管遭遇什麼處境都能心懷感激，都不會動怒，達到很高的心靈境界。

「聖人无名」，我們相信有一種人，雖然默默無名，但是對這個世界的貢獻，也許比領著高薪，佔著非常重要位置的人，還要巨大。只是我們不知道他的名字罷了。

這樣的人，「乘天地之正，而御六氣之辯」，才是莊子講的最高境界。而這樣的境界，下面三段，會透過具體的形象來描摹它。

逍遙遊——貳

堯讓天下

你的工作想照亮誰？

日月爝火——

陶養心身才能照亮更多的人。

堯讓天下於許由，曰：「日月出矣，而爝火不息，其於光也，不亦難乎！時雨降矣，而猶浸灌，其於澤也，不亦勞乎！夫子立而天下治，而我猶尸之，吾自視缺然，請致天下。」

「堯讓天下於許由」，這個橋段實在很適合舞臺劇演出。堯一定要比許由矮一點，他仰看許由，然後跟許由說：「當太陽跟月亮都高高掛在天上，我還拿著這小小的火把想照亮世界，不是很自不量力嗎？」若進一步瞭解莊子典範人物的身心技術，那麼堯站在這樣一個人面前可能會有「哇，真神人也」的感觸。莊子先用太陽跟火把為喻，下一個譬喻是「時雨降矣，而猶浸灌，其於澤也，不亦勞乎！」及時雨都已經下了，我還在這兒拿著小水瓢兒舀水灌溉，不是徒勞無功嗎？如果你明知道今天會下雨，那還需花時間澆花嗎？簡單講，堯覺得自己真比不上許由。「夫子立而天下治」，他說：「許由啊，若是您這樣的人居位，那天下一定能大治。」不像我，還容易動怒、煩亂，你境界這麼高，我卻還霸佔著位置。

「尸位素餐」，是從祭禮來的典故：爺爺死的時候是由孫子主祭，孫子穿著爺爺生前的衣服，家人做了一桌爺爺喜歡吃的菜，孫子就吃起來，感覺爺爺好像上身了，真的在大家身旁。孫子因為扮成爺爺，所以才能穿那麼好、吃那麼好，否則孫子憑什麼穿那麼好、吃那麼好呢？堯覺得自己就好像這個尸位素餐的孫子一樣，「吾自視缺然」，覺得自己真是不足。「請致天下」，所以堯對許由說，請讓我把天下交給您吧！

許由曰：「子治天下，天下既已治也，而我猶代子，吾將為名乎？名者，實之賓也，吾將為賓乎？」

那許由怎麼回答？「子治天下，天下既已治也」，堯啊，你治理天下，已經把天下治理得很好了。「而我猶代子」，這時候還要我來代替你，為的是什麼？「吾將為名乎？」難道是為了名聲嗎？你不是已經把天下治理好了嗎？我不禁想起在研究所時代，有一次寫學期報告，是從《周易》九五爻研究君德，看君王該有什麼樣的德性。雖然得到一個不錯的分數，但後來向張亨老師請益的時候，老師卻說了：「政治呀、君德呀，不就這麼回事嗎？」看到現在的政治環境，覺得要當個好官真難。難在白花花的銀子從你眼前晃過，你願意直接把它交給天下眾人，而絲毫沒動一心一念想要撈一點起來。如果你有這樣澄明的心，要治理好天下也不是那麼難，因為各個領域都有專業人才，只要能尊重他、相信他、放手讓他做，再加以考核、觀察也就夠了，無需特異功能就能當君王。

許由說：「堯，你已經治理得很好了，很為天下人著想，很清廉，既賢且能。我今天為什麼還要代替你呢？」「吾將為名乎？」難道我是為了讓別人看到我，對我說：「總統好」嗎？這樣比較有身份地位是嗎？「名者，實之賓也」，人的名聲，不過是真實生命內涵的賓客。我們每天活著，心是怎麼跳的？是很安心地跳著，還是因為活得太累，一躺下心就像心悸一樣噗通噗通地跳？你是心安地活著，還是充滿算計地活著，自己其實都知道。

一個志在提升身心能力的人，把提升生命內涵當作人生目標，別人知不知道他，他不在意。難道修鍊身心可以調薪嗎？當然不！也許我們現在覺得金錢萬能，金錢非常重要，可是想想遠古時代，本來是以物易物，最早的貨幣還是個貝殼，因為方便才做了錢，又為了更方便，才發行各種貨幣。可有天，我們為了累積「拿來買東西」的東西，因為想累積得更多，所以讓自己忙得不可開交，讓自己心煩氣亂，值得嗎？跟自己的身心比起來，那是很外圍的東西，錢夠用就好了。「吾將為賓乎？」我還要為了沽名釣譽付出那麼多嗎？人的一生，如果在意別人怎麼看你、怎麼說你、怎麼想你，煩惱跟麻煩就永遠不會結束。

我在學生時代，記筆記的時候，每買一本筆記本，就會在上面畫一條線，上欄很長、下欄較窄，下欄專記精彩的題外話，那是紀錄老師生命智慧的地方。我的指導老師周一田（周何）先生對我們說：「人的一生，不要活在別人的口水裏。」試想跟人聊天時，如果對方口水噴到你臉上，你可能不會太開心，但居然為了這麼點東西活著，太不值了。活著應該重視精神佳、心情好，別人說且讓他說，自己就不要太在意了。「名者，實之賓也，吾將為賓乎？」為外面的聲音活著是很辛苦的。

想起一件趣事，也許可以為這段文字作一個注解。我在沒有下雨、備課還來得及的早上，會到醉月湖邊打拳，那天我忒早到，所以幸運地遇到一位特殊的人前來運動。太極拳套有一定的長度，在空曠的土地上，打拳的過程當中，我會慢慢從右前方往左後方移動。我發現就快要撞上身後一位太太，可是拳套繼續在進行，我不太想停下來，於是輕聲地、有禮貌地對這位太太說：「不好意思，可以請您移動一下腳步嗎？再麻煩您，把音樂調小聲一點。」這位太太放著音樂在原地扭動，感覺在任何一個定點都可以，有別於打太極拳腳步需不斷移動。沒想到我一講完，她便勃然大怒嚷了起來：「妳這個人太不講道理了，我剛來運動的時候，明明看妳就站在右前方，離我老遠，偏偏一直向我擠。」我想，她可能以為這拳套是我發明的，故意一直向她擠，「差點要撞到我已經夠不禮貌了，居然還要我把音樂關小聲一點，為什麼要關小聲一點？這裏是公共區域妳知道嗎？」我想用最短的時間澆熄她的怒火，忽然間心裏浮起一句古書裏的話：「禹聞善言則拜」，夏大禹這個人，只要聽到別人教育他、或告訴他什麼對生命有用的話語，就跪下來拜謝對方。我想，這個人是在罵我，如果我跪她一下可以澆熄她的怒火也不錯。反正「跪」對一個練瑜伽的人而言，不就是一種結合胎息跟貓式的動作嗎？所以我在打完太極拳的合勢之後，一轉身就跪下了，然後跟她說：「這位太太真對不起，我的拳套太長了。」

說完，覺得這件事辦完了，於是就跟她敬個禮，該說的說完了，就拿起水壺移動到遠些不會干擾到她的場地。這時候一位在中間區塊旁觀的婦人說：「妳的拳套，最後一式還得跪下呀？」我說：「喔，沒有，不好意思，是因為我礙著了那位太太，我的拳套太長了。」這位婦人我常常看見，但從來沒有交談，都是來運動的，她也練太極拳。沒想到適才那位太太看我在跟人對話，便很快地追跑上來，跟中間這位太太說：「妳知道這個人有多不合理嗎？她開始明明站在那兒，居然一直擠過來……」我教《莊子》，習慣注意我的心，把注意力放在丹田，所以那一剎那，我跟自己說「用心若鏡」，這件事已經處理完了，那就好了。中間區塊的太太聽她罵完後說：「人家已經跟妳下跪了，犯這樣的錯，下跪還不夠嗎？」她聽了不太滿意，顯然中間這位太太不是她的知音。醉月湖很寬，於是我繼續往前走，要放下水壺的時候，注意到有兩位先生也想把包包放在同一張桌子，我怕佔了人家的位子，就問：「不好意思，我換個位，請問水壺放這兒可以嗎？」他們答說：「可以、可以，這兒一切東西都是共享的。」但這一問一答不得了了，那太太看到我又在跟人說話後便衝過來，也開始跟那兩位先生攀談控訴。

「无聽之以耳」很難，因為聲音很大。我聽到她說：「你們認識那個人嗎？」「不認識。」「你知道她有多無理嗎？」她又開始敘述我方才的過失。我的拳套已經開始了，就繼續打拳、繼續打拳，完全沒有中斷地打了兩小時又二十餘分鐘的太極拳，就在我要離去的時候，發現那位太太後來就沒有好好運動了，她不斷在等有誰經過，然後跟過路人指著我，讓全天下人認得這樣的一張臉：「這個人有夠惡劣，她運動明明只在右上角，卻一直往左下角移動來侵犯別人，還叫別人音樂要開小聲。」

那天要離開的時候，我有一種很特別的開心，覺得戰勝昨日之我的那種開心。過去的我如果遇到這種狀況，可能會覺得今天蠻倒楣的，應該約個學生一起來在我後面打，就不容易撞到別人。可是我那天什麼也沒想，只想要讓這事情儘快過去，回到本來該做的事。最後我回頭看她的時候，聽到中間場地的那個太太又說：「人家都跟妳下跪了還不夠？」那一剎那的我是微笑的，像宋榮子一樣。

打完那兩小時又二十來分太極拳後，我回頭看那位太太。她站在樹蔭下，一張很惱的臉，可能在想：「今天遇到這可惡的人，跟我講這樣的話。」忽然，我覺得有點對不起她，罵了我一個早上，愁惱了一個早上，也沒運動到，不斷跟別人說我很壞，希望別人也一樣覺得我很壞。可是，就算他們都覺得我很壞，對我又有什麼損失呢？

「老師，萬一這些人都是妳的學生，在教學評鑑上給妳寫零分該怎麼辦？」也許我明年看的時候會覺得：「嘩，本年度真的好低呀。」可是在十年後、我要退休的時候，我整理、打包我的書櫃，把教學評鑑整疊疊好要收藏起來或丟掉的時候，五分跟零分是沒有太大差別的，因為它就只是一張你要處理的紙張。那些曾經聽過你、罵過你，或聽人罵你的，早就消失在你人生舞臺外的茫茫人海裏。如果我的生命只有兩萬天，裏面還含括包著尿布、不太能自主的歲月，甚至於年老、躺在床上的歲月，一個人一輩子非常短，為什麼要讓這麼美好的早晨僵執在這麼不愉快的氛圍裏？應該要趕快讓它過去。你知道她只是你生命中的一個客人，甚或連客人都不算，不必請她到家裏來坐。所以不要為別人的嘴巴、耳朵、口水，而影響你生命要追求的內涵，這是莊子教我們非常重要的事。許由覺得，堯奉上的這頂叫做「名」的帽子，他並不需要。那種生活，他也不羨慕。

越俎代庖——

盡心盡力於一己專業，不是為求名聲。

「鷦鷯巢於深林，不過一枝；偃鼠飲河，不過滿腹。歸休乎君！予无所用天下為！庖人雖不治庖，尸祝不越樽俎而代之矣。」

於是你不想要走出門的時候有一排人跟你說「總統好」、「長官好」，或成為任何教育界、商界的高層，有很多人景仰你、向你敬禮，因為你不喜歡，也不需要，你追求的不是這些。「鷦鷯巢於深林，不過一枝」，對於物質生活，你就像那隻小小的鷦鷯，在林子深處築巢，只需要一處枝頭就能停腳。或像土撥鼠，「偃鼠飲河，不過滿腹」，到河邊就能喝水。食衣住行，你再會吃、吃得再好，能吃掉一座山嗎？再會喝，不過喝得肚子鼓起來也就沒法再喝了。人只有一個頭、一具身子，就只能戴一頂帽子、穿一套衣服。胃很容易就裝滿了，衣服再穿多就流汗了。「歸休乎君」，我擁有的已經非常足夠，能靜定於更高心身境界的追求，所以啊，還是請你回去吧！天下並不需要我治理，你已經治理得很好了。最後許由用了兩個譬喻，是我們都很熟悉的成語——「越俎代庖」。

「庖人雖不治庖」，若你的工作是在祭典裏負責溝通天人的尸祝，有一天，就算廚子不想下廚了，你也不可能放下你的禮器——「樽俎」，拿起切菜板來，變身為煮菜燒飯的廚子。因為職司不同、追求不同。

我覺得這組譬喻，「庖人」和「尸祝」隱隱然有所影射。堯是帝王，簡單講是政治人物，一國之君，一國的總統、總理。我們為什麼需要政治人物？需要政治這樣的範疇？政治就是管理眾人之事。你覺得跟你生命最攸關的是什麼？其實就是吃飯，吃飯皇帝大！吃飯的重要性，不同語言、不同地方的人都描述過。NHK電視臺播出的電視劇《ごちそうさまでした》（臺譯：《多謝款待》），會做菜的人看完更會做菜，不會做菜的人看完興味大增。戲裏闡述的是，不管你說什麼語言、有什麼思想、站在哪一邊，都可以坐下來一起吃飯。而當人們可以同坐一桌吃飯的時候，就說明、證明了彼此的共同性。

庖人代表了什麼？人要活下去，吃飯很重要，是中醫稱「後天之氣」的來源。政治講管理眾人之事，食物需要有人管理、食安需要有人把關，衣呢？你們聽過有穿上全身就長疹子的衣服嗎？那不行。住呢？如果你住的房子動不動就倒塌，那也不行。行呢？總是跟左右鄰居一起籌錢來開自家前面這條路，太難了吧！政治人物要管的，就是跟我們的感官世界密切相關的事情。

那尸祝呢？尸祝是要溝通天人的。你覺得生命怎樣活最有意義，這是屬於哲學家、教育家關懷的領域。庖跟尸祝所追求的不同。《莊子》是思想，是生命的哲學、人生的哲學。生活的背後都存在著一種哲學，每一種哲學也觀照著一種生活。有件衣服，穿上後腰馬上小了三吋，若你懷抱莊子這樣的哲學思想，你就會把這件衣服丟了，因為看起來雖然瘦了，但實在太妨礙氣血循環、太不健康了。在你的生命中，腰看起來小三吋這件事，比起你的胃腸健康、氣血活絡，實在太不重要了。政治人物是不會致力於幫百姓探索深刻的哲學意涵跟人生價值的，因為這是思想家、教育家的工作。所以你可以很清楚地知道，為什麼莊子會用「庖人」來譬喻堯、用「尸祝」譬喻許由。

可是遺憾的是，在真實的世界中，好廚子也很難覓。我看過一個DM，說有個地方食材非常安全，剛好又是我最喜歡吃的臺灣小吃，一定得去嚐嚐。嚐了以後覺得：廚藝實在有待加強。治大國如烹小鮮，連好廚子都難找，你又如何苛求為政者呢？所謂民主時代、民主國家，我們投票的時候，得知道你所選的人是要為大家做些什麼，一旦明白了，就知道該怎麼選擇。

到底莊子要訴說什麼？為什麼他要講許由跟堯，你們想過嗎？在儒家的世界裏，有什麼比聖王還要了不起？連金庸筆下的韋小寶都知道堯舜禹湯、鳥生魚湯。儒家思想的影響非常巨大，永遠覺得要為了天下而活。小學的時候，教室牆上掛的座右銘常是「以天下興亡為己任，置個人生死於度外」，「養天地正氣，法古今完人」，從小看到大。不談政治，我們就說前任臺大校長在當校長前，有次我們參加學校活動一起去爬山，校長真彷彿特異功能之士，整趟路臉不紅氣不喘。但兩屆任期下來，我在電視螢幕、報章雜誌上再看到他，真的憔悴了。在儒家思想的觀照下看這樣的人物，覺得多麼感人、多麼有光輝。「血沃中原肥勁草」，我們的生命、我們的鮮血，就應該撒在天下、肥沃鄉土，生命的光熱就是該燃燒給這個時代，燃燒自己照亮更多人，這些都是受到儒家思想的影響。

可是道家思想提醒我們另外一件事，它的重要性在天下之上，就是生命的價值、生命的根本。比起天下，我們應該一樣愛惜、甚至更愛惜自己的心靈、身體。想想看，有天你談戀愛了，如果你的男女朋友非常重視自己的心情，重視每天三餐吃什麼，他一定也會問你：「心情好不好啊？」「中午吃什麼呀？」可是如果你今天談戀愛的對象，覺得憂鬱是種美感、不吃飯比吃飯更浪漫，就一起憂愁衰病，你們的生活會完全不一樣。

當你為天下、社稷民生著想，希望天下每個人都快樂、健康，就要先學會如何讓自己快樂、健康，才能幫助另一個人、更多人也變這樣。如果我沒有學醫，只是個病人，頭都禿了，然後說：「來，我給你開生髮藥吧。」你還敢吃我的藥嗎？把自己的心、身顧好，絕對不表示你對天下漠然。像「其神凝」這樣的工夫，我們講授的只是起點，一開始是五分鐘、十五分鐘，然後是連在上課、教書、過馬路、買菜、做飯的時候，都要時刻注意的工夫。這對你日常生活中的交接應對完全不影響，反而會有幫助，因為心更清明了、心身能力都提升了。《莊子》裏面有十一個非常有名的達人、職人，每個行業的翹楚都具備《莊》學裏面的心身能力，所以莊子之道絕對不是一種擁有後會跟世界變得疏離的東西，完全不會。

為什麼強調莊子的第一位典範人物許由，出場跟堯討論天下問題的這一段？這就像是鐘擺原理，莊子覺得儒家思想已經教我們太過於重視天下，所以要把它擺回來。讓我們明白「鷦鷯巢於深林」、「偃鼠飲河」這些人世間的價值，我們可以非常淡泊，可以去追求另一種追求。他提醒我們，生命，還有一種可能。心靈，還有一種可能。身體，還有一種可能。

你不是非得放棄儒家的理想，才能擁有這個可能、這個追求。你一樣可以把更強健的身心能力所開展出來的專業能力，貢獻給你的時代，這並不衝突。對《莊子》思想，對於道家思想，這是我一定要強調的地方。免得大家誤解學習道家文化很可怕，老僧入定了，不談戀愛了，不找工作了。絕對不是這樣，還正好相反。如果你聽我這樣詮釋莊子，就會知道莊子確實看到儒家思想的一些問題，但也絕對看到儒家非常美好的地方。所以莊子把儒家寫成一隻大鵬鳥，飛翔的姿態這麼宏偉壯美，他只是要彌補那些缺憾。身為中國文化的繼承者，這樣去看《莊子》，自然能吸收儒道兩家精華。在這個混亂的時代裏，在資本主義社會不得不然的紛亂裏，才能屹立不搖。

姑射神人——

理想的膚況、體態與精神境界休戚相關。

肩吾問於連叔曰：「吾聞言於接輿，大而无當，往而不反。吾驚怖其言，猶河漢而无極也。大有逕庭，不近人情焉。」連叔曰：「其言謂何哉？」曰：「藐姑射之山，有神人居焉，肌膚若冰雪，淖約若處子，不食五穀，吸風飲露。乘雲氣，御飛龍，而遊乎四海之外。其神凝，使物不疵癘而年穀熟。吾以是狂而不信也。」

《莊子．逍遙遊》提及莊學定義下三位聖人典範。第一位是許由，現在要介紹第二位——姑射神人，這是《莊子》中大家非常喜歡的一個橋段。

「肩吾問於連叔曰」，肩吾請教連叔，請教什麼？他說：我從接輿那兒聽到一些話，「大而无當」，吹牛誇大，無邊無際。「往而不反」，講的境界好像很高很遠，卻遠到根本回不來。「吾驚怖其言」，我聽到這些話覺得驚恐得很，像天上的銀河一樣遼闊沒有盡頭。「大有逕庭」，「逕庭」是一個房子裏相互距離最遠的地方，傳統士大夫的房子可能就是個四合院，小廝、丫鬟住在近門的房間，客人來敲門，就通報主人。主人至門迎客後，主人走東邊的階梯，客人走西邊的階梯，這是士大夫的禮節。「庭」是房子的中庭，「逕」是可以走的路，主人步東階而行，客人步西階而行，走到庭中央的兩側，兩人隔著中庭打躬作揖。「大有逕庭」是什麼意思？就是用四合院落相距最遠的二處形容對方所述扯太遠了！「不近人情」，講得太不近人情了。人間會有這種人嗎？如果是現代人，那當然要追問一句：「你描述的生命狀態符合物理學的解釋嗎？禁得起西方科學的檢驗嗎？」連叔聽了就問：「其言謂何哉？」他說了什麼？「藐姑射之山」，「藐」就是很遠，很遠很遠的姑射之山，有神人住那兒。神人是什麼樣子？「肌膚若冰雪」，肌膚像冰雪一般潔淨瑩白。「淖約」是輕妙美好，神人的體態輕妙美好，像個在室的年輕男子。人到中年，身體會有一些變化，可如果從學《莊子》起，開始注意「緣督以為經」跟「其神凝」，就算到了那個年齡，也還可能「淖約若處子」。

「不食五穀」，吃的不是一般人吃的五穀雜糧，而是「吸風飲露」，吸納清風、啜飲露水。當年學這段的時候，我的《莊子》老師說：「這是一段神話的描述。」唸一唸就翻過去了。因為我剛好研究傳統醫學跟養生思想，看明代高濂的《遵生八箋》，讀李時珍的《本草綱目》，有多少醫書告訴我們喝荷葉上露水可以消暑，百花上露令人好顏色，稻葉上的露水則能清肺。喝露水在醫書裏面是有記載的。在《遵生八箋》中，好多練功的人，跟朝陽、綠樹、方位、時間配合，來讓自己的氣與天地的清和之氣作交換。如果你把它當成實修的工夫，就可以不把這段解釋成「神話」。

除了飲食狀態很特別以外，還說這位神人能「乘雲氣，御飛龍，而遊乎四海之外」，乘著雲氣、駕馭飛龍，遨遊於四海之外。如果視同道教典籍，把它當成宗教性敘述來理解，那你可能覺得：「這是出陽神了，修煉到靈魂出竅，可以到世界各地遊玩。」但是受過西方理性主義洗禮的知識份子總不好這樣解釋，所以通常會把「乘雲氣」跟「御飛龍」解作前面講的「乘天地之正，御六氣之辯」。當你能駕馭任何順境逆境，那人世間對你而言就都是順境了，不管有多少紛擾，都能夠逍遙遊於天下。「乘雲氣，御飛龍」，就像玩雲霄飛車，總覺得樂著。「其神凝」，把精神凝聚了，安靜下來，沒有念頭，就算有，也如浮雲過眼，不停留，不陷溺、不執著。把注意力定在關元、或者膻中、或者山根、或者印堂、或者泥丸[1]。做到這樣，周邊的氣場會變得非常好，「使物不疵癘而年穀熟」，種的東西不會有蟲害，稻米穀糧豐收。「吾以是狂而不信也」，肩吾覺得這席話真的太誇張了，實在沒法相信。

我能感受肩吾的心情。多年前，我跟臺大前任校長李嗣涔老師一起開了一個課程，負責上《黃帝內經》。李嗣涔校長那時還是李教授，很客氣。每在學期之初會跟所有幫他上課的老師聚餐。一起吃飯的時候，座中有崔玖這般國內非常知名的婦產科醫師，但因為研究特異功能，所以對話的內容都是：怎麼測量氣功功力的高下？氣功師要如何分級？各自發功，然後看頻譜儀顯示的數字或曲線；或是每個人都發給同樣品種、同日採收的紅豆，各自發功，看誰的芽苗長得快。我聽他們說著說著，有很奇特的感覺，總覺我來自凡間，而他們已列仙班，有趣極了。可是，有沒有可能這是常人還沒有開發的人體潛能？這人體潛能代表的是少數人、多數人，還是所有人？這是一個很有意思的問題。「吾以是狂而不信」，所以肩吾他沒辦法信。

連叔曰：「然。瞽者无以與乎文章之觀，聾者无以與乎鍾鼓之聲。豈唯形骸有聾、盲哉！夫知亦有之。是其言也，猶時女也。

1 關元：在肚臍以下三寸（四指幅）的位置。膻中：位於兩個乳頭連線的中點。山根：在雙眼內眼瞼連線中點的鼻梁骨上。印堂：在兩眉中心。泥丸：即百會穴，在頭頂正中央。

看看連叔怎麼回答，他的回答充滿了智慧。連叔第一個字說：「然」，「啊，也是。」你跟人家聊天說：「我覺得那個人吹牛吹得太大！太可笑了，我才不相信呢！」聽你話的人說：「對，你說得真對。」你會很開心，但如果他說：「不不不。」你就會不太開心。這就是連叔講話的智慧。人的個性可以從很多細節或談話中發現，如果你跟對方說話，他總說：「不對不對，不是這樣……」開始講他的意見。但你卻發現，他的意見跟你剛剛講的完全一樣！這種人通常胸中較具成見、比較不易接受他人的想法。「瞽者无以與乎文章之觀」，接著連叔說，沒有人會拿繡滿美麗圖紋的錦緞給瞎子欣賞，因為他看不到。那聾子呢？「聾者无以與乎鍾鼓之聲」，也沒有人會演唱小曲兒或是敲擊鐘鼓、彈奏樂器給聾子聽，因為他聽不到呀。下一句話真是可怕，他說：「難道只有身體會聾、盲嗎？人的心智也是會失聰、失明的。我覺得這些話，說的就像現在的你。」意思是說，有關姑射之山神人的描繪，就像那最美麗的錦緞、最好聽的音樂，沒有必要拿給瞎子看、奏予聾者聽，那些人因為看不到也聽不著，所以不相信。連叔說，如果你認為人只能如何，只能說你太小看人了，對於人的潛能缺乏認知，是心智上的聾盲者。

學《莊子》，就算沒學會逍遙，也要學會罵人，莊子罵得多麼典雅、溫潤、和藹又使人警惕。實在罵得太好了。

物莫之傷——

不讓心靈為外物所傷。

「之人也，將旁礴萬物以為一，世蘄乎亂，孰弊弊焉以天下為事！之人也，物莫之傷，大浸稽天而不溺，大旱金石流、土山焦而不熱。是其塵垢粃糠將猶陶鑄堯、舜者也，孰肯以物為事！」

連叔接著告訴他，神人達到什麼樣的境界：「之人也，將旁礴萬物以為一。」接輿說的那位神人啊，已經達到與萬物合而為一的境界了。那是怎樣的境界呢？身為華人我們都以為懂得什麼叫「天人合一」。可是真的讀了《老》、《莊》後才發現，原來這樣的人才算得上是天人合一。就是能把天地之氣的精華全部納入己身的人，通體充盈著純陽之氣，身體輕靈到感覺比衛生紙還要輕，像沒有一樣，因此感覺跟天地是渾然一體的。

「世蘄乎亂」，世間的人各個盼望「亂」，這個「亂」字，不是中文學門的人定感困惑：這世界的人都希望天下大亂嗎？不是這個意思，這是訓詁學中的「反訓」，解釋成跟字面相反的意思。所以這個「亂」字其實詁訓作「治」，是安治的意思。世界上的人都希望天下是治理得很好，可是神人卻「孰弊弊焉以天下為事」，不會讓身心勞頓、困苦，汲汲營營地就是要為了天下、為了天下、為了天下。

看世界可以有很多種眼光。比如心裏永遠有一個最理想的世界、最太平的時代、最清明的政治、最聖明的領袖，哪怕只是一個里長我們也想提出這樣的祈求。可是另一方面我們又會說風水輪流轉，好像能接受氣數、天地間也有命定一般。所以莊子說「安之若命」，對我們能力無法觸及的、無法改變的，盡力之後還是無法扭轉的，就放下吧。

之前因為身體的原因，我暫別臺大休養幾年，其實感觸很深。在臺大教書，會有中央研究院的學者朋友跟我說：「妳在課堂上講課不管多賣命，聲音，都是留不住的。」過去我問同學為什麼來修這門課？同學常回答：因為學長姐說這門課不錯。可待你生病幾年再回來，學生的學長姐都畢業了，臺大沒人知道你是誰了，一切得重新開始。你會深刻意識到一個人的力量其實非常非常渺小，自己在這個世界上產生的影響、能影響的人跟時間都非常有限而短暫。所以，如果你一生都為了天下拋頭顱灑熱血，真讓世界迎來清明的時代，但對不起，若下一任繼位者是一位昏君，你辛苦建構的美好時代就又被破壞了。我不是要澆大家對政治美好憧憬的冷水，但很有可能這就是赤裸裸、血淋淋的現實世界。那我們究竟該怎麼辦？若你還沒當總統或尚未從政不必太過焦心，就先把自己的心身照顧好，把自己的專業能力培養好，這是我們可以先做好的一件事。

「之人也，物莫之傷」，達到這樣境界的人，外在世界傷害不了他，即使傷了，他也不覺得傷。你們看我的手，有好大一個傷痕。這個傷痕提醒我：「不要過問人世間愛的糾紛。」我的一隻貓跟一隻狗曾經是好朋友，最近處得不太好，所以狗常常會發出怨恨的聲音。貓高高在上假裝不理牠，狗就在下面哀號，像是說：「為何不看我一眼，妳這負心貓。」那天，貓太緊張了，因為狗好像要撲向牠，我想去調解一下，就抱起那貓，貓太緊張，一抓我就流出血來。可是流出血來了我也不覺得傷呀，擦一擦優碘就好了。人世間有很多糾紛，不要因此撕裂自己，皮肉傷還好，千萬注意不要讓自己身心俱疲，甚至身心俱殘。「大浸稽天而不溺，大旱金石流、土山焦而不熱」，外在的力量怎麼也傷不了他，就算洪水已經漫到天際，就算熱到礦物、石頭都熔化，土地、丘陵都燒焦，神人也不覺得熱。怎麼那麼厲害？人心到底能承受多大的壓力、多劇烈的變化？

我每次夜裏在醉月湖邊打拳，都會想到人的恐懼。我小時候膽子小，看《射鵰英雄傳》，那時叫《大漠英雄傳》，看到哪一頁就不敢看了呢？梅超風，因為九陰白骨爪太可怕了。多年後有一個朋友到我家，看到地板上畫有腳印，便問我：「璧名，那是什麼？」我答：「是練功用的腳印，單練太極拳的『倒攆猴』。」朋友便要求能否踩著腳印練給他瞧瞧，沒想到他看了後眼神、表情都變了。那是跟我很熟的一位朋友，他從來沒有在我面前出現過害怕的表情，那一剎那，我想他到底怎麼了？他說：「璧名，妳剛剛的樣子挺嚇人的。我從來不覺得妳這麼雄壯，剛剛的妳，讓我想起一個人。」「誰呀？」「梅超風。」他說因為這動作讓他想到九陰白骨爪。我說亂講，這是太極拳的「倒攆猴」。

每次在夜裏，在醉月湖邊，尤其獨自練拳的時候，不免會想起我曾經那麼怕鬼，連鬼故事都不敢聽，去哪兒都要奶奶陪著，甚至去廁所也要有人陪，怎麼有天能在那麼空曠的空間，在子時漆黑的夜裏，一個人摸黑打拳。有一年跨年，我真覺得最過癮的就是一個人打拳跨年，一點都不覺得害怕。當年害怕的那個人，還是今天的我嗎？現在一點都不害怕了。

為什麼要告訴大家這個跟文本好像無關的事情？一個人的恐懼，可以從有變成沒有。我每次害怕就告訴自己，怕什麼？怕鬼嗎？百年後我也是鬼，誰怕誰呀？你怕人，人這麼多你怕得完嗎？用一些想法說服自己不要怕，勸慰自己。人一輩子，活在天地之間就是這樣。人死了，靈魂還在，沒什麼好怕的。如果恐懼能透過這樣的工夫去消弭，那麼煩惱、憂愁也是。我到目前為止覺得最有效的方法，就是把注意力放在丹田、或胸口、或眉心，連怕都忘了。我小時候也怕毛毛蟲，現在打拳，湖邊白千層樹那麼多，毛毛蟲自然也多，落在肩上、臉上，拍掉也就算了。再來一隻，就再拍一次。人的情緒是可以對治的，心平氣和是可以練習的，我離莊子理想的境界當然還很遙遠，事情多的時候還是會小小的著急跟緊張，更不要講其他情緒，但確實是越來越容易靜定了。在教《莊子》的歲月裏，我不斷給自己洗腦，接受莊子的說法。因此我常會驚訝地問自己：「奇怪，為什麼我今天不會生氣？這件事情我以前肯定是會生氣的，今天怎麼覺得還好。」可是如果要注視「姑射神人」，我還是要仰起頭來才能遠遠望見吧。

達到像「姑射神人」這樣的境界，他身上的污垢、灰塵、碎屑拍拍，或者把他吃的米飯裏未熟的穀粒剔掉、穀皮兒去掉，就足以捏出一個堯舜來。敢情吳承恩是看了這一段，所以孫悟空一捏一吹就吹出一大堆孫猴子，《西遊記》的意象是從這兒來的嗎？我不知道。但是如果一個人的境界這麼高超，「孰肯以物為事！」這樣的人，你拿什麼黃金寶貝，能打動得了他呢？他曉得這些東西都是浮雲過眼、白駒過隙。

「姑射神人」的故事訴說了什麼？儒家思想的出現，確實是消弭、減少了俗世的一些紛爭。俗世之人，人人想爭名逐利，什麼都想要最好的。最漂亮的女人、最帥的男人、最有才情的人，最好都是你的朋友或男女朋友。世俗之人的欲望造成很多紛爭，因為美好的資源有限，不管是人還是物都是這樣。儒家思想教我們「恕」，待人如己。你自己想要吃好，也要想：「別人吃好了嗎？吃飽了嗎？」當你想為自己做一件事的時候，想想別人，別人是否也有跟你一樣的想望。所以孔融可以讓梨，可以有辭讓之心。出於私心的就是「非」，能為別人著想的就是「是」。這樣一想就知道，儒家思想是非常美好的。

可是這樣美好的儒家思想，有時候好過頭了。好到為了天下，你忘了要強化自己了，好到少了一點自我精神跟心身的修鍊了。所以莊子提醒我們，在儒家文化之外的一種價值。從「其神凝」的工夫可以開展出的一種價值。不要整天只想「齊家、治國、平天下」，家、國、天下都在外面，好好治理好自己的心靈吧，把它當成一生最重要的追求。堯在此時又出現了，這一大段再次提醒我們，莊子的對話者還是儒家。一者講儒家「為天下」而忽略了提升心身，再者講儒家不知「其神凝」之道。

喪其天下——
放下對擁有的執著。

宋人資章甫而適諸越，越人斷髮文身，无所用之。堯治天下之民，平海內之政，往見四子藐姑射之山，汾水之陽，窅然喪其天下焉。

「宋人資章甫而適諸越」，從前有一個宋國的商人，帶了一批禮帽前往越國販賣。沒想到越國人的頭髮都剪斷了，全身還刺滿花紋，根本不需要帽子。古人需要帽子是因為束有髮髻，所以需要禮帽。若頭髮都剪了，又沒有一個突出來的髮髻，禮帽就完全派不上用場了。

滾滾紅塵中，有很多追求其實也是這樣。名牌包對很多女人而言，可能是衣櫃裏永遠還少一個的東西，但像我這人最怕的包就是皮製的，因為重。項鍊、手環戴了都覺得有重量，更何況是「皮包」。一旦追求周身輕靈而沒有這需求，當看到別人因為有這想望，就十幾二十萬地買、這樣地籌錢，會覺得自己好幸福。我到一個年齡之後，就沒再買過百貨公司一樓裏的東西，覺得這個世界要讓你掏出錢來或者花很多心思的東西是越來越少了。如果今天你把寶石當成一個嗜好，或者覺得就是要跟得上3C產品的流行，你就有很多的執著在外面。

越人不需要禮帽，但你清楚哪些東西是你真的需要的嗎？有它，生命真的更好嗎？如果我講這些你都沒有感覺，想要的還是很想要，那我勸你好好整理房間吧，重新面對你小時候非常珍惜的東西，現在可能覺得好佔空間而想丟了它。你一定會發現，你到底需要什麼，在不同的時間想法會不同。你慢慢會覺得人生真正需要的東西不是那麼多，可是你卻為了不必要的東西，花了人生泰半的時間跟精神。

「堯治天下之民，平海內之政」，他說堯啊，治理天下的百姓，把海內政事都平定了。當堯聽說在遙遠的姑射山，「汾水之陽」，山北水南為陰、水北山南為陽，汾水之北那裏住著隱居的姑射四子，就動身前去拜訪。但當他遇到這四個得道的隱士談「其神凝」：徹底作到心神凝定了嗎？你的真陽之氣現下如何？你能感應的天地萬物為何？我想堯一定插不上話。看到這兒，想到瑜伽，印度人覺得所有的高士都隱身在喜馬拉雅山，那兒有很多高人。我想《莊子》書裏可能也有類似的想法，或是有這樣的真實也說不定。

我曾經在圖書館遇到一位當時臺灣還滿知名的作家，偶爾會上電視節目。記得那時候圖書館員跟他說：「這位先生，您的圖書館證呢？」這位作家就不開心了，他說：「我某某某，就是這張臉，舉世都認得，我這樣的人還需要圖書館證嗎？」一個人有名了、出名了，就覺得全世界都該跟著他轉，別人要出示圖書館證，他可以豁免。可要是有一天，人人見了都得說「長官好」、「領導好」的人到了馬達加斯加，他會覺得很失落，怎麼這些烏龜都不來招呼、敬禮，很不習慣。堯治天下之民，身居萬人俯首的地位，但看到姑射四子追求的跟自己全然不同，忽然有種「窅然喪其天下」的感覺。「窅然」，就是不清楚。他覺得，本來擁有的東西好像全部變成海市蜃樓，悵然若失，不再覺得自己擁有天下了。

如果你跟我一樣喜歡看歷史劇、古裝劇，比方說前幾年很有名的《後宮甄嬛傳》，你會知道君王睥睨天下的眼神，就是自覺了不起。我有好朋友當空姐，會在飛機上遇到一些了不起的人，在電視上很常露臉的人。有時候空姐需對特定人士說：「歡迎某某夫人今天搭乘，為了表示對您的歡迎，總經理說這些禮品看您喜歡什麼，要送您一樣，任您挑選。」然後她非常震驚地告訴我：「妳知道她回答什麼嗎？『每一樣都來一件。』」有這樣的地位，有錢得不得了，怎麼還那麼貪哪？也聽說，飛機上叫得出名字的某位大人物，看到這空姐長得美，就給張名片：「有困難來找我。」教人覺得怪怪的，一般男人會這樣嗎？一般人不太敢這樣，但位階夠高就敢。也許因為權力使人腐化，絕對的權力使人絕對的腐化。位階高了，覺得自己了不得，就算有妻小了，就算七老八十了，也覺得沒什麼。你可以想像這樣的人聊天的內容：「你的小老婆才三個是吧？我七個。」「你住帝寶是吧？帝寶大半都是我的。」

可是如果你像我一樣，不想身上有任何束縛，不希望衣服質料太重，昂貴而不適用的名牌要送我，我用不著，馬上轉送給另一個人。你會忽然覺得原來自以為擁有的，究竟算什麼呢？曾經因此覺得高人一等的，到底算什麼呢？

姑射四子或姑射神人，他們修鍊的境界，不是神話裏的傳說。如果熟悉中國詩詞，你會知道蘇東坡跟朝雲。東坡是令不少讀中文系的女子鍾情的一名男子，也是讀中文系的男子很羨慕的一個男人。可是中文系的男女喜歡東坡的理由不一樣。中文系的女子都想遇到這麼個文采風流又深情如斯的男子，可是中文系男人羨慕的是他寫〈江城子〉：「十年生死兩茫茫，不思量，自難忘。千里孤墳，無處話淒涼。縱使相逢應不識，塵滿面，鬢如霜。夜來幽夢忽還鄉，小軒窗，正梳妝。相顧無言，惟有淚千行。料得年年腸斷處，明月夜，短松岡。」這詞寫給亡妻王氏。但對不起，王氏並非東坡的最愛，朝雲才是。朝雲和東坡一起修煉，修煉什麼？煉丹。如果你跟男女朋友一起修《莊子》，不覺得這愛情非常穩固嗎？去哪兒找一個能一起煉丹的人？在當代可說是非常稀有的嗜好。這時代流行打籃球、打排球、打羽毛球、作重訓。但你生命的追求是什麼？可以是不斷提昇自己的心身境界。我的學生總是帶男女朋友來聽我講情詩，其實最值得聽的是《莊子》。一旦進入這樣的修鍊，對人世間滾滾紅塵的一切再也無心耽溺，更不會以後宮佳麗三千人，擁有小三、小四、小五為人生志向。不說《莊子》，佛家的白骨觀也教人破除對色相的執著。這女子好美、這男子好帥，都玉立挺拔，肌膚光潤。可如果現在馬上進入白骨觀的狀態，就知道眼前只是一具又一具的白色骷髏。百年之後，誰不是呢？著迷於一個人的外表，明明知道這人品性很差，嫁娶後根本沒有一天人的日子可活，還是忍不住要追求。你覺得情難自禁了，被迷惑了，這時候可以用白骨觀這一招。看到一具白骨從椰林大道踱步而來，趕快閃，你就不會著迷、不會迷惑。

這一串像題外話的題內話，其實是要告訴大家，我們擁有什麼。

我從小到大想住在有院子的房子，可以種草藥，後來在房價還沒上漲的時候，很幸運地入手了。可有一天，我開始醉心於太極拳，花很多時間打拳，覺得醉月湖邊遠遠比我家的院子好，地廣泥深。當我常來湖邊，才知道全臺灣大學享受最奢華的富者是誰？就是一條黃狗跟一條黑狗。每天早晨，當我們五十幾個人擠在這個相對窄小的教室上課的時候，當校長正在校長室辦公忙碌，偶爾還要應付媒體的時候，那兩隻狗，很悠哉地在大草坪上休憩，最寬廣的草原，從樹冠流瀉而下的金黃色陽光，最自然舒暢的風，牠們都可以盡情享受。

在醉月湖畔打拳，會參透這件事情。我在想，啊，其實我年輕的時候不用那麼辛苦貸款買房子的，只要有一個大小像日本人膠囊旅館的住處，這樣蹲下來，這樣鑽進去，反正睡著了誰還知道房間美不美呢？家裏院子再大，能大過臺灣大學嗎？能超過國父紀念館嗎？後來我開始鼓勵學生：「為什麼不在臺大附近買房呢？」學生總說：「老師，很貴啊。」「不會啊，你們就幾個人合買吧。」「合買？」「是啊，反正將來有孩子，早上起來就帶到臺大醉月湖邊練拳、運動。接著就到臺大圖書館，利用圖書館的資源。」臺大不是公共空間嗎？為什麼要窮盡二、三十年的體能心力，只為不斷付貸款？讓孩子從小就在臺大成長，看到的人就是每天用功讀書的學生，將來說不定就蓬生麻中地考上臺大了。學生聽了都挺能接受，但回去跟家長講，家長會說不要聽這個老師亂講，哪能幾個人合買房子。為什麼不能呢？旅遊時不就合住青年旅館嗎？「天地者萬物之逆旅」，人間世不也是你我短暫投宿羈留的客棧？其實生命中是有很多可能的，端看你認為什麼是最重要的事。

「窅然喪其天下」，這句話非常短，雖然短，卻非常有味道。如果你喜歡帽子、需要帽子，怎麼會想到有一個地方的人根本不需要帽子，覺得帽子是廢物。如果你是君王，有很多錢、很多女人，十分得意，可別人覺得你好可憐，人生需要這麼累嗎？你好像忽然不再是整個世界的王。這個故事敦促我們想什麼？它敦促我們思考，人生最值得追求的是什麼。

近代西方很多心理學的作品有類似的反省，例如以色列裔正向心理學家塔爾·班夏哈（Tal Ben-Shahar）的《更快樂》（*Happier*）[2]，不斷地探究人生的終極貨幣為何。大家都愛錢，可是錢能幹嘛？如果錢不能買到你要的愛情，如果錢不能買到你要的心身情狀，如果錢不能幫你實現你要的理想世界，又有什麼用處？我能用十萬塊買到一臺很棒的腳踏車，可是我沒辦法買到騎腳踏車的技術。我常常跟一個學生說：「你那麼會騎腳踏車，我好希望用十萬塊跟你買，讓我能具備這樣的能力。」「老師，我也想賣你啊，可是沒辦法。」我就是無法騎得這麼好。這世界上很多東西是錢買不到的，真的意識到這點，你就不會把錢當人生第一目標。可是為什麼有人把它當第一目標？因為大家都這樣，就「眾所同去」了。「去」不是離去的去，而是跟著眾人載浮載沉。

世俗的功名利祿，或者儒家的立德、立功、立言，一路走來，我對於這些事有著不同的感覺。小時候覺得有名不錯，後來覺得非常可怕。因為你會失去一些自由，失去很多自己的時間。如果可以，就讓別人去吧。接受莊子思想，你的生命會有很多的改變，過去會煩惱的事情，可以不再煩惱。

《莊子》在「乘天地之正，御六氣之辯」之後給我們的三則故事，在這裏告一段落。第一則提出的典範人物叫許由，第二則提出的典範人物是姑射神人，第三則提出一群典範人物喚作姑射四子。最後，也讓反省自身的堯成為一位典範人物。

想想看，如果堯到姑射山一趟，發現「其神凝」很重要，回來以後早晚日理萬機之餘也來「其神凝」一下，說不定心靈澹定的堯會變得更賢能，處理國事的時間不用像過去那麼長，就可以把天下治理得更好。誰說提昇自己的身心是一種浪費的行為呢？三百六十行，哪一行的成功不是出自頂尖的心身能力？好好陶養自己，練習「其神凝」，天生賦予的身心潛能是很值得開發的。

2 《更快樂：哈佛最受歡迎的一堂課》修訂版，臺北：天下雜誌出版，二〇一二年十月。

逍遙遊——參

大瓠之種

什麼是有用？

我們從小被教育，要成為一個有用的人。沒有家長會對孩子說：「孩子，努力變成一個沒用的人吧！」可什麼是「有用」？在〈逍遙遊〉的最後，莊子讓我們重新思考這個問題。

我的母親生長在一個最能代表臺灣世俗價值的典型家庭。我的舅舅們大部分都是醫生，只有我大舅從小因為小兒麻痺，有選擇科系的自由，後來拿到東京大學物理博士學位，在臺大物理系教書。我的阿姨們也都嫁給醫生，他們的孩子都學鋼琴、小提琴。這就是臺灣社會世俗的主流價值，不是嗎？

可我發現，我的父親跟母親在教育我們的時候有一點不同。我在看課外書的時候，母親會說：「課本讀完了嗎？參考書寫完了嗎？」我因此知道，在她心裏，哪些書是有用的，哪些不是。可父親不一樣，我在寫字，父親遠遠看到我拿毛筆，就好開懷地過來看。我看得出來父親非常喜歡我去做一些母親可能覺得沒什麼用，但父親卻覺得更有意義的事。在臺灣我們不斷被教育，好好考試考試考試、用心念書念書念書，才能念收入最高、最穩定的科系。直到我們接觸日本人，怎麼一個折紙師傅、一個麵包師傅也能發達啊？這幾年臺灣不景氣，人人喜歡說「臺灣之光」，像曾獲得世界麵包大賽冠軍的吳寶春師傅。我們開始不再認為「萬般皆下品，惟有讀書高」，那麼，到底什麼才是有用？

拙於用大——

你怎麼用你的心？

惠子謂莊子曰：「魏王貽我大瓠之種，我樹之成，而實五石，以盛水漿，其堅不能自舉也。剖之以為瓢，則瓠落无所容。非不呺然大也，吾為其无用而掊之。」

惠子跟莊子說：「魏王貽我以大瓠之種」，「貽」就是贈送，魏王送我一個「大瓠之種」。「瓠」是葫蘆科葫蘆屬的植物，大家都看過葫蘆。惠子說：「魏王送我一種大葫蘆的種子。我把它種下了，直到開花結果。」葫蘆要等完全晾乾才能變成容器，惠子的葫蘆成熟以後有多大呢？「實五石」，一石等於多少？南朝謝靈運曾說：「天下才共一石，曹子建獨得八斗。」一石是十斗，一斗是十升，一升約莫一碗水。「實五石」就是能裝五百碗水，真的是個大葫蘆。可是用它來裝水好重，重到舉不起來。換個力氣大的人來提呢？那更危險，葫蘆的質料很脆，很容易破，就算舉得起來，也不一定能保住葫蘆。惠子想，這葫蘆既然不能當水壺，乾脆「剖之以為瓢」，剖成一半當瓢總可以吧？可是，卻發現「瓠落无所容」，沒有任何鍋碗瓢盆甕缸，能容得下這大葫蘆作成的水瓢。大有什麼好？「非不呺然大也」，

「呺然」就是「大」的樣子。這葫蘆大歸大，但實在不知道它有什麼用。「吾為其无用而掊之」，「掊」念ㄆㄡˇ的時候，是「擊碎」的意思，惠子覺得這葫蘆沒用，就把它打碎了，他的智慧僅止於此。莊子怎麼說？「夫子固拙於用大矣」，他說惠子啊，你對於大東西的使用真是笨拙。

莊子曰：「夫子固拙於用大矣。宋人有善為不龜手之藥者，世世以洴澼絖為事。客聞之，請買其方百金。聚族而謀曰：『我世世為洴澼絖，不過數金；今一朝而鬻技百金，請與之。』客得之，以說吳王。越有難，吳王使之將，冬與越人水戰，大敗越人，裂地而封之。能不龜手，一也。或以封；或不免於洴澼絖，則所用之異也！今子有五石之瓠，何不慮以為大樽而浮乎江湖？而憂其瓠落无所容？則夫子猶有蓬之心也夫！」

莊子開始說故事了，說故事就不易爭執、不會吵架。莊子說，宋國有戶人家非常擅長製作防止雙手龜裂的藥，「不龜手之藥」的「龜」念ㄐㄩㄣ，跟「皸」是一樣的意思，就是皮膚皸裂。這藥使得他們家世世代代都能以「洴澼絖」，就是漂洗棉絮為業。三點水的「洴」

跟三點水的「澼」，它的含義相當於提手旁的「拚」跟「擗」，是「打擊」的意思，不過不是用手而是用水打擊、漂洗。「絖」是什麼？糸字旁的「絖」是「棉絮」，「洴澼絖」就是用水打擊、漂洗棉絮。「客」指的是外地人，外地人聽了，覺得這個東西真好，就出價「百金」要買下這個祕方。聽到有人出這麼高的價，全族的人就聚集起來商討這件事：「我們家族啊，世世代代都做這漂洗棉絮的活兒，就賺那麼少少幾個錢。此刻，只要把這製藥技術賣給那個傻外地人，輕輕鬆鬆就能擁有百金，太划算了。賣給他吧！」他們一下就這麼決定了。

外地人得到這個方子，就拿去遊說吳王，希望能為吳王所用。吳王把他納入門下，像食客一般。後來「越有難」，「有」是「為」的意思，越國製造了一場災難，出兵來犯。「吳王使之將」，「將」讀ㄐㄧㄤˋ，是「率領」。吳王派遣這個買了「不龜手之藥」祕方的人，當軍隊的將領。「冬與越人水戰，大敗越人」，在天寒地凍的冬天，輕鬆打贏水戰。你絕對知道為什麼能贏，手裂的滋味挺駭人的，一旦得了「富貴手」連家事都不能做，嚴重的還會出血。你想，有一方軍隊全員手都裂了，當然很容易打敗仗，武器都拿不穩，何況打仗。這個擁有「不龜手之藥」的人帶領軍隊大獲全勝，吳王非常開心。「裂地而封之」，就割一塊地封賞給他。

你想想，同樣是讓手不要皸裂的藥方，「或以封」，有人因此得到封賞；「或不免於洴澼絖」，有的卻是世世代代早起漂洗棉絮，還賺不到多少錢。明明擁有完全一樣的技術，為什麼有的人這麼享福，有的人這麼辛苦？有人賺那麼多錢，有人掙那麼少？「所用之異」，因為使用的方法不一樣啊，有的人懂得讓東西發揮更大的價值啊。到此為止，莊子是為了說明什麼？是在談那個大葫蘆，他接著說，「今子有五石之瓠」，今天你有裝得下五千碗水的大葫蘆，「何不慮以為大樽而浮乎江湖？」「慮」是「綴結」，「綁」的意思，用繩子綁在腰邊。「大樽」就是「腰舟」，想想看，學游泳的人是靠什麼在游泳池裏浮起來的呢？浮板、游泳圈，古人的游泳圈就是腰舟了。何不把你的大葫蘆綁在腰上？有了「腰舟」，就能悠遊於江湖之上，何須擔心沒有夠大的容器收容它呢。這時候莊子就批判惠子：「則夫子猶有蓬之心也夫！」「蓬」這個字，讀中文系的人常跟它見面，白居易說：「辭根散作九秋蓬，共看明月應垂淚，一夜鄉心五處同。」蓬是什麼，是「秋枯根拔，風捲而飛」的蓬草，是一種多年生的草本植物，莖的分支非常多，秋天就乾枯。莊子告訴惠子：「你的心啊，就像被一堆蓬草塞住了一樣不通達。」

我讀《莊子》總會想起孟子，莊子說心被蓬草塞住，孟子則說：「茅塞子之心」，心被茅草給塞住，意思是相同的，只是草的品種不一樣。這背後透露了一個訊息：儒、道兩家的理想心靈，都是虛空、通達的。所以有人說，到了後代，儒、釋、道三教之所以能夠會通，是因為三教本來就有一些相同的體質，這裏姑且帶它一筆。

无何有之鄉——認得无何是本鄉。

惠子謂莊子曰：「吾有大樹，人謂之樗。其大本擁腫而不中繩墨，其小枝卷曲而不中規矩。立之塗，匠者不顧。今子之言，大而无用，眾所同去也。」

惠子豈是那麼容易豎白旗認輸的人？馬上又講了一段話。「惠子謂莊子曰：吾有大樹，人謂之樗」，我種了一種叫「樗」的樹。「樗」，就是「大椿樹」。日文的「椿」つばき（TSUBAKI），指的是山茶花，在臺灣的花市時常得見。可在日本不一樣，日本的山茶花樹可以非常巨大，有可能長成非常高大的樹。歷代許多《莊子》注家都提到，這種樹氣味挺不好聞，是臭椿樹。除了臭還有什麼缺點？「其大本擁腫而不中繩墨」，「擁」是「臃」的借字，是腫瘤，身上多餘的東西，用來形容樹或人的肥胖。古早的木材行在木材上畫直線，多是用墨線去彈的。把線沾墨，一彈就留下一條非常直的墨痕。可是這裏說，樹幹因為樹瘤盤結扭曲，所以完全沒辦法用繩墨來標記直線。那比較細小的枝條呢？小枝也彎彎曲曲的，沒辦法用圓規畫圓，也沒辦法用方尺畫方。簡單說，這棵樹形同廢物，沒辦法做任何家具。

果樹長在路邊最容易被採摘，漂亮一點的，甚至被人摸黑砍一段枝條回去插枝。可像臭椿這樣的樹，就算生長在路邊，即便經過的人是最喜歡砍木材的匠人，也不會多看一眼，你就知道這是多劣質的樹木。惠子笑莊子說，今天你的理論「大而无用」，就像這棵大樹，的確很大，但完全沒用。下場如何？就是大家一看，發現根本是毫無用處的木頭，馬上掉頭走人。兩人講話都既典雅又犀利，非常有意思的論戰。那莊子聽了以後怎麼回答？

莊子曰：「子獨不見狸狌乎？卑身而伏，以候敖者。東西跳梁，不避高下，中於機辟，死於罔罟。今夫斄牛，其大若垂天之雲。此能為大矣，而不能執鼠。今子有大樹，患其无用，何不樹之於无何有之鄉，廣莫之野，彷徨乎无為其側，逍遙乎寢臥其下，不夭斤斧，物无害者，无所可用，安所困苦哉！」

莊子在惠子嫌大樹沒用、大葫蘆沒用之後，舉了一個看似很有用的例子，就是黃鼠狼。

他描述黃鼠狼捕捉獵物時機靈的樣子，「卑身而伏，以候敖者」，壓低身子趴在地上，等待著獵捕飛翔而過的禽鳥。「東西跳梁，不避高下」，只顧著追捕獵物，東跑西跳，不管高低，也不留心什麼陷阱，就這樣「中於機辟，死於罔罟」，踏中獵人所設的機關，死在捕獸的羅網中。當人非常專注地追求外在世界的目標時，容易忘記甚至沒有注意到有些更重要的東西正在流失。莊子透過狸狌，也就是黃鼠狼的故事，來提醒我們這一點。

在黃鼠狼之後，莊子舉了另一種動物，那是在中國西南方一種叫「斄牛」的長毛牛。牠的身影巨大，「其大若垂天之雲」，身軀大得像從天邊垂掛而下的雲幕。看到這麼大的長毛牛，你會訝異地發現：「此能為大矣，而不能執鼠」，長毛牛這麼大，可是牠連抓一隻老鼠都不會。你一方面可以覺得牠無能，一方面又覺得抓老鼠這等小事用得著長毛牛嗎？這個段落不斷讓我們思考：到底什麼才是真正的「大」？什麼用才是「大用」？

一個又一個的譬喻後，〈逍遙遊〉篇末歸結在一棵大樹。莊子最後說：「如今惠子，你與其去煩惱這棵大椿樹沒用。為什麼不把它種在空無一物的本鄉、遼闊無邊的荒野呢？」本鄉在哪裏？我過去在閱讀「无何有之鄉」的時候並沒有太注意。可是後來在讀醫書的時候我非常訝異，歷代醫家說，獨參湯讓病人服下，可以起他於「无何有之鄉」。本來已經到了无何有之鄉，可以讓他再回來。我無意間發現：醫家把「无何有之鄉」當成人死後魂魄歸往的地方。這洩露了有無數的讀《莊》者認為，莊子的追求不單是在經驗世界裏的，可是莊子也不是去建構一個西方極樂世界，而是告訴我們有一種東西，是當你的形軀敗壞，當你離開這個世界，離開此世的工夫、此世的追求，它還是存在的。莊子這樣的暗示，在後代文人提到「无何有之鄉」的詩作中，可以看到同樣的理解。

他說，既然惠子你有這麼大的一棵樹，為什麼不把它種在什麼都沒有的地方呢？「彷徨乎无為其側」，王叔岷先生注解「彷徨」，不是彷徨不定、猶疑不決的意思，而是可以自在地徜徉在這棵樹旁，也許信步徘徊，嬉戲玩耍。下一句話更值得推敲了，也是我早年讀《莊子》沒有留意到的。「逍遙乎寢臥其下」，也可以什麼都不做，就在樹下好好睡一覺。《莊子》這一篇叫〈逍遙遊〉，可是第一個用「逍遙」來詮說的居然是睡覺，對勘孔子嚴辭批判的宰予晝寢，不是更顯奇特嗎？

揉合莊子的身心技能、印度瑜伽、中醫的穴道療法，還有太極拳的原理、原則，我設計了一套「穴道導引」[3]。把最多的套路跟動作安排在早晨起床前還躺在床上的時候，以及睡覺之前，稱為「賴床操」與「好睡操」。為什麼這套工夫最長？因為一天的清醒時刻中，剛起床或入睡前躺在床上，是整個人最容易放鬆的時候。

有一種經驗很稀有，但是很美好，就是你睡下的時候在床上，睡醒發現自己在床下，這種經驗為什麼美好？因為睡覺的時候非常放鬆，滾下去根本不會受傷，倘若換作在清醒時刻掉下去，緊張的心與隨之僵硬的身，要放鬆就難了。我記得二十來歲初學游泳的時候，要學漂浮，剛開始怎樣都漂不起來。教我游泳的朋友捧腹大笑：「怎麼那麼蠢笨呢？」那一剎那我被激了，就說：「不過就不會漂浮嘛，要是比賽水中憋氣，我可不會輸你。」孰料正當我專心憋氣的時候，注意力一轉移，忘記要漂，整個人就浮起來了。什麼叫放鬆？放鬆就是你全身最輕盈的時候。「逍遙乎寢臥其下」，我們整天可能都多少處於緊張狀態的心身，只有在睡眠的時候最容易放鬆逍遙，我認為莊子是這樣安排的。

「逍遙乎寢臥其下」，難道莊子在千百年前就預知，後世的人連睡覺都無法安穩嗎？還是先秦時代、戰國時代已經有人失眠？我還沒有看過這類的文獻。這時候，「不夭斤斧」，活在天地之間你不會被半路殺出或者掉落下來的斧頭給砍傷。颱風天忽然招牌砸下來，或是鄰居屋頂的落磚砸下來，你可以不受這樣的傷。一旦學會莊子這套身心技術，「物无害者」，別人傷害不了你。你說真的嗎？那萬一手已經被砍了呢？能被砍下的，手、足或其他，不過是你終究要與之告別的形軀，《莊子．德充符》會談到「視喪其足，猶遺土也」。

3 《穴道導引：融合莊子、中醫、太極拳、瑜伽的身心放鬆術》，臺北：天下雜誌出版，二〇一六年二月。

沒有人砍傷得了你的靈魂，沒有人虐待得了你的心，除了你自己。

人生有讀《莊子》真的不一樣。我永遠記得跟指導我博士論文的恩師林麗真教授的一段對話，老師跟我一樣非常喜歡《莊子》。有一次老師動了個大手術，要將身體一部分骨頭接到另一處骨頭上。我到醫院看她，她仍笑得好自在。我問：「老師痛嗎？」「很痛。」「到底有多痛呢？」「一個晚上，能夠連續睡眠最長的時間大概一分鐘。」這麼艱難的境遇，老師居然能盈滿笑意地對我說，我真的崇拜極了。我又問：「老師怎麼能辦到啊？」老師說：「璧名，不是『視喪其足，猶遺土也』嗎？丟了一條腿，都只不過是像掉了一捂土。何況我又不是斷了一條腿，只是把這裏的骨頭接到那裏而已。」

「无所可用」，如果你每天都注意著自己身心的狀況，覺得自己很寧定、很健康，充滿歡喜，那就算別人覺得你沒什麼用處，不合適去康師傅上班，不合適進台積電，也不適合進富士康，那又怎樣呢？「无所可用，安所困苦哉！」如果人一輩子追求所有外在的財貨、名譽、薪資，都是為了買到幸福的話，你還沒有向外追求就已經擁有了，還怕人生遭逢什麼困境嗎？

◆◆◆

莊子的〈逍遙遊〉就結束在這個地方。我想補充一下，白居易的詩〈讀莊子〉：

去國辭家謫異方，中心自怪少憂傷。為尋莊子知歸處，認得無何是本鄉。

他說，「去國辭家謫異方」，被貶謫不會好受，讀過〈與元九書〉都知道，白居易被貶得有多慘。「中心自怪少憂傷」，為什麼被貶謫心情還這麼好，這麼開心？「為尋莊子知歸處」，原來是因為讀《莊子》，讓我知道最後生命的歸所，知道生命的這棵大樹要栽植在哪個地方。是哪兒呢？「認得無何是本鄉」，原來，「无何有之鄉」那個空無樓房、美眷、金錢、名位……的地方，才是生命最值得投注、最應該歸往的所在。最後這句話不容易理解，在後面的篇章會更詳實具體地告訴大家。

比起白居易，我想更多人著迷於蘇東坡，東坡的〈水調歌頭〉：

明月幾時有，把酒問青天？不知天上宮闕，今夕是何年。我欲乘風歸去，唯恐瓊樓玉宇，高處不勝寒。起舞弄清影，何似在人間。

轉朱閣，低綺戶。照無眠。不應有恨，何事長向別時圓？人有悲歡離合，月有陰晴圓缺，此事古難全。但願人長久，千里共嬋娟。

捫心自問，人會抬頭看月亮，通常是什麼時候？應該不是在一群朋伴郊遊露營，放著音樂、生著營火，大家談笑吃食、其樂融融的時候對不對？通常是在孤單一人，寂寥、落寞，或者想念一個人的時候，總之，是不那麼歡樂如意的時候。「我欲乘風歸去」，好想離開這個世界啊！在什麼情況下，外星人來載你離開地球你會馬上答應、乘飛碟離開？一定是你心情不好想從家庭、公司、地球出走的那一晚。等到跟家人和解，受上司器重，你就再不想到外太空去了。

東坡說：「我欲乘風歸去」，「乘」字該就是從〈逍遙遊〉的「乘天地之正」來的。「高處不勝寒」，你讀到這有沒有馬上想起〈逍遙遊〉的「之人也，物莫之傷，大浸稽天而不溺，大旱金石流、土山焦而不熱」？還有未來〈齊物論〉會讀到的「河漢沍而不能寒」，再冷的天也凍不著他。可是東坡怕登天之後，天上會有更難熬的寒凍。所以他決定，算了。「起舞弄清影」，能在人間起舞，就是乘御逆境了。「何似在人間」，忽然覺得人世間的憂愁煩惱都沒了。當然，這樣的豁達有時候只是一時，當想不開的時候，便又失掉可以乘御的翅膀。

「轉朱閣，低綺戶，照無眠」，失眠了，月光就這麼貼心地剛好照撫到你。許是《莊子》讓東坡領悟：「不應有恨」，人生無需有憾恨，「何事長向別時圓」，連天上的月亮都不可能初一到十五都圓滿無缺，那人自然也該有悲歡離合、境遇起伏。你會遇到壞人，其間也會摻雜幾個好人；遇到太多好人，也該搭配幾個壞人，這樣的世界、人生才正常。「月有陰晴圓缺，此事古難全。但願人長久，千里共嬋娟」，在這樣「安之若命」的氛圍下，你便容易覺得生命美好。只要想到你所思念、所愛的人，還有那麼一、兩個，甚至於更多，還可以在不同的地方跟你一起賞月，你便覺得人生幸福極了。

可以這樣解東坡嗎？東坡真的讀過《莊子》嗎？往下看〈定風波〉。

莫聽穿林打葉聲，何妨吟嘯且徐行。竹杖芒鞋輕勝馬，誰怕？一簑煙雨任平生。
料峭春風吹酒醒，微冷，山頭斜照卻相迎。回首向來蕭瑟處，歸去，也無風雨也無晴。

「莫聽穿林打葉聲」，「莫聽」，是「无聽之以耳」，關上耳朵，不要放任感官執迷於外在世界雨雨風風的聲音。「何妨吟嘯且徐行」，讀到「徐行」時，有沒有特別的感覺？我不是說過，走路的時候不要太快，要慢慢地走，目視兩三步遠的地方，注意力仍在丹田，這不就是「徐行」嗎？可能你們會說：「老師，你太過分了吧，東坡練功？」東坡當然練功，說過他跟最心愛的朝雲，志同道合，都煉丹。有天晚上我離開醉月湖的時候，發現我的一雙學生，一男一女，繼續留在湖邊打拳，真是一幅美景。兩人雖然沒有十指緊扣，但靈魂是相契的。「竹杖芒鞋輕勝馬」，這個時代人總覺得有錢就勝過沒錢，住高樓就勝過租房子，可是東坡卻領略到，撐著竹杖、穿著芒鞋，他的心身可以遠勝騎馬乘車、穿金戴銀的人。「誰怕」，怕什麼？我們生命中本來怕的，他都不怕了，因為一趟人生就可以彷彿是玩衝浪來的——因為生命中的一切逆境都變成訓練心身更強壯的重訓槓片，使自己更強壯了。「一簑煙雨任平生」，不管平生有多少煙雨我都能接受，因為能乘御得了。「料峭春風吹酒醒」，我很少喝酒，天涼了，那酒醒後的感覺不太好。有一回去德國，喝啤酒的時候雖覺冰涼暢快，但那裏日夜溫差很大，到黃昏一行人身體忽然變得好冷、好難過。東坡告訴我們，莊子也告訴我們，在你生命中最困頓的時候，只要跑到輪子的中央、提升到日月的高度，就可以看到自己比別人幸福的地方。「山頭斜照卻相迎」，看！夕陽迎面照來，大自然沒虧待你，贈予你一幅無價美景。「回首向來蕭瑟處」，這時候回頭，東坡顧影自己的一生，聰明如此，卻不斷在仕途上謫來貶去，每換一個皇帝，都跟東坡說回京城來吧！但還沒到京城，或才到京城，就又接獲下一個貶謫令，得到更遠的地方去了。大家都知道，東坡赴海南島前寫下：「子孫痛哭於江邊，已為死別；魑魅逢迎於海上，寧許生還。」這是東坡，「人皆養子望聰明，我被聰明誤一生」這樣的東坡，居然可以「回首向來蕭瑟處，歸去」，人生至此，生命境界已達「也無風雨也無晴」的境地，風雨淬鍊他、陶冶他，使他變得更堅強。當你讀過《莊子》，再讀東坡，會有一種「旦暮遇之」的相知相惜之感。

◆◆◆

進入〈齊物論〉前，先講個楔子吧，讓我們來強烈地感受《莊子》的影響力。這個楔子是白居易的詩〈隱几〉：

身適忘四支，心適忘是非。既適又忘適，不知吾是誰。百體如槁木，兀然無所知。方寸如死灰，寂然無所思。今日復明日，身心忽兩遺。行年三十九，歲暮日斜時。四十心不動，吾今其庶幾。

「身適忘四支」，白居易說，身體最舒服的時候，能夠忘掉四肢的存在。「心適忘是非」，心情夠好的時候，就不覺得這天下有絕對對、或絕對錯的人。昨天討厭的人，今天也能覺得他值得同情了。如果一個人活到後來，對生命的認識就只有錢，為了錢什麼都可以不要，犯下很多的罪孽，這既可惡也可憐，人活成這樣還不可憐那什麼可憐？任何你可以付之一怒的事都也可以付之一笑，或者覺得憐憫。「既適又忘適」，正覺得身心快意、舒適，接著居然連很舒適這事也給忘了。「不知吾是誰」，因為已到彷彿忘了自己是誰的境地。

在剛開始接觸《莊子》的那一年，我才十九歲的時候吧，有時候照鏡子，會看著鏡裏的人問：「蔡璧名，這是你今生的名字，是你這輩子的樣子。但那個形骸死後的你，是什麼樣的呢？」「不知吾是誰」，不知道自己是誰。只有在「百體如槁木」，四肢胴體都能像乾掉的木材非常輕靈的時候，「兀然無所知」，好像不覺得有四肢、身體了。「方寸如死灰」，能夠不再有情緒起伏，「寂然無所思」，慢慢能做到沒有念頭。「今日復明日」，一天又一天的努力，最後達到「身心忽兩遺」，忘記有此身，忘記有此我的境界。「行年三十九，歲暮日斜時」，人快要到中年，「四十心不動」。「四十而不惑」、「不動心」是儒家的語言，而《莊子》也是要不動心的，〈養生主〉說「哀樂不能入」，〈田子方〉說「哀樂不入於胸次」，就是不動心。「吾今其庶幾」，今天的我差不多做到了吧！身為一個在臺大中文系工作的人，讀到白居易這樣的詩句，這麼有生命感的詩，非常有感。古人跟古書之間的關係，真的是超級好朋友。如果古典對我們而言只是一本枕邊書、一本可供翻閱的掌中讀物，而沒有辦法進入、滲透到我們的生命，跟我們的生活徹底交融對話，其實非常可惜。

下一章我們要開始講〈齊物論〉。〈齊物論〉會談到怎麼樣讓身體放鬆，怎麼樣讓心靈更不動。

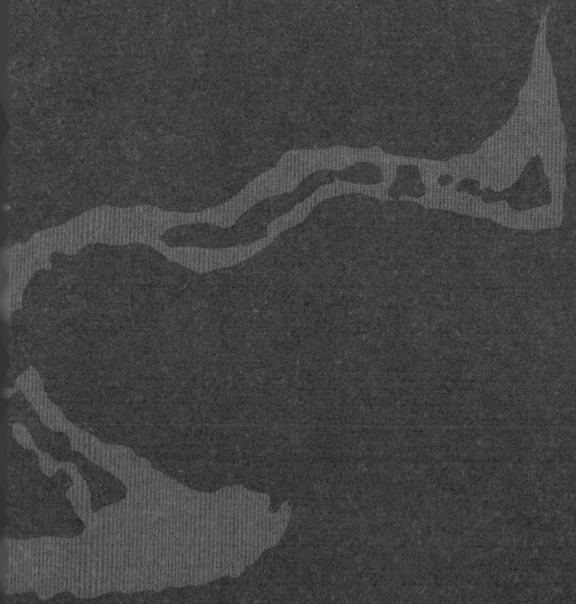

齊物論

齊物論——壹

南郭子綦

《莊子》書中的聖人形象

我們首先要知道，什麼是南郭子綦的境界？

形如槁木——身體如何輕靈放鬆？

南郭子綦隱几而坐，仰天而噓，嗒焉似喪其耦。顏成子游立侍乎前，曰：「何居乎？形固可使如槁木，而心固可使如死灰乎？今之隱几者，非昔之隱几者也。」

「南郭子綦隱几而坐」，「隱」是依據、靠著。他靠著一張「几」（語音念ㄐㄧ），這裏念讀音ㄐㄧˇ，指矮桌子。南郭子綦，是《莊子》書中第一個正式出場的得道高人，所謂正式出場，指的是莊子開始對人物作具體詳實的描寫。寫這位得道高人，靠著矮桌坐著，仰頭朝天，緩緩地呼了口氣。這時候他的身體感受到什麼？「嗒焉似喪其耦」，「嗒」，是「解體」的意思，感覺自己解體了。如果你有修習瑜伽的經驗，教你冥想（meditation）的老師會這麼跟你說：「脊椎打直，閉上眼睛，想像自己的身體或靈魂不斷地擴大，不受限於原本的身高，漸漸超越形軀，到達天花板。接著不只是天花板，整個身體或是靈魂已經包圍、環抱了整個文學院。再來不只整個文學院，擴張到含括整個臺大校園，甚至懷抱了整個臺北市。」這可能是你冥想的第一堂課，等你上到第十堂，對身體「忘」的工夫做得更徹底的時候，你的老師可能會要你想像身體已經包住整個臺灣，甚至更大，包容整個亞洲、整個地球，最後環抱整個太陽系。這是我參與函授印度瑜伽課程中的修鍊過程。

什麼是「嗒焉似喪其耦」？當你能完全忘記你的身體，身體一定不疼、不痛、不腫也不麻，十分放鬆舒暢的時候。想像身體已經包容了整個宇宙，感覺靈魂不再受形軀的限制，達到一種類似宇宙即我的境界。這時覺得已經拋丟、喪失、遺棄了從小跟靈魂結合在一起的「耦」，這個「耦」就是配偶，靈魂的配偶、好友，也就是身體。這個「耦」字，另有注家把它解作公寓的「寓」，表示靈魂暫時脫離這個暫時寄居的身體公寓了。

站在南郭子綦身旁追隨已久的學生顏成子游問：「何居乎？」這個「居」，注解說是古代齊魯地區的發語詞。說白話一點，「何居乎」就是：「老師，您是怎麼辦到的啊？」

《莊子．寓言》篇說：「寓言十九，重言十七」，莊子的語言十分之九是寓言。我如果說：「今天在校園路上遇到一位男同學」，臺下同學根本懶得抬頭看我，可是如果我說：「今天來上課的路上，恰巧遇見金城武。」同學馬上就抬頭了。顏成子游影射孔門弟子言偃，這個名字在當年就有這種吸睛的效果。莊子一講，大家就聚精會神地注意了，這麼知名的孔門弟子，居然在南郭子綦的跟前侍候著，你就更想知道南郭子綦是什麼樣的人。

顏成子游接著問：「形固可使如槁木」，我們的形體，原本就能跟乾透的木頭一樣輕靈放鬆嗎？這個地方我講得特別慢，因為身為華人，有時我們對於自己的文化卻已經很陌生了。跟《莊子》相比，《老子》只有五千字，只要讀完五千言，就讀完一部中國經典，全世界的人爭相閱讀，至今已有二百多個譯本。可是《莊子》不僅字數多，要能正確理解也有難度，英譯本至今只有七個。我個人並非天資聰穎，也不是花了最多的時間研究，而是機緣湊巧，有武術經驗、傳統醫學經驗，甚或生病的經驗，讓我詮釋《莊子》得以有一點特別的親切感。我於是把詮釋《莊子》，介紹這個傳統文化，當成有限餘生中想盡全幅心力做好的工作。東方傳統的身體修鍊不像重量訓練想練成一個超人，也不是要鍊成像希臘雕像一樣呈現倒三角的健美體態。當你看到關公塑像時有沒有懷疑過，為什麼關公的身材不是倒三角，且還有那麼點肚子？這到底怎麼回事？當面對東、西方傳統完全不同的英雄形象，教人不免疑惑。

大學的時候我睡在房間的下鋪，好怕樓上的室友比我晚睡，因為她的體重是我的一點五倍。她每次爬上床，我都覺得地動天搖，睡著了還會被吵醒。直到有天，我看了一部洪金寶的電影，才知道這麼壯碩的身軀，也能輕盈靈活地跳起《天鵝湖》，到底洪金寶也是個練家子。

我要說的是，我們都想輕鬆靈活。那有沒有可能身體的目標不是練成肌肉累累，而是非常放鬆。不只沒有痠、痛、脹、麻、腫，且當你眼睛一閉，根本就忘了身體的存在，那樣的放鬆輕靈。南郭子綦達到這樣的境界，這正是《莊》學的身體典範。他的學生說不定偶爾還會腰痠背痛，就很羨慕老師，問老師是怎麼辦到的？

顏成子游的第二個疑問是「而心固可使如死灰乎？」當有人刺激你，你總覺得好像不回嘴一句就吃虧了、罵輸了。所以顏成子游就問：人的心靈真的可以做到不光火、不忿怒、不煩悶，就像不再起火燃燒的灰燼那樣嗎？「今之隱几者，非昔之隱几者也」，今天的老師，分明就是我過往那位老師，憑靠的矮桌子也還是昨天那一張，可是我看得出來，我的老師跟以前真的是完全不同了。

《莊子》或是儒家傳統，都認為人的心身是可以透過修鍊不斷改變、提升的。我有一個學生很坦白地對我說：「老師啊，我剛開始追隨你的時候，覺得你真不是個典範，因為你實在太不心如死灰了，常在燃燒。我心裏難免嘀咕著，這教《莊子》的人，雖然不是常發脾氣，但是久久看到一次也會嚇著。可後來我覺得，老師身為老師實在太稱職了，因為老師以前發火的頻率比較高，隨著我認識老師一年一年過去，一樣的事情發生，老師竟然變得不會生氣了。是老師讓我相信人的心靈修鍊是可能的。如果是這樣，我以前常憂鬱，說不定有天，也可以不再憂鬱了。」對治自己的缺點連帶讓學生受到鼓舞，令人深感會心。

子綦曰：「偃，不亦善乎，而問之也！今者吾喪我，汝知之乎？女聞人籟而未聞地籟，女聞地籟而未聞天籟夫！」

「形如槁木」，身體可以這麼輕靈；「心如死灰」，心靈可以不再起火。南郭子綦聽了顏成子游的問題，他怎麼回答？「偃」，言偃啊，「不亦善乎」，問得好！「而問之也」，「而」是「汝」的意思，你問得真好。老師今天達到的境界是「吾喪我」，就像拋丟、忘記了某一個「我」，那是怎樣的「我」呢？我非常尊敬的張亨老師，在課堂上是這樣解釋的：「隨著俗世浮沉、死生流轉中的我。」為了所面臨的當下、為了曾經執著的一切，而過度狂喜、過度悲傷、情緒因此擾動的那個我，我已經丟棄了！瑜伽修鍊過程中也會提及此事。比方說，你要觀察你的呼吸，是觀察而不是控制，練習像旁觀者一樣觀看著自己的呼吸。這個練習最終的意義是什麼？很快地你便會發現，「觀察呼吸」的你跟「正在呼吸」的你，是兩個你。一個是永恆的、一個是此世的。有點像「吾喪我」的「吾」跟「我」之間的關係。在我出生之前，難道就沒有我嗎？死後，難道就沒有我嗎？如果有的話，那個永恆之我，莊子稱為「吾」。南郭子綦說：「你知道嗎？老師已經能夠拋丟、能夠不再執著那個在死生流轉中的我了！」這段詮釋境界的文字很難理解，我從十九歲讀到年近半百，才覺得漸能掌握。

「女聞人籟而未聞地籟」，南郭子綦說：你一定聽過「人籟」，人所演奏的音樂，卻沒有聽過「地籟」。身為人，我們常不自覺地有些自以為是的理所當然。我看過一個日本節目，內容錄製日本太太嫁到世界各地，去過完全不同的生活。當你看到世界各地風俗迥異的生活，會覺得不可思議，可是反過來，倘從他們的角度看我們想必也是如此。我們彼此之間有些共通，也有些差異、隔閡，隨著不同時代社會、不同文化建構而有所不同，這可能就是人籟吧。同時我們也不能忽略，其實這個世界即便不同文化地域的人與人之間，彼此還是有共通性的。

「地籟」呢？就是大地演奏的音樂。如果你有心的餘地，留意到大地的演奏，就會知道夏天可不只是蛙鬧蟲鳴而已。徐志摩說「夏蟲也為我沉默」，夏蟲應該唧唧叫的，怎麼可以沉默呢？絕對不只這樣，你還會發現有風吹樹動的聲音。甚至於再敏感一點，再聽得細微一點，在醉月湖邊，有松鼠打架的聲音，白天有麻雀、夜裏有黑冠麻鷺，不時還有飛鳥的翅膀在沙地上把沙打起來的聲音，還有四季不同的流水聲，這就是「地籟」，喜歡野外活動的朋友都會注意到。可是南郭子綦說，就算聽過大地發出的樂音，你也沒聽過天所演奏的音樂。天所演奏的音樂又是什麼呢？他沒說，在這裏戛然而止。

我年輕讀《莊子》的時候，在這邊翻了很多次，看到底有沒有漏掉一段，怎麼沒講「天籟」是什麼，文章就繼續下去了。想像你今天如果是顏成子游，一定超不滿意的對不對？以前教傳統醫學，心裏有時會動個念頭：唉，這東西他們的程度還不必教、無需那麼高深，然後就跳過去了。可是，就是會有那種特別聰明的學生，在下課的時候前來問你跳過去的那一點：「老師，如果是那個狀況，又該怎麼辨呢？」把重點挑出來了！這顏成子游敢情一定是好學生，他就繼續問了。

咸其自取——
自己的心情，自己決定。

子游曰：「敢問其方。」子綦曰：「夫大塊噫氣，其名為風。是唯无作，作則萬竅怒號。而獨不聞之翏翏乎？山陵之畏佳，大木百圍之竅穴：似鼻，似口，似耳；似枅，似圈，似臼；似洼者，似污者；激者，謞者，叱者，吸者，叫者，譹者，宎者，咬者。前者唱于，而隨者唱喁。泠風則小和，飄風則大和，厲風濟則眾竅為虛。而獨不見之調調、之刁刁乎？」

顏成子游問道：「請問老師，我到底該怎麼做，才能達到『形如槁木』、『心如死灰』的境界？」老師看起來沒有正面回答，我一直讀到四十幾歲才發現：其實這就是正面回答，且回答得太精彩了。

「敢問其方」，顏成子游最關心的是怎麼操作？「子綦曰：『夫大塊噫氣』」，什麼叫「塊」？注解說是一掊土。全世界最大的一塊土是地球、是大地，當時沒有地球的概念，可是有大地的概念。大地呼出了氣息，它的名字就叫做風，顏成子游的老師透過風的意象來教育他。「是唯无作」，這風要不就不吹，靜靜的，什麼也沒有。「作則萬竅怒號」，但一吹起來不得了，大地上的無數竅穴都發出怒號聲。這樣的聲音，白天聽優美，黯夜山裏聽可怕。這時候就想起莊子漆園吏的身分了，大自然對他而言是非常親切的，所以書中很多譬喻都跟莊子的生活環境有關。

顏成子游的老師子綦說「而獨」，「而」是「汝」的意思。獨獨你沒聽見嗎？「而獨不聞之翏翏乎」，這「翏翏」是長風的聲音。「山陵之畏佳」，在高聳巍峨的山裏，「大木百圍之竅穴」，有要一百個人才能團團圍住的大樹，那樹上有好多洞竅孔穴，這些洞竅孔穴像什麼呢？「似鼻」，有的像人的鼻子；「似口」，有的像人的嘴巴；「似耳」，有的像人的耳朵。你一聽非常懷疑，下次看樹的時候，就找找哪兒像鼻子、哪兒像耳朵、哪兒像嘴巴。這並非意在寫樹洞真實的樣子，莊子是故意的，就像好的小說裏沒有一段閒織是了無意義的空景，閒織總或顯或隱地貫串前後文的意象。

這裏為什麼刻意要用鼻子、嘴巴、耳朵來描述樹洞呢？因為莊子要讓你聯想起人的感官。當外面的風吹來，我們聽到什麼話、什麼聲音，我們看到什麼景象、什麼眼色，我們的眼睛、耳朵、鼻子接收後，就此產生對外在世界是非、好壞、善惡等價值判斷，這就是我們的感官世界，也就是莊子讓這些樹竅孔穴長得像人類感官的原因。

當然，這樣寫有些太刻意了，所以後面有搭配些形如器物的樹洞相陪襯。「似枅」，「枅」簡單講，是長頸瓶，脖子很長的瓶子。「似圈」，「圈」就是杯子，有的樹洞像杯子。「似臼」，有的像是舂米的石臼。「似洼者」，有的像深深的水池。「似污者」，「污者」就是小窪，有的像小小的水窪。每當風吹來，這些形狀各異的樹穴孔竅發出的聲音，或者如「激者」激動地叫喚，就像我們聽到什麼事情，情緒來時的激動吼叫。「謞者」，有的聲音非常大。「叱者」，有的聲音很像喝斥謾罵。「吸者」，有的像唏噓嘆息。「叫者」，有的就像呼叫。「譹者」，有的好像哭號。「宎者」，有的像非常深切的低吟。「咬者」，咬念ㄐㄧㄠ，有的只像是一陣鳥鳴。仔細思考這一段，表面上講的是樹，其實講的是人，講的是人的感官引起的萬千情緒。當你聽到外在世界別人講幾句話，或打開電視看到一些不可思議的狀況，哪怕僅只是一個眼神、一句話，就可能導致你今天忿忿難平，或讓你開心笑語終日，正彷彿樹竅孔穴那充滿情緒的聲音。最後最後，莊子說「咬者」，鳥叫，看到這裏的鳥叫，是不是會想到〈逍遙遊〉的「蜩與鷽鳩笑之曰」，那些小小鳥發出的聲音？

我以前在講詩歌的課堂上，曾經發給每個人一張白紙，請同學寫下今生最感動的一件事，因為依此自訂詩題才容易讓同學不自覺地深入自我心房。有一年先要同學寫「今生聽過最難忘的一句話」，有同學想了好久告訴我：「老師，可能我還活得不夠長，沒有聽過什麼教我感動的話。」我真想告訴他，那你這十幾年白活了，跟你說話的人白說了，你聽人說話也白聽了。面對這樣的局面，如果你是那位同學的親人或情人，會非常失望對吧？講過那麼多話，居然沒有一句值得被放在心上。那麼所有人跟你講的話，可能跟樹上的鳥兒吱吱喳喳一陣差不了太多，你根本就不在意。

莊子有可能要我們顧影自身反省，人的一生，曾經表達的情感、情緒，曾有的哀鳴，說不定就只像枝頭的鳥兒反覆啁啾而已。你千萬不要以為這樣的情緒活動只是你一個人的活動，有時候，會有一群人跟你一起，對一件事非常地認同、或對一個人非常地唾棄。那就好像很多人同心協力在山裏扛起大木頭，「前者唱于，而隨者唱喁」，古注裏說「于」跟「喁」是古人在扛大木頭時發出的聲音，前面的人喊一聲「于」，後面的人跟著喊一聲「喁」。在我《莊子》白話詮釋的團隊裏，有幾個念過臺大森林系的學生跟我說：「老師，這好怪。」也許在現代把它翻成「嘿咻！嘿咻！」會好理解一些，前面的人喊「嘿咻」，後面的人也跟著喊「嘿咻」。你知道這是什麼意思嗎？每到選舉前，只要打開電視，前面一個人喊「凍蒜[4]」，群眾就跟著一起喊「凍蒜」，大概就是像這樣的局面。

很多時候我們的情緒是被旁人帶動的，聽演唱會也是，有人開始喊：「郭富城我愛你！」大家就跟著喊。這聲音的大小怎麼決定的？「泠風則小和」，如果今天吹來的是一陣輕輕的微風，那回應的聲音就小些。有時候我們不是不關心環保的議題，可是因為去護樹的人不夠多，所以看到相關的報導，只有「唉」一聲嘆息，這叫「泠風則小和」。可是有時候，「飄風則大和」，當出現大新聞了，教人看了非常震驚，不禁義憤填膺地振筆疾書、抑或走上街頭。「厲風濟則眾竅為虛」，我覺得莊子的文字真是「不擇地皆可出」，當你預期他講小風小和、大風大和，接下來以為他要講更大的厲風一吹，人心就更洶湧了。但莊子這次卻把重點放在厲風吹來當下的劇烈反應，為我們強調厲風止息後，一齣大自然的典範。

「厲風濟」，無論是泠風小和、抑或是飄風大和，甚至當最強大的一陣厲風吹過，風止和停，風一停，「眾竅為虛」，所有的樹洞馬上沒了聲音。當我們用樹洞來譬喻人的耳朵、鼻子、嘴巴等感官，你會覺得樹跟人一樣，人也可以同樹一般。身為人類，別人講一句，當下就哀嚎、就發牢騷，像樹洞一樣。可是當惱人的話語停了，事情過了，那些話語、事件卻還百轉千迴地盤據在心裏，整個人停滯、陷溺在那早已走遠的風聲雨勢裏。

盧廣仲有一首歌這樣唱：「曾經在我眼前，卻又消失不見，這是今天的第六遍。」我們喜歡一個人，就會在腦海中不斷重播他的樣子。我以前教詩歌，很喜歡看二十歲的年輕人寫的純良而動人的詩。有一首詩的後記如下：「我寫的這首詩的內容，它發生的時間只有五分鐘，可是在我心裏，它已經重播兩千回了。」當然，有時候你不斷想起的不是你愛的人，而是你討厭的人。這個人你越想越覺得可惡，今天竟對你講這樣的話——他這麼了解我，還這樣傷害我。莊子提醒我們，大自然再大的風一吹過，只要風停了，心就空了。這給人類樹立了一個典範——有沒有可能不再邀請不可愛的人進駐自己最珍貴的心房？有沒有可能再愛一個人，都不會因為談戀愛而影響你的生活？

4 臺語，意指「當選」，為臺灣選舉造勢場中常用語。

我高中的時候，常跟同學一起去圖書館讀書。希望我這同學永遠不要知道我在課堂上講起她：長太漂亮是不好的。因為我們在圖書館的時候，常有男生一直丟字條給我同學。回家的路上當我問起她：「妳今天念了多少？」她常說：「我今天沒念。對面那個人好可怕呀！他放了一張字條在我鉛筆盒裏，然後一直看著我。」「不就一張字條嗎？他又沒有坐到妳的桌面來，幹嘛分神呀？」在圖書館的時間心裏多頭小鹿亂撞，撞到書都不要念了。有沒有可能鍊就風吹來了，可是你就是不被外在世界影響，一樣氣定神閒了無旁騖地用功念書？

最好的心靈狀態，是不管你多愛一個人，或多討厭一個人，工作就認真工作，吃飯就享受吃飯，每一件事都非常認真地投入。遊戲，是人專注的最高境界，非常多西方哲學的文本都這麼說。「厲風濟」所象徵的正是一個心靈境界的典範，風停了，過去就過去了，活在當下吧。這是莊子將慢慢鋪陳的心靈境界中一個非常重要的象徵。我近年研究《莊子》書中的譬喻，在過去，比較少人去挖掘這些譬喻背後的內涵。

「眾竅為虛」之後接什麼？「而獨不見之調調、之刁刁乎」，「調調」、「刁刁」是果實成熟以後下垂的樣子，風一停，果實就垂下來了。果實總代表美好、成熟的象徵，這好像暗示如果一個人的心靈能隨時做到，無論是外在的風浪也好、刺激也好，既然已經吹過了、平息了，就讓心靜定下來吧，像〈定風波〉這闋詞的詞牌名一樣，我們的生命將因此結出美好的果實也說不定。

莊子藉由這個看似沒有回答的回答、沒有直接闡明的象徵，回答了顏成子游「敢問其方」的疑問。最好的老師不是把答案直接鋪展在你的眼前，而是讓學生自己去參透。那子游聽了怎麼說呢？感覺他還沒有聽懂。跟當年開始讀《莊子》的我一樣，覺得老師怎麼離題的話那麼多？怎麼不趕快回答我的問題？怎麼老是問東答西？於是他又問了。

子游曰：「地籟則眾竅是已，人籟則比竹是已。敢問天籟。」子綦曰：「夫吹萬不同，而使其自己也。咸其自取，怒者其誰邪？」

「地籟是風吹過大地上無數竅穴發出的聲音，人籟是人吹奏笙樂等竹製排管發出的聲音。我聽懂了。那天籟到底是什麼？」這是在問境界，我們都想問最高境界，因為最高境界在哪裏，決定了我們想不想往這個方向走去。南郭子綦回答，「夫吹萬不同，而使其自己也」，什麼叫「吹萬不同」？王叔岷先生的《莊子校詮》中解釋：「吹萬，言天氣吹煦，生養萬物，形氣不同也。」這句話稀釋開來的意思是，同樣一陣風，吹到不同的樹穴孔竅，就會發出完全不同的聲音。同樣一陣風，我跟朋友去聽音樂會，風起風停，我覺得好涼爽，朋友卻冷得感冒了。同樣一句話，我對不同的助理說，有的助理聽了好開心，覺得老師在鼓勵她，另一個卻覺得：老師應該只是在安慰我吧。不同人聽一樣的話，可能會有完全不同的感受，產生完全不同的情緒。南郭子綦，或說莊子，透過樹洞跟風來展現這樣的不同。可是，這樣的不同是誰造成的呢？「使其自己」，是自己。因為樹洞形狀的不同，就決定了它的聲音。吹橫笛的、吹豎笛的、吹簫的、吹笙的，樂器的形狀跟材質不同，就決定各自的聲音了。那人呢？人的情緒呢？你會說：「這一切都是被基因決定的。」或說：「這一切都是被個性決定的。」可是中國傳統哲人不這麼想，東方哲學不這麼看，而說情緒操控在自己手中，你可以決定自己要當一個火爆浪子，還是謙謙君子。你可以選擇當一個心思非常狹隘、完全不願意傾聽或關懷別人的人，也可以成為一個感受別人的傷痛一如自己的傷痛的人。「咸其自取」，這是完全可以自己選擇、自己決定的。「怒者其誰邪」，老師反問他，樹洞很激動的、悲傷的、像在喝斥謾罵的聲音，究竟是誰發出來的呢？就像你可以生氣、哭號，也可以狂笑，這麼多起落不定的情緒到底是從哪裏發出來的呢？這個問題已經是答案。你可以自己選擇生氣，也可以選擇不生氣。可能你會說：「怎麼可能不生氣？」那是因為你的心靈還沒有經過規訓，一旦經過修鍊，不斷轉化、提升，那就不同了。到這裏，是〈齊物論〉的第一大段，「南郭子綦」章。

齊物論——貳

莫知所萌

為什麼我的心情不好？

日以心鬬——

你可曾以旁觀者的眼光觀察自己的心情？

大知閑閑，小知閒閒；大言淡淡，小言詹詹。其寐也魂交，其覺也形開，與接為構，日以心鬬。

「大知閑閑」，「閑閑」注解說是「廣博」，世俗認定有大智慧的人，總是博學多聞。「小知閒閒」，「閒閒」念ㄐㄧㄢˋㄐㄧㄢˋ，是「縫隙」的意思，引申作伺察他人，善於觀察、注意他人。有小聰明的人，往往透過窺伺、觀察別人來評斷高下，執著於自己認定的是非分別，對別人總有很多意見。「大言淡淡」，是指合於大道的言論，聽起來往往很平淡、沒什麼特別之處。「小言詹詹」，而小聰明的言詞，則老是叨叨絮絮吱吱喳喳地議論不休、說個沒完。可是，如果你今天學過傳統醫學，對「小言詹詹」會有深入肌理的理解。《傷寒論》在介紹陽明經疾病的時候，一定會談到「譫語」這個症狀。譫語就是「詹詹」，指一個人碎碎念、喋喋不休，話很多。《傷寒論》的注解說，譫語的病機[1]是宿便，如果腸子裏有沒排乾淨的糞便，熱氣向上薰蒸，會促患者囉嗦、叨唸沒完。醫書讀多了，對人會有較深刻的理解，所以跟我學中醫的學生如果看到有人淨碎念些瑣碎而沒意義的話，心裏就會浮現宿便兩個字。

不論是大智慧還是小聰明，是合於大道的言論或只是小聰明的言詞，這些不就是人與人交接談話的時候，用以評斷一個人有沒有智慧、是什麼水平的重要憑藉嗎？

莊子進一步探討人的一天，精神活動和睡醒形軀間的關聯，莊子說「其寐也魂交」，人入睡的時候軀體雖然在休息，但靈魂、意識卻可以離開形軀兀自活動。我讀博士班時，修習張亨老師的「先秦諸子論心」課程，堂上老師就是這樣解釋的。「其覺也形開」，清醒之後，心神就隨著形體外馳奔逐了。「與接為構」，「與接」跟「為構」意思完全相同，也可以說成「為接」或是「與構」，都指跟外在世界交接。我們每天跟外在世界交接互動的時候，「日以心鬭」，心好像也隨之不停地在與外在世界交爭戰鬥。表面上你或許很少頂嘴，但你的心卻常與外在世界對立著、對外在世界不滿著、憤怒著、抽痛著，對他人所講的話深深感到不以為然，內心深處是在跟對方戰鬥的。於是你的心情會有什麼樣的變化呢？

1　病機是指疾病發生、發展、變化及其終結的機理。

縵者、窖者，密者。小恐惴惴，大恐縵縵。

「縵者」，就是「寬心」，你有時候覺得今天天空地闊、心情特好，沒什麼煩惱。這時的寬心就能算是很高的境界了嗎？在莊子看來並不是，那是今天運氣好、事事如意，所以你暫時寬心。「窖者」，有時候城府深藏，不讓人看清你內心真實的感受。我有個學生，是位很溫柔的女孩，跟她說什麼她總是微笑說「好」，但有一天我卻被她發表在臉書上的一則貼文嚇壞了。她說她遇到一個很惡劣的人，臭罵她一頓，她表面上雖然跟對方賠不是，但心裏卻是憤怒、暴躁異常，甚至動念想痛毆那人一頓。這就叫「窖」，表面溫和、柔順，但心裏的地窖卻藏著一顆炸彈，隨時可能在背地引爆。別說學生，我年輕時也曾這樣，有時還為此沾沾自喜。告別童年後的我不喜在別人面前流淚，有次忘了在學校受到什麼委屈，只記得回到家看到家人，還高高興興地走上三樓。三樓房間的燈原是暗的，直到我打開三樓燈光，在燈亮的剎那，我背對世界所有的人，才放任眼淚流下來。那時候覺得自己好能忍、好堅強。但就莊子看來，這都是不健康的。「密者」是思慮細密，乍聽之下似乎是好事，但就聖人而言，因為思慮多，想法才會縝密。在「其神凝」的練習中，我們致力於凝定心神、無思無慮，而非思慮縝密。可見以上莊子摹寫的眾生心緒，都不是理想的心靈狀態。

「小恐惴惴」，對一些小恐懼，你會因此小心翼翼、緊張擔憂。我上醫家課程最喜歡遇到這種學生，身體一點違和，就急著配藥、勤快運動，想能趕快恢復原狀。這種學生會讓自己在最短的時間內回到沒病的「平人」狀態，很快回到健康的水平。有的同學則不然，一週前問我：「發燒該怎麼辦啊？」我說得去看醫生。下週上課我問他：「同學你去看醫生了嗎？」「喔，沒有耶，這禮拜很忙。」「那你發燒好了嗎？」「好像不那麼燒了。」顯然他不太在意。有的同學生活習慣不好，我勸他不要像老師一樣生了大病才知道該好好調整生活作息。他說：「老師放心，我沒有想要活很長，大概活到四、五十歲就可以了吧。」記得我十幾歲的時候，也想過活到二十八歲就好呢！願生如燦爛的櫻花，死如九秋絢爛的紅葉，年輕的時候不都容易這麼想？可是等到真要二十八歲了，卻覺得年壽好像短了一點，能再延長些就好了。這叫「大恐縵縵」，世界上最大的恐懼，你卻可能漫不經心地對待。當最巨大的危險、最該懼怕的懼怕潛伏在你身邊，因為你渾然不覺，所以漫不經心、不知畏懼。我有個學生發生車禍，我說：「你要小心一點啊。」他忿忿地說：「叫我小心？應該叫別人小心，是他來撞我的。」我後來在臉書看到他寫了：「本學期第二次發生車禍，不過狀況比上次好一點，上次是走路別人撞我，這次我在車上，所以我佔了上風。」我馬上回：「第一次被撞，可以怪別人。第二次被撞，絕對要反省自己。」其實這學生常對我說：「老師，妳走路不看路啊？要好好看看左右有沒有來車。」都是擔心老師，忘記擔心自己。

其發若機栝，其司是非之謂也；其留如詛盟，其守勝之謂也；其殺若秋冬，以言其日消也；其溺之所為，之不可使復之也；其厭也如緘，以言其老洫也；近死之心，莫使復陽也。

我常誤以為我身邊的學生都很敦厚，都不是伶牙俐嘴的類型。但當我偶爾參加他們的課外活動，才發現他們彼此之間誰一句話射過來，誰一句話馬上反擊回去，速度就像機關弓，那速度之敏捷簡直讓我覺得自己的反應實在差太多。「其發若機栝」，「機栝」就是裝了機關的弓弩，就如現代的十字弓，一扣扳機箭就立即射出。「其司是非之謂也」，在指正別人缺點的時候如此迅速，可顧影自己，就覺得都是特色、都是優點，都要留下來、都要保持住。有師長建議你改，你還會反駁：「老師，如果我改成像你說的那樣，就不是我了！」現在年輕人浸淫於傳統思想文化十分稀薄的當代氛圍，所以很堅持自我，這堅持就像「詛盟」。古代祭祀活動中，有事情敬告祖先或神明，請祂們降禍叫「詛」，「盟」是「盟約」、「盟誓」，你執著於自以為對的事，就像發過毒誓，不堅持不行似地緊緊守著不放。

我以前有一個學生，樂於跟我分享他的戀情，總以為他一輩子就是喜歡年紀比自己大的女生，自稱「學姐控」，可後來真的跟一位比他年長一歲多的女生交往不到一年，就告訴我今生絕不再跟比他大的女生交往。曾經的執著是成見，後來的堅信也是成見，當事人卻往往不自知，就覺得應該要這麼擇「善」固執。我永遠記得小學的時候，班上有兩個同學各自效忠一家電視臺。一個永遠只看臺視，另一個同學永遠只看中視，他們每天都爭辯著，「臺視好看，我絕不看中視」；「我只看中視，絕不看臺視。」那是很古老的年代，只有臺視、中視跟華視三家電視臺。也許你覺得挺荒謬，可是年紀再大一點，你會知道在這塊島嶼上有兩種顏色，一種是藍、一種是綠。有時候你聽兩方支持者的堅持，會發現和我小學那兩位同學的差距並不大。生命中許多執守多時的堅持常常是不必要的，需要不斷地反省自己，是不是存有不必要的堅持與固執。

倘不這樣反省，生命可能就這麼在跟外界的爭鬥中日日消磨減損。「殺若秋冬」的「殺」就是「消磨減損」。秋天來了，臺大校園枯黃的葉子飄落下來，你的生命竟也開始像秋天的草木一樣日日凋零、減損生機。有時覺得自己好像陷進泥淖、甚至是掉進流沙裏，「其溺之所為，之不可使復之也」，陷溺其中，彷彿再也沒法「復」。「復」是《周易》卦名之一，也是《老子》中很重要的一個字。「由剝而復」，如果可以，人都希望能夠重返剛出生時的細嫩肌膚、鬆柔筋絡、飽滿精神。但莊子說：倘陷溺太深而不知自拔，就難以回到生命最原初的樣態了。道家給我們樹立的目標很美好：「專氣致柔，能嬰兒乎？」有修習《莊子》的學生跟我說過她在運動的時候，會一直遇見曾經的、更年少的自己，這種感覺多美好。「其厭也如緘」這個「厭」字，可以在下面加一個黑色的「黑」，「黶」是「閉藏」，生命好像一個密封的信箋，被成見牢牢地封住，卻一點都不想打開、不想改變自己。這樣的描述，得見傳統文化裏儒道兩家與當代思潮最不同之處。儒道兩家共通的取向，都是要我們不斷地內返、反省自己，不斷地讓自己朝更加完善的方向邁進。如果你封藏自己，像一封密閉的信箋，生命將就此在其間「老洫」。「洫」是「乾枯」的意思，生命就在當中凋萎、枯亡。最後心靈可能千瘡百孔、瀕臨死亡，那密鎖在一只小信封裏的心靈，或許沈溺於永不停止的悲傷，或許放任灰色的思慮日以繼夜，或者堆積如山的想望永遠缺乏行動支援，只不斷在念慮中奔騰勞累至死。在臺大執教十九年，有一次聽到一個挺讓人傷心的消息。臺大中文系夜間部有一位同學，上課前對室友說：「我好累喔，想趴一下，你們先去，我待會就到。」等同學下課回到寢室，那同學還趴在桌上，已經過世了，這是前幾年發生在夜中文的過勞死真實案例。「近死之心」也可能緣自無視於日常生活中已讓心、身都過勞！所以要隨時注意，如果發現身體某些部位時不時抽痛，肌肉不太對，一摸幾個得見心情的穴道會疼痛[2]，就應該趕快按摩活絡氣血，更應趕快求醫援救。不要讓自己一路走到沒有辦法回頭、沒辦法重返生命原初樣態的身體情狀。

喜、怒、哀、樂，慮、嘆、變、慹，姚、佚、啟、態，樂出虛，蒸成菌。日夜相代乎前，而莫知其所萌。已乎已乎！旦暮得此，其所由以生乎！

莊子的描繪繼續往下推進。

如果完全不從事身心修鍊，任憑你的心、你的肝腸、你的身體，在這滾滾紅塵裏承受所有的攻伐跟毒害，任由情緒起伏，說變就變，「喜、怒、哀、樂」，時而歡喜、時而憤怒、時而悲傷、時而雀躍。「慮」是對還沒發生的事有過多的揣想。見過這般癡傻的女子嗎？拿著一朵玫瑰剝著花瓣，一瓣「你愛我」，下一瓣「你不愛我」，這就是揣想。好可惜啊，玫瑰花就這樣剝掉了，沒有農藥的玫瑰花，是可以理脾肺之氣的。「嘆」，是慨嘆過往，你

2　具體穴道位置詳拙著《穴道導引》「好心情導引」，頁一四一—一四四。

居然花掉今天清醒時刻三分之一的時間來感嘆不可能改變、不可能復返的過往，那你今天的生命就虛度三分之一了。走路被車撞到後該怎麼辦？處理當下外，提醒自己下次走到任何路口，一定要先左顧右盼，確定安全了再往前走。這件事情就解決了、過去了，不是嗎？可有的人被一塊石頭絆倒，覺得非常懊惱，便蹲下來審視那塊石頭，仔仔細細地端詳它的每個稜角，不斷回想被絆倒的過程。我講的並不真是一塊石頭，可含括你所有的痛苦，別人對你的謾罵、譏評、誣陷，只要事情過去後還在心裏纏繞超過一刻鐘，就像蹲下來看石頭。《聖經》說：「不可含怒到日落。」我以前跟學生打賭，只要抓到老師生氣超過三秒鐘，就罰兩千元。從此學生等著我生氣，我一生氣，他們就非常開心，後來發現我慢慢做到不生氣了，他們反而有點失落，還串通一氣想激我生氣，真是可愛。人生總有一些不愉快的經驗，曾經被一塊石頭絆倒，只要提醒自己下次行走此路留意，跨過去人生輕快的腳步就可以繼續了。

我第一次知道人生只有短短兩萬多天，是我父親送我一幅字，掛在我的練功房：「一生僅二萬餘日也。」我一算，如果你能活到八十幾歲，那真的只有兩萬多天了，忽然覺得一生好短。如果口袋裏只有兩萬多塊，每花一塊都要慎重，可是我們居然這樣揮霍日子。本來一天時刻活在當下，可以過得非常開心的，你居然浪費掉三分之一的時間來慨嘆過往、再耗費三分之一的生命揣想著未來，就這樣浪擲三分之二的生命，那你又何需期盼長壽、期盼能活到七八十歲。

「變」，是你的念頭已經決定的事情，下一秒卻又變卦了，如此反覆不定、猶豫不決，是正扮演哈姆雷特王子嗎？「慹」，是恐懼屈服。活在這個世界，有時候你會害怕，會有一些不知該不該遵循的顧忌，這也是不好的情緒。

「姚、佚、啟、態」四個字，比較不容易掌握。「姚」是輕浮躁動，輕浮躁動時無法將注意力放在丹田，絕非空無思慮的理想心境。「佚」是放縱奢華，想望太多，難以飽足。「啟」是開張情欲，欲望不絕。西方經典會說這是人天生自然的情緒、欲望，是健康、正常的。可是東方哲學卻不斷地提醒你，「思想無窮，所願不得」（《黃帝內經素問》）是會讓人生病的。所以中國古人講節欲，如董仲舒《春秋繁露》君子一個月合適幾游於房都有明確規範，現代人容易覺得儒家真是古板，道家真是多餘，其實不然，東方養生傳統要我們保住的，是天生擁有、可以持續的理想心神、氣血、肌理骨骼狀態。「啟」，是情欲張狂，甚至會連帶產生一些病症。「態」是矜誇的意思，驕傲自誇。

從滾滾紅塵中人的智力、語言，一直講到人的情緒，莊子並用譬喻書寫出人活世間的攪擾實況。「樂出虛」，好像多變的樂音不斷從虛孔中吹奏出來。不同的聲音正譬喻不同的情緒，從原本虛空明淨的心靈生發、製造出來，攪擾、混亂了原本靜定的心。「蒸成菌」，

「蒸」是薰蒸，充滿濕熱之氣的環境當中容易長出菇蕈。夏日雨後長得豔麗招搖的毒菇，臺大校園裏、我的院子裏，到處都看得見。我們的心靈本該是輕鬆靈活澄澈的，但你卻任憑外在世界影響、攪擾你原本可以主宰、操控的心田寶地，負面情緒就這麼一個接一個、一陣又一陣地誕生了。「日夜相代乎前」，在清醒的時刻日以繼夜、不斷地混亂、翻攪你的生命。「而莫知其所萌」，你卻不知道這些負面情緒是哪來的？或者自以為：「我怎麼會不知道？」「就是因為女朋友又睡過頭遲到五十分鐘啊！」「因為母親大人竟嫌我買的生日禮物不好啊！」隱隱然，你以為所有負面情緒都是外在風波所導致的。可是莊子卻說：「莫知其所萌」，以此埋下伏筆，讓你乘機思考一下，這些負面情緒到底是誰的心製造出來的？是他？或她？還是自己？

「已乎已乎」，罷了罷了。「旦暮得此」的「此」是指你的負面情緒，情緒在每一個當下翻騰攪擾，搞壞你的心情。「其所由以生乎」，好想追問這些情緒來自哪裏？又是哪個兇手製造出來這樣惱人的情緒？談到芸芸眾生會有的情緒，莊子在此結束了這個段落。為了尋找這些負面情緒的根源，莊子接下來會解剖、分析一個人，找出這些負面情緒產生的原因。

真宰真君——**找出治理生命的君王。**

非彼無我，非我無所取。是亦近矣，而不知其所為使。若有真宰，而特不得其眹。可行已信，而不見其形。有情而無形。

莊子說「非彼無我」，《黃帝內經》提到：「故能形與神俱，而盡終其天年。」（《黃帝內經素問．上古天真論》）漢代司馬談也說：「凡人所生者神也，所託者形也。……形神離則死。」（《史記．太史公自序》）形神合則生，形神離則死，這是傳統中國普遍存在的形神觀。莊子說，沒有靈魂，就沒有我。可是「非我無所取」，如果沒有這個我，這個觸摸得到毛髮肌膚，擁有具象形軀的我，靈魂也無所憑藉。「是亦近矣」，莊子說，這樣說已經很接近生命的真相了。「而不知其所為使」，卻不知道靈魂跟形軀間的主使關係是怎樣？「若有真宰」，我們的生命好像都有一個真正的主宰。「而特不得其眹」，「特」是「只是」，「眹」是「跡象」，只是你看不到跡象。「可行」，他可以牽動你、可以主宰你的行動。你每天起床前，還躺在床上賴床的時候，內心深處會有一個聲音跟自己說：趕快起來，趕快起來。然後那個原本想賴床的你就奮力爬起來了。「已信」，因為這樣，你好像真的相信人有可以主宰一己言行舉止的精神、靈魂的存在。「而不見其形」，只是沒辦法用肉眼看到他的存在而已。「有情而無形」，沒有形跡，卻真實存在。這個「有情」的「情」，是「情實」之「情」，意思是真實存在著。「真宰」，是莊子詮釋的靈魂，是主宰整個人的真正君王。

百骸、九竅、六藏，賅而存焉，吾誰與為親？汝皆說之乎？其有私焉！如是皆有為臣妾乎？其臣妾不足以相治乎？其遞相為君臣乎？其有真君存焉！如求得其情與不得，無益損乎其真。

那身體的每一部分彼此之間的關係又是怎麼回事？「百骸、九竅、六藏」，人們都有上百根骨頭、都有五臟六腑。「賅而存焉」，我們都具備這些。但是你問過自己嗎？「吾誰與為親」，你跟誰最要好呢？通常人墜入情網後會問這個問題，女子問男子：「你到底喜歡我哪裏？」男子傻呼地說：「我喜歡妳的眼睛。」女生就嬌嗔質問：「難道只有眼睛嗎？」「汝皆說之乎」，題型由對外轉而向內，當自我冷靜而審慎地思考這個問題，你對自己的每一個部分都一樣喜歡嗎？還是有特別偏愛的部分？「如是皆有為臣妾乎」，身體的每一塊骨頭、五臟六腑、眼、耳、鼻、舌諸感官，他們彼此之間是臣屬跟侍妾的關係嗎？「其臣妾不足以相治乎」，如果個個都是臣屬侍妾，那怎麼有辦法好好治理彼此呢？「其遞相為君臣乎」，還是身體的各部位會輪流擔任君王，禮拜一由眼睛當君王、禮拜二由耳朵擔任、禮拜三再換一個臟器當主宰就這樣逐一輪班來管理彼此呢？莊子非常具體地詢問身體的每一個部位，究竟哪個才是君王？你被問得有些混亂，覺得耳朵不是、鼻子也不是，謎底馬上揭曉。

「其有真君存焉」，莊子說，有一個真正的君王在主宰我們的生命。「如求得其情與不得」，「情」字表示真實存在，不管你能不能證明靈魂真實存在，「無益損乎其真」，都無法增加或減少靈魂存在的真實性。即便你說這是假的，靈魂還是存在；倘你說靈魂真的存在，也不會讓這個存在更加真實。尼采說：「上帝已死。」上帝卻對尼采說：「尼采死了。」莊子直接告訴我們生命的實相：人是真有「真君」、「真宰」存在的。

行盡如馳——

你也這樣緊張疲憊地生活嗎？

一受其存形，不化以待盡。與物相刃相靡，其行盡如馳，而莫之能止，不亦悲乎！終身役役而不見其成功，苶然疲役而不知其所歸，可不哀邪！

從什麼時候開始的呢？「一受其存形」，我們在母親的肚子裏十月懷胎，某一天，我們的靈魂被形軀接受了，我們的形軀被靈魂真宰給寄寓了，才展開此世的人生。「不化以待盡」，「不化」也可以念「不亡」。《左傳》說「大化」，這世界最大的變化就是死亡，有什麼變化比死亡還巨大？所以「不化以待盡」的意思是，在你還沒有死去的那天，你就在等死。這句話非常殘酷，但也十分真實。我們換個角度來看自己的存在，當我們每過一次生日，一者感念母難日，二者表示自己又向死亡靠近了一年。生與死之間「與物相刃相靡」，我們不斷、不斷跟外在的事物互相牴觸摩擦、消磨傷害。你來到這個學校後，還沒跟任何人事物發生過摩擦嗎？你來到這世界多久？難道你能十幾二十年還不曾受過傷，跟世界沒有任何摩擦衝突嗎？如果真有這樣的人，那他可以不用讀《莊子》。

跟外在世界互相摩擦，不斷受傷。而且「其行盡如馳」，腳步好快，不知不覺就像旋轉籠中的松鼠。讀小學或幼稚園的時候，家長說要趕緊參加音樂班、美術班、才藝班，因為怕你輸在人生的起跑點。上小學的時候，不知道為什麼學國文、數學以外，還要打珠算、學英語。到了中學，家長就怕你學科能力不如人，所以不斷讓你去補習、考試，終於來到臺灣大學。你覺得這下終於輕鬆了！可這時候社會又告訴你，現下大學畢業月薪很可能只有兩萬二的壞消息，告訴你不雙主修、不往上念就輸人了！所以你一天當兩天用不斷地往上爬，終於爬到一個高度了。這時候發現別人都交男女朋友了，你怎麼還沒有呢？好不容易也交了一個。結婚了，別人開始問你：你們夫妻是不是有什麼問題啊？怎麼還沒有小孩啊？好，那你就生他一個。生完一個以為再也沒事了，發現又要存奶粉錢、教育基金，你的壓力越來越大。不久，人家又要問你：小孩幼稚園念哪？不念雙語幼稚園嗎？一輩子，你覺得自己不斷在向前跑、往前追，所以莊子說：「其行盡如馳，而莫之能止，不亦悲乎！」或許你說：沒關係，這婚結得我開心極了，跟全世界我最愛的男人、女人結婚。這科系我念得太開心了，我一輩子就想念這個科系。有一天你工作了，你說這就是我想找的工作，這就是我想遇見的老闆。但人生有可能事事如意嗎？

我某個學生告訴過我：「老師，我一點都不想那麼用功地考進臺大醫學院。但是我媽希望我考上，因為她在那邊教書，等著我去念。我想，她養育我非常辛苦，就只好念了，唉。」我說：「你怎麼嘆氣？」「如果不是她活著，我還真不想活著。」因為覺得「終身役役」，一輩子都受驅使、服勞役，沒辦法選擇自己喜歡的人生。「而不見其成功」，不管是走別人為你規畫的前程，還是你自己要走的路，好像都看不到「成功」二字在前面等著你。「苶然疲役」，「苶」念ㄋㄧㄝˊ，「苶然」是「疲倦」、「困頓」。再加上「疲役」，非常倦累地服勞役，「而不知其所歸」，〈逍遙遊〉不是也說過嗎？「歸休乎君！予无所用天下為」，我要回去了！隱隱然好像莊子心目中的典範人物，都有一個生命的歸宿。可是世俗之人不如此，每天只是很累、很累地生活，陷溺在攀比競走、塵囂殺戮之中，卻不知身為人可以歸往、走向不斷提升、超越的身心鵠的，這樣載浮載沈受制於外在世界的人生，不是很可悲嗎？

人謂之不死，奚益！其形化，其心與之然，可不謂大哀乎？人之生也，固若是芒乎？其我獨芒，而人亦有不芒者乎？

「人謂之不死」，有人說：「還好。在這塊島嶼上每三點五個人就有一人罹患癌症，我還沒得，算很幸運的了。」你可能覺得，至少還沒死，還活著。可莊子說這樣活著有什麼用呢？「其形化，其心與之然」，形體衰老變化也就罷了，為什麼心也要跟著一起憔悴、一起千瘡百孔呢？更可悲的是，很多年輕人的體態、形貌還非常地青春、美好，可是心情、心緒卻已經非常敏感脆弱，非常容易憂傷煩躁，精神疲憊異常，反比外在更早憔悴了。「可不謂大哀乎」，莊子說這不就是生命中最大的悲哀嗎？我們可以在《莊子．田子方》看到：「哀莫大於心死，而人死亦次之。」人生最悲哀的就是心死了。「其形化，其心與之然，可不謂大哀乎？」莊子透過滾滾紅塵中的經驗現象，讓我們注意世俗價值從未要我們留意的，提醒我們不要走上這條遍體鱗傷的路。

最後，莊子問「人之生也，固若是芒乎」，人的生命原來就是這麼茫昧無知嗎？「其我獨芒，而人亦有不芒者乎？」世界上有不茫昧的人嗎？還是只有我一個人如此茫昧無知嗎？莊子最後提出這樣的問題，你會發現這跟過去我們熟悉的儒家非常不同，莊子從不是以一個先知先覺的姿態出現在文本之中。他雖為我們樹立了一些典範，像許由、姑射神人、姑射四子、南郭子綦、壺子、聞道者女偊，可是莊子自己，卻是一直隱身在滾滾紅塵之中，像是為了解救自己、提升自己而去尋找解藥、尋覓方向。莊子不是先知先覺，不是一開始就得道了，不是「天上天下，唯我獨尊」，順理成章地帶領眾生。而是從滾滾紅塵的疲憊、倦怠、創痛裏，尋找生命的另一條路。

齊物論——參

莫若以明

告別負面情緒的方法

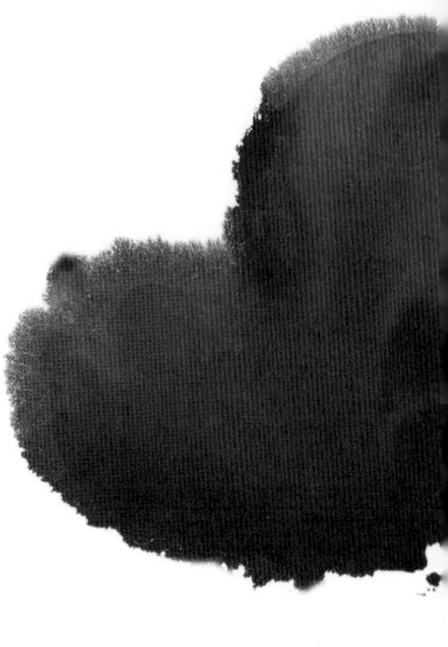

在〈齊物論〉的第一段，莊子以「南郭子綦」這位代表《莊》學身心典範的人物提出一種理想的境界以及達成的途徑。我們想要了解，為什麼一般人達不到這個境界？為什麼一般人的心情不能像南郭子綦一樣，整天都滿盈歡喜、沒有任何負面情緒？為什麼一般人的身體不能跟他一樣，感到非常輕鬆、沒有任何不適？莊子在第二段為我們解析，原因是「莫知所萌」。不知為什麼，就覺得某天特別不順利，很多災難橫在眼前，讓你非常苦惱、非常生氣。你覺得自己要不就是被氣得要死，要不就是被傷了、被騙了。可是〈莫知所萌〉這段引導我們自省，這樣的負面情緒究竟是誰導致的？要抓出兇手並不容易，尤其若你認定自己永遠不在肇事者之列，你就真的只能繼續任人宰割、任人操控一己的情緒了。接著進入第三大段〈莫若以明〉，莊子告訴我們，有個方法可以讓你脫離被宰割、被操控、被傷害的狀態。

自師成心——

你沒有成見嗎？

夫隨其成心而師之，誰獨且無師乎？奚必知代；而心自取者有之；愚者與有焉。未成乎心而有是非，是今日適越而昔至也。是以無有為有。無有為有，雖有神禹且不

能知，吾獨且柰何哉！

「夫隨其成心而師之」，什麼叫「成心」？「成心」就是成見。成見就是一家之偏見，不是一個放諸四海而皆準的價值。可能你會說：「老師，這是個兼容多元價值的時代，哪來放諸四海而皆準的價值？」當然有，想想年年你參加跨年，大家會一起喊 "Happy New Year"，沒有人會喊「祝你倒楣」吧？可見快樂、幸福是不分古典現代、放諸四海而皆準的共同追求。莊子講「成心」，非指一個人有定見、有想法，成見是一種偏見。我不知道你們生命中是否也有這樣的時期？那段時期你回到家，爸媽說什麼你都說：「可是老師說……」，總覺得爸媽說的都不對，只有學校老師說的才對。除非老師真是全知全能，否則這時期你掛在嘴上的「老師說」，也可能正反映你心裏的成見。

莊子問：「世上誰能獨獨沒有成見？」在上一段說過的能看透「喜、怒、哀、樂，慮、嘆、變、慹，姚、佚、啟、態，樂出虛，蒸成菌。日夜相代乎前」，這些在心裏跌宕攪擾的負面情緒的人，是不是就沒有成見？莊子說不然，「奚必知代」，「知代」就是適才講的「知化」，不僅是知道人的情緒會有這般變化起伏的人還懷有成見，「而心自取者有之」，什麼叫「自取」？「自」有「偏」的意思，「取」就是「執」，任何時地，只要仍會偏執一己之見的人就有成見。你或許會問：「有一種人，他很傻，那是不是就不會拜自己為師——就沒有成見了？」莊子說：「錯了。即便是傻瓜，也會拜傻瓜的成見為師。」真的人人都有成見嗎？莊子斬釘截鐵地說：「未成乎心而有是非」，如果有人說他心中沒有成見，那就像有人說太陽從西邊出來或者地球變方了一樣。這種狀況，古人會說就像「今日適越而昔至也」，今天我才剛出發往越國，你卻告訴我，我昨天就到了，這是不可能的事。簡單講，人人都有成見，說沒有成見就好比「是以無有為有」，把「沒有」當成「有」，是不可能的。把「沒有」說成「有」有多困難？就算是神聖英明的中國古代聖王，治水「三過家門而不入」的夏大禹，也不知道怎麼將「沒有」變成「有」。「吾獨且柰何哉」，更何況像我這樣的平凡人，怎麼有辦法了解「沒有」要如何變成「有」呢？讀到這裏會覺得奇怪，說大家都有成見就好了，為什麼忽然接上「以無有為有」的討論。在這個轉折裏，教人隱隱然嗅到《老子》快要挨罵的氣味。老子的學說說道：「天下萬物生於有，有生於無。」「道可道，非常道。名可名，非常名。無名天地之始，有名萬物之母。」就是把「沒有」說成「有」，莊子說，這是再聰明的人也無法領會個中道理的。

異於鷇音——

你今天說的話與枝頭的鳥叫聲，來日回首，意義可有不同？

夫言非吹也，言者有言，其所言者特未定也。果有言邪？其未嘗有言邪？其以為異於鷇音，亦有辯乎？其無辯乎？

接著莊子說：「夫言非吹也。」我們講的話，跟風不一樣。如果你注意你家座哪個方位、朝哪個方向，大概就會知道太陽從哪邊升起，冬天房子的哪邊最冷。風有它一定的方向、一定的型態。前天是龍捲風，昨天是微風，今天是暴風。可是言語跟風不一樣，它更加不確定，可以這會兒像東風、待會兒像北風、再過一會兒變南風，隨時都可能改變，沒有統一的論調。如果你活到今天還沒有感受過人類言語的不確定性，我只能說你在感情上一定缺乏歷練。我聽母親的朋友說過：「男人要變心是不會挑禮拜幾的。」二十歲的年輕人會執迷於一句情話，淚眼汪汪地跑來問我：「老師，他變心了，妳可以告訴我為什麼嗎？」我不忍心告訴她我心裏的想法：「那妳可不可以告訴我，他為什麼不會變心呢？」但我不能說。她接著問：「他今天如果要甩了我，當時為何要追我？」我還是不能讓她聽到我心裏的想法：「如果當時他不追妳，今天他自然沒辦法甩了妳。」事實上，這一切都是這麼地自然。

有成見的人，會覺得愛上誰，就該像瞬間膠黏住了一般，永遠不會拆散。一旦有這樣的成見，遭逢變局，就會活得很痛苦。宋代詞人歐陽修說：「直復看盡洛城花，始共春風容易別。」聽那些年過半百的女人講起人變心，語氣悠悠地就好像跟你說「昨天下雨了」一樣地自然。倘若人生有點歷練，會逐漸了解人言語的不確定性。有一天你終於明白，當有個人對你說他永遠愛著你，僅僅表示在那一秒鐘他曾經想過要永遠愛著你。你如果可以這樣精準地理解，就不愧修過《莊子》了。

我曾發給學生每人一張白紙，請他們寫下這輩子聽過最感動的一句話。有人說：「沒有，沒有人對我說過這樣的話。」彷彿覺得自己過得非常不好。或是請寫下你這輩子對別人說過最動人的一句話。想一想，好像也沒有。如果真是這樣，不妨自問多年來你說的話跟外面的鳥叫聲有什麼不同？莊子說了：「果有言邪？其未嘗有言邪？」你是真的說過嗎？還是說過的話就像沒說一樣？有一天，別人回憶起你口中吐露過的話，是不是讓別人也無法回想起曾經動人的一句？於是莊子問：「你以為你的聲音跟小鳥的鳴叫有所不同嗎？」〈逍遙遊〉說「蜩與鷽鳩笑之曰」、「斥鴳笑之曰」，這些小小鳥，也可能是地位崇高、很有學問的人，也許當代人欽羨其權位、或者後代人已經尊奉其為先秦諸子了。但莊子會問：「你們說過的話跟外面樹上的一陣喧鬧，或籠裏的一隻鳥鳴，有什麼不同嗎？」「亦有辯乎？其無辯乎？」還是沒有什麼差別？

道惡乎隱而有真偽？言惡乎隱而有是非？道惡乎往而不存？言惡乎存而不可？道隱於小成，言隱於榮華。故有儒、墨之是非，以是其所非，而非其所是。欲是其所非而非其所是，則莫若以明。

這時候我們就要從人的話跟鳥叫聲，轉移到那些自以為說過的話是宇宙中最珍貴道理的人士身上。莊子問：如果這個宇宙有最真切的、最成熟的道理，「道惡乎隱」，那它為什麼被隱蔽了？「而有真偽」，這世間論至高道理的言論，居然出現真真假假這麼多的不同，到底孰真孰假？孰是孰非？就像《莊子》的原意為什麼要被隱藏在這麼多完全不同的《莊子》詮釋裏？「言惡乎隱而有是非」，這時候可能會有一些作者會開始爭辯，如果他們有機會見面，或者面對讀者的質詢：「蔡璧名，怎麼妳『緣督以為經』的詮釋或『天之生是使獨也』的詮釋，跟當代多數的研究者都不一樣？怎麼跑出一些非常具體的身體操作？會不會是騙人的？」於是我就跟大家爭論了起來。為什麼會有這些爭執？如果真的跟柯南講的一樣，「真相只有一個」，為什麼只有一個的真相被隱蔽了？「道惡乎往而不存」，真正的道理到哪兒去了？真理應該是無所不在的啊！為什麼我們今天看歷朝歷代注疏家詮釋《莊子》，有時候好像點到了，可是想按照詮釋操作卻又發現不夠。於是你開始思考，這些《莊子》的注疏家真就是歷史上最最理解《莊子》的人了嗎？還是有可能是陶淵明、李白、白居易、蘇東坡？這些人的作品中出現讀《莊子》的心得札記，會不會比注疏家所理解的更貼近莊子的原意呢？這些都是我們可以思考的。

「言惡乎存而不可」，為什麼我們不太能認可這世界的一些言論。我聽過一段廣播非常有意思，說小朋友在學校學游泳，老師會依等第給小朋友繫上顏色不一的帶子。游得特別好的是紅帶高手；游得不錯的是黃帶中手；游得不好的那就是黑帶低手了。當孩子回家告知家長此等分別，孩子的母親非常憤怒地想找老師理論。這個家長代表的似乎就是當代的主流價值，不可以讓小朋友知道他比別人差，要告訴他：「孩子，你是最好的。如果成績不好，肯定是腦子好但不用功；如果家政做得不好，那肯定是很會打籃球。」我的孩子是全世界最好的，這是我們現在崇尚的鼓勵教育。可是，當孩子的母親跟她的孩子說：「我要去學校找你們老師理論，怎麼可以這樣傷害你的自尊？」她的孩子卻這麼說：「媽媽，這為什麼會傷害我的自尊啊？我一個禮拜就只去游泳池練習一次，可那些拿黃帶、紅帶的同學有的甚至天天去練習。我覺得這樣很公平呢，我只是不會游泳，但我很會做家事啊。」家長忽然覺得自己膚淺，不應該急著想找老師抗議。這雖然跟我的家庭教育並不一致，可是我也會這樣鼓勵對方，只是對象不是孩子，是我的狗。

有一陣子我的狗胃腸不好，犯便祕。所以只要我去遛狗，牠大小便順利，我就會不自覺在一旁拍起手來，說：「好棒、好棒，ゆり（Yuri）好棒，ゆり尿尿又便便了。」講完這句話，我跟一同遛狗的母親兩人就會相視大笑：為什麼牠今天大小便順利會是件這麼值得鼓勵的事？就像孩子有缺點都不能講，也不跟孩子說「你可以更好」，只說：「媽媽愛你原來的樣子。」我們現在的時代氛圍告訴我們，談戀愛以後，要對你愛的人說：「我愛你，我愛你一切的優點跟一切的缺點，請你完全不要作任何改變。」這句話是什麼意思？如果你今天愛上一個人，他的體脂肪非常地高，但你跟他說：「我愛你的全部。」那他只好依然故我，繼續懶於運動，任健康情況持續惡化，這論調並不合理。可是為什麼這些似是而非的言論卻在這個時代廣泛流傳？「道隱於小成」，莊子說：因為真正的道理被有限的成就隱蔽了。當然，有的人的確需要鼓勵才能成長，這麼說也不是完全沒道理。我研究傳統醫學，了解陽氣虛很容易怕冷，如果有人跟他說：「別怕，去沖冷水澡，越沖越勇。」他照作可就完了。可是有的人真的很不怕冷，你就可以告訴他，要加強鍛鍊的話早上可以沖冷水。對待不同體能、不同心情的人，要講嚴厲的、鼓勵的、溫暖的、澹定的不同的話，不該是一味地批判，也未必得一味地讚美。

「道隱於小成」，有些聽起來有點道理的話，反讓真正的道理被隱蔽了。「言隱於榮華」，「榮華」就是好聽的話，是你聽了容易感興的話。通常是離經叛道更會引人注意對不對？「要好好做分內的工作，不歸你的就別有非分之想。」有誰會想複述這句話？我年輕時電視上出現過一句廣告：「只要我喜歡，有什麼不可以？」觀眾聽了好樂，好像就此解放了、自由了。但這句話背後的意思，卻也可以是：只要你喜歡，賣毒油有什麼不可以？反正你會變得很有錢。只要你喜歡，稍微害人一下，只要不被抓到，有什麼不可以？其實這句話可能衍生很多的流弊，可是因為它好聽、很酷，所以觀眾就容易被它蒙蔽了。老子說過：「信言不美，美言不信。」真話都不好聽，好聽的都不是真話。我們常常不想聽真話，因為很老套，老生常談。但為什麼這句話從古至今可以被重複這麼多次？有沒有可能正因為它是真話？只是它被重複太多次，你反而就缺乏新鮮感、就不重視了。

有些人的話是一陣鳥鳴，有些人的學說只是小成。莊子講到這，下面接的不是任何一個老百姓的講談，不是你我在坊間的議論，而是「故有儒、墨之是非」，所以才會有儒家和墨家的是非爭辯。儒家說愛有親疏、差等，墨家說「兼愛」。這兩種說法都可以詮釋得非常合理。你可以解釋作：「愛自己的老婆，怎能跟愛鄰居的老婆一樣？那不是一場災難嗎？」愛有親疏，這麼聽起來好有道理。那墨家怎麼說？今天有兩個人都需要你的幫助，一位是你的親人、一位是路人，雖人有親疏之分，但去助人為善的你，作這二件事同樣是付出你短暫生命中的一、兩個小時，因為你愛你的生命，所以不論幫助的對象是親人或路人，都同樣地全力以赴。這麼說「兼愛」好像也很應該，對不對？儒家重視音樂教育，強調音樂可以陶冶人的性情，墨家卻說：「大家都窮死了，先有得吃，再來聽音樂吧。」聽起來好像都很合理。儒家厚葬，「子生三年，然後免於父母之懷」，至親死了，守喪三年，且要厚葬。一個人如果連父母之恩都不懂，那如何能感念天地間的萬般恩情？可是節葬呢？假使我們接受《莊子》或一些宗教的靈魂觀，認為生命是永恆的。父母親的魂魄已經離開身體了，我們很尊敬、慎重地埋葬他，但棺材真的要耗費這麼多的木料或金屬嗎？你發現每個理論都有它說得通的面向。所以我們從說得通的角度去看一件事，就都有合情合理的地方；但要是從批判的角度出發，彷彿合情合理的事也都可以被批判。那麼會不會真的像莊子說的一樣，這些學說還沒有大成。大成，就是到達任何角度、立場無可挑剔的境界。所以莊子是否在暗示，我們身為一個後生小子，都不要再學習古人的智慧，無需再閱讀古今中外的經典呢？當然不是。

那要怎麼去取捨？莊子說：「欲是其所非而非其所是」，原本覺得不對的事物，想要看到它對的那一面，或者原本覺得對的事物，想要看到它不對的那一面。要怎樣才能做到？最好的辦法莊子說是「莫若以明」，「明」這個字在《莊子》書中不斷出現。從字形來看，「明」就是太陽加月亮。太陽跟月亮有什麼相同之處？它們都很高、很亮，可以照見更廣闊、幅員更完整的大地，可以無所偏執完整地照見一切，讓世間萬物呈現更清晰的自己。所以莊子要我們將觀照世間的眼提升到太陽跟月亮的高度去。

得其環中——

你可曾試著去傾聽、了解、體諒，原本反對的一方？

物無非彼，物無非是。自彼則不見，自喻則知之。故曰彼出於是，是亦因彼，彼是方生之說也。雖然，方生方死，方死方生。方可方不可，方不可方可。因是因非，因非因是。

「物無非彼」，每一個人都是別人眼中的「他」。「物無非是」，又是自己眼中的

「我」或自己。「自彼則不見」，當我們看別人那方的時候，常看不到別人的好處，也無法深刻地了解，因為「他」遠遠地在那裏，你沒有作近距離的觀照。我記得到四川旅行的時候，學了一則順口溜：「天下文章屬三江」，全中國文章最好的人集中在三江；「三江文章屬我鄉」，三江文章最好的就在我的故鄉；「我鄉文章屬老表」，我的故鄉文章最好的就屬我表哥；「老表請我改文章」，這下你終於知道天下文章最好的是誰了吧。人面對作品，總容易覺得自己的好，就像為人母親看自己的孩子一樣，人總是最容易明白自己的長處。「故曰彼出於是，是亦因彼」，所以是因為有「我們」才產生相對於「我們」的「他們」，而「我們」的概念，也因為有「他們」的存在才得以成立。如果一個空間裏面只有這群人，哪還有什麼「他們」好說？「彼是方生之說也」，什麼叫「方生」，這個「方」就是「並」，同時並起，相對而起。莊子說：他方跟我方，是同時產生的概念，不能單一存在。怎麼說呢？「雖然，方生方死」，因為是同時出現，所以也會同時消失，什麼意思？我跟學生去吃飯，小餐廳的門口貼了：真食物、真食材、無添加。食物為何需強調其真？因為有假食物出現，才會有商家強調是真食物，這就叫做「方生」。如果這天底下再也沒有假油，那誰還需要釐清我這油是真油呢？「方死方生」，有一天，又有人做假東西了，那「真的」這個概念就又出現了，這就是同時消失的也可能再同時出現。

「方可方不可」，很多事情我們曾經覺得可以，後來卻覺得不行。舉一個當代男人覺得最不公平的事情，文學院的男子每次讀到東坡傳，心裏都不是滋味。憑什麼蘇東坡家裏有一個王氏，「料得年年腸斷處，明月夜，短松岡」，有〈江城子〉這麼恩愛的情感。憑什麼王氏是他老婆？而且還有小妾，朝雲跟暮雨，朝如行雲，暮如行雨，朝朝暮暮，其情如故。東坡憑什麼坐享齊人之福？從清代到民國，好多男人都要出來抗爭了。辜鴻銘說：「什麼一夫一妻制？從古到今，一個茶壺就是配好多個茶杯，天經地義。」可是後來時代變了，現在到商店去看看，好多茶壺都只有一個茶杯了。認命以後，就不再抗爭了。以前可以的，對不起，現在不行，現在叫劈腿。「方不可方可」，你才說它不行，一方面卻又覺得，這九把刀還沒結婚以前劈腿的罪，好像就沒有已經結婚那麼大，對不對？為什麼把他講得這麼不堪？可是另一方又說，雖無夫妻之名，但既已行夫妻之實，那就應該同等對待，好像也有道理。這人世間的事，是是非非，很多風俗習慣會因時代而改、或因地域而異。「因是因非」，你活在臺灣，習慣一夫一妻制是非常合理的。我記得有一回，李登輝前總統跟他的夫人到非洲的邦交國考察。一下飛機，元首跟元首握手，總統夫人可忙了，友邦國王的太太排成一排，輪流跟她握手。總統夫人不會說：「太不成體統了，妳們猜拳，只有一個贏的能當王后，其他人都給休了。」因為這是另一套風土民情、價值標準。

是以聖人不由，而照之於天，亦因是也。是亦彼也，彼亦是也。彼亦一是非，此亦一是非。果且有彼是乎哉？果且无彼是乎哉？彼是莫得其偶，謂之道樞。樞始得其環中，以應無窮。

「是以聖人不由」，所以聖人不隨世間的是非起舞。「而照之於天」，他來到太陽跟月亮的高度，不只照見當代的是是非非，「秦時明月漢時關」，太陽跟月亮從秦代看到民國，什麼沒見過？這時候你的心會更具包容性，對於是非對錯，越能參透，越能同情，越能了解。要不，「是亦彼也」，今天是己方，換個角度、換個位子就變他方了。大學參加辯論比賽，所有的冠亞軍賽絕對是同一個題目，正反雙方交換辯論。這三十分鐘，我站在安樂死應該合法化的立場，下三十分鐘，我卻站在安樂死絕不能合法化的立場。在辯論場我們了解一件事：每一件事的正反兩面都有道理可講。

「彼亦一是非」，他們有一套是非標準。如果我們到非洲去生活，可能每個人要學的是怎麼樣保護自己的安全。我的學生喜歡戶外活動：「老師，我這個假期要參加營隊。」「參加什麼營隊？」「學習辨識野生動物的糞便，這樣才會知道是黑熊來了？還是來的只是一隻羊咩。」這對野外生活太重要了。可是，如果你是到了華夏之邦，「此亦一是非」，就是另一套是非標準了。中國古代的禮節，訪客到主人家要怎麼敲門？要走哪一邊的階梯？到了中庭要怎樣打躬作揖？都有一定規矩。如果不懂，那就像個野蠻人，根本不能在這裏生活。乍聽之下，覺得這樣的衝突好像不會發生。但只要把習慣在不同地域生活的人生活的場景輻輳在同一個時空，馬上就會發生。記得一九八九年我第一次去北京玩，看見長安大街邊有些人的行為很特別，他們坐在地上圍成圈開始吃餐盒，打扮不太像城裏人。我遇到住在北京的朋友，就提起今天遇到什麼樣的人，朋友馬上告訴我：「啊，是外地人。只有外地來的會這樣。」在各自的時空環境裏，你都覺得恰到好處，可是換一個地方，你忽然又覺得不大對了。

於是我們就要問了，「果且有彼是乎哉」，這世界上真有你執著說它一定是對的那個道理嗎？「果且无彼是乎哉」，還是其實沒有是非的定論呢？「彼是莫得其偶，謂之道樞」，「偶」是相對、對立，莊子說我們不要站在彼此對立的兩端。那要站在哪兒？「道樞」，「樞」是門軸，開關門的時候門軸不動，只有門片轉動。門軸跟門片上每一點的距離都一樣，所以如果你站在門軸的位置，就能公平地對待門片上的每一點。就像你立在圓心，到圓周上的每一點都是等距，你就能更公平客觀地面對你遇到的所有事。

有人說，人與人之間最不合適談論的話題，第一是政治，第二是宗教，那我們就來談談，看看是否真的不可談。為了路面氣爆的問題，為了真假油的問題，藍綠兩黨罵來罵去。有人說這是在綠營執政時發生的，只是在藍營時代發現了。有人說是中央管理不當，有人說是地方政府的缺失。所有說詞都可以簡化成一句話：「都是敵營的錯。」這句話擺在哪一個黨團都合用。可是如果你不要站在彼此對立的兩端，就會去追問：為什麼會產出假油？不法製造商是否已全數查獲？消費者購買油品時要如何判定、如何自保？為什麼高雄氣爆？為什麼新北市也氣爆？全民一起來了解，世界其他文明先進國家是否也有這些問題？或為什麼沒有這些問題？大家一起來解決，一起讓它不要再發生。這就是「道樞」了。如果你永遠只希望是你支持的一方大獲全勝，就常常不能針對事情的本質跟核心的問題來處理。我們雖不從政，但也從政，因為你可能要管理一家子的人，家庭就像一個小政府，你就必須了解怎樣能把人與人之間相處的事情處理好，凡事就是應該力求公平客觀，無所偏袒。而不是你跟誰的距離比較近，就說他對，就為他的利益著想，這樣你才能應接這一生無窮的對象與事物。

是亦一無窮，非亦一無窮也。故曰莫若以明。以指喻指之非指，不若以非指喻指之非指也；以馬喻馬之非馬，不若以非馬喻馬之非馬也。天地一指也，萬物一馬也。

莊子說：否則啊，「是亦一無窮」，如果你堅持自己是對的，那你可能永遠都誤以為自己是對的。二十歲人談戀愛，有二分之一的學生會告訴我，最重視的條件是對方的外貌，因為這張臉要看很久，不能是張讓自己太快看膩的臉。如果是我的話，我倒會從人生經驗去回溯美醜這件事。有時候一張臉其實並不醜，甚至可以稱得上帥、美，可是任何事情他或她都一概覺得自己對、別人錯，你不覺得這樣的臉就越看越不帥、越看越不美了嗎？相對的，有一個老婆婆，她不一定長得美，可是她很仁慈，很有愛心，便越看越覺得美，連皺紋都刻畫出歲月的光輝。跟一個人交往，我會去注意當發生事情的時候，這個人是百分之百反省別人，還是百分之多少反省自己？我覺得這是你未來跟這個人相處開心與否一個很重要的因素。希望你學過《莊子》，將來找對象的時候可以比別人想得通、看得透，可以比別人順利。這個順利不是別人追不到、你追得到。而是你會選對人，選一個讓你一輩子過得逍遙寬心的人。

「非亦一無窮」，有時候，我們覺得那個想法錯、那個作法錯。可是換了位置，會不會忽然覺得挺值得體諒的？從我開始在醉月湖邊打拳，就注意到臺大校規：「請勿餵食禽鳥。」因為校方會派一定的人餵食。所以我每次看到有人餵鳥，就想他是不識字呢？還是這家長想帶壞孩子？可是當我備課到這裏的時候忽然想，如果我是小孩的奶奶或母親，我們帶了一包有機的穀類，孩子想要餵牠，我可能會說：「哎呀，這校規雖然說不能餵食鳥，可是這可憐的禽鳥平常沒機會吃品質這麼好、這麼純淨的穀糧，孩子，餵吧。」會不會我也覺得可以是個例外？

我總是搭電梯到五樓來上課，不是懶得爬樓梯，是希望時間有點緊的時候，開始講課時能臉不紅氣不喘。學校的電梯旁邊貼著一塊壓克力板：「本電梯專供教師與殘障同學使用」。但我不知道為什麼這麼多同學，慢慢走的、聊天的、拿著飲料杯、啃著漢堡的，都要假扮成教師與殘障同學一起擠進電梯，電梯門開了，還進來得這麼慢，一邊聊天吃東西，一邊按著開門鍵等朋友，讓想趕快到教室上課的老師非常焦心。我開始反省自己，一個教《莊子》的老師要怎麼樣讓自己不焦心？這個壓克力板真的是在我當老師以後才貼上的嗎？還是我當學生的時候它就貼上了？我真的沒留心。莫非這個規定一起擠進電梯的學生都剛巧沒注意，就像昔年的我一樣？我又反省了。

「是亦一無窮，非亦一無窮也。故曰莫若以明」，所以我們得將自己提升到太陽跟月亮的高度才能看清。你可以想像，學習莊子的我只要對誰有一點意見，或看誰有一點不順眼，就開始反省為什麼？應該是因為我站在與他對立的一方，那就趕快站到他的立場設想。本來覺得這個人有點可惡的，換個立場後，會覺得他其實也蠻可憐的，就沒事了。莊子教我們

「莫若以明」，不是叫我們沒有是非，是教我們學會包容、體諒。

莊子接著說，「以指喻指之非指」，你期望用這根手指，去說明那根手指不是手指。養貓的人都知道，冷天裏人跟貓的距離非常近，我跟我的貓有時會近到搭著手一起睡覺。摸貓的手掌，會覺得貓手實在太神奇了，竟然有肉墊，一點都不像人的手掌、手指，也不符合人類對手指的定義。如果我的貓知道我心裏這麼想，牠或許會想：「妳的才不是手指呢！」貓喜歡你、不想攻擊你的時候指甲就縮起來，想攻擊你就「啪」伸出來。貓該覺得人的指甲怎麼那麼笨拙，只能有固定長度、不能伸縮自如，這也能叫做手指嗎？於是，人貓雙方都覺得彼此不具備手指該有的基本條件。這個譬喻說明了什麼？莊子又用另一個譬喻說同樣的道理。如果有個地方的馬全是黑的，用馬就該是黑色的角度去看白馬，見到白馬的黑馬會說：「那肯定不是馬，咱們都是黑的，牠跟我們不一樣。」可是，如果一個地方都是白馬，現在來了一匹黑馬，白馬們也會問，那匹黑黑的四足獸真的跟我們一樣是馬嗎？而我們時常就是這樣看待世界的。

我記得有一回學生到我家，看到我養了一隻柴犬，「老師你的柴犬叫什麼？」「因為是日本狗，所以我爸給牠取了日文名字叫ゆり（百合）。」學生說：「這是天底下最不合邏輯的名字。老師的柴犬是黑色的，百合是白色的，怎麼今晚遇見了一支黑百合？太不合理了。」從字面想，還真不合理，就好像喚一個黑人叫白雪公主一樣。可是你知道牠為什麼叫百合嗎？有次學生告訴我有寵物展，我就去看了。第一年去看，帶回一隻象龜。第二年去，又帶回一隻柴犬。母親見了受不了，說真要養，就請我不要讓牠離開我的房間。當天我趕快乖乖地去找個木匠，在我的房門口做一個隔柵。父親知道了，就給牠取名叫「百合」，希望能因為這名字使得母親、我跟牠百事合樂。後來母親不知道為什麼，越看這隻狗越順眼，偶爾會幫我遛狗，幾次後就遛上癮了。有一天我撞到腳傷，爬樓梯不便，想帶著狗搬到學校這邊一樓的宿處來住。母親很不捨，說本來遛狗是最好的運動，狗被帶走害得她沒法運動。因為疼愛這隻狗，母親跟我多了很多共通的話題，母親甚至疼愛到堅持要出一半的買狗錢，因為她不願意我說那是我的狗。啊，果然因為這隻狗，讓我跟母親百事皆合啊！如果你聽了這隻狗的身世，不覺得牠非常合適叫百合嗎？至於那叫百合的花，它合什麼了？有什麼讓人百事合樂的事蹟嗎？

於是我們能夠明白，當甲說乙錯，就像人的手指指著貓咪的手指說：「那不是手指。」就像白馬跟黑馬說：「你不是馬。」活在人世間，如果能收回指摘人非的手指，如果你的心能從不同的立場——輪子的中央或日月的高度去看待這世界的是非，心就能留有更多餘地，就能容受更多的人事物。

厲與西施——

你可曾有昨日認定的噩運，今日卻成美好機緣的經驗？

可乎可，不可乎不可。道行之而成，物謂之而然。惡乎然？然於然。惡乎不然？不然於不然。物固有所然，物固有所可。無物不然，無物不可。

「可乎可，不可乎不可」，在這世界上，我們都是根據可以的理由來說可以，比方說發展經濟。「不可乎不可」，根據不可以的理由來說不可以，比方說影響生態。「道行之而成」，路都是人走出來的、人開闢的。「物謂之而然」，東西的名字，也是人們這麼稱呼它才叫這個名字。如果你了解這個道理，在立場相對、爭執發生時就不會那麼地堅持。堅持不好嗎？生命中有許多堅持其實只是固執，而無關乎真正的對錯。「惡乎然？然於然」，為什麼我們今天說它對？因為是根據它對的理由來說它對。說它不對，則是根據它不對的地方說它不對。就拿在學校學習為例，很多學生可能因為實驗或課程很緊湊，就開始熬夜，四年下來憔悴不少。相較而言，到底是拿書卷獎重要還是身體健康重要？也許你會想：「可是現在就業這麼困難，競爭這麼激烈，不好好表現，怎麼能順利拿到人生勝利組的入場券？用功熬個夜又何妨，反正年輕身體好。不像老師那種生過大病又經過治療的身體。」「惡乎不然？不然於不然」，可是有時候，你又覺得好像不那麼謹慎不行。前陣子新聞報導臺大有個學生過生日，幾個朋友跳進醉月湖游一圈，就這樣失去了生命。他絕對不是第一個跳醉月湖的人，學生告訴我常常有人游湖慶生，就跳進去了。如果他每天勤練穴道導引，每天做運動，或者跳下去以前先作暖身操，是否就能避免此等不幸？重視身體健康跟生命，難道不比書卷獎重要嗎？如果覺得很重要，那就從今天起早點睡吧！我永遠記得小時候，家長很少跟我說晚上要念完書才准睡，反而都是勸說不要念了快去睡吧。母親總說：「睡飽了，明天精神好，考試頭腦就很清楚。」我則回答母親：「可是我一大堆還沒念，就算腦子很清楚，坐在那兒也只能發楞，因為太晚開始讀了。」也許所有的是非，都真有或是或非的道理可說。

「物固有所然」，每件事都有它對的部分。十幾年前的陳進興案，電視轉播彷彿一部警匪槍戰片。最後陳進興躲在房子裏快要被抓到的那一幕，大家才發現，原來強暴犯跟妻兒對話時，看起來還滿正常，滿慈祥、溫柔的，那他怎麼會這樣對待外人呢？如果是一個聖者，看到有人就要上絞刑臺了，會這麼想：「感謝上帝，感謝上蒼。如果不是祢對我的愛，不是我今生擁有的這一切，也許此刻上絞刑臺的人就是我了。」剛剛下課時間有一位用心修《莊子》的同學，問了一個問題：站在「照之於天」這樣的立場，會怎麼樣看待鄭捷捷運隨機殺人事件？沉思片刻後我跟他說：「身為一個教育工作者，我會覺得教育工作需要更加地努力、用心，才能讓這樣的事件減到最少。但我同時也是一名搭乘大眾運輸的乘客，可能每次搭車的時候，會帶一把長一點、堅固一點的傘，來護衛自己的安全。至於這樣一個犯罪事件，是非常多、非常多因素造成的，很多人都必須負這個責任，當然包括鄭捷自己，他的過錯就交給法律去裁定。」就像剛才說的聖者的故事，面對社會犯罪，我都不禁會想：罪犯是在什麼樣的家庭長大？如果從小他和我交換家庭，我會不會走上這條路？我不知道。我們都只有機會去過自己的人生。你這樣想，對於原本覺得罪無可赦或者無恥的人，就會多一點同情。「無物不然，無物不可」，也就不會過度生氣，或覺得非常難以忍受。

故舉莛與楹，厲與西施，恢恑憰怪，道通為一。

「故舉莛與楹」，「莛」是小木片，也是女子的髮簪，「楹」是最大的梁柱。這兩樣東西如果材質一樣，因為體積大，肯定梁柱貴得多。可是假使我今天上課時，前面一撮頭髮不斷掉下來，下課同學借我一根小小的木頭材質做的髮夾，我一定感激極了。這時有位同學說：「老師，那算什麼，我們家一根柱子送給妳，妳可以做出一千根髮夾。」我會想：「要一根大柱子幹嘛？」這時候髮夾明顯對我更為重要、意義更為巨大，梁柱就顯得小了。在需要的時候，才會知道何者為好。因此小木片跟大梁柱，其實沒有絕對的高下可以分辨。可是「厲與西施」，「厲」可是長癩病的醜女，西施是美女就不用多說，這兩個人怎麼有人會分不出高下呢？這時忍不住要說一個我成長過程中遭遇的故事。

交朋友是因為人的質地和機緣，不會說是：「因為這個人好漂亮，我決定跟她做朋友。」或是考量「這個人不夠美」，一般我們不會這樣選擇朋友。高中的時候在班上我有兩個很好的朋友，一個剛好是我心目中的校花。因為我們就住在相鄰的小鎮，放學常常會一起搭公車、一起去吃點心。另一個好朋友，她非常喜歡我的這位校花朋友，所以我們三個人就變成好朋友了。這位朋友其實長得也算端正，細看她，有時覺得她也挺美的，只是她的個性有時還蠻嚇人的。我永遠記得高中的時候，有一位全校公認的帥哥來教我們班女生打籃球，我這個同學竟走到他的面前說：「你為什麼可以遲到？自以為帥嗎？我告訴你，你醜斃了。」我們所有膽小斯文的女生站在旁邊，都覺得真不好意思，人家花時間來教我們籃球，還對人家大聲嚷嚷。所以大學即將畢業仍無男友的她，我們沒人敢幫她介紹男朋友。

可我剛剛講的這個朋友可奇了，從參加她婚禮起我就百思不解。他的老公氣質真好，談吐斯文，看起來真是一位知書達禮的謙謙君子。不只是看起來，他們結婚後校花和我去拜訪時，那時候好友已經有孩子了，說：「走吧！我們三個去吃飯。」「那妳老公跟孩子呢？」「喔，待會包一點回來給他們就行了。」上第二道菜了，我說：「是不是跟餐廳老闆要個盒子，先把要帶給妳家人吃的夾起來。」「夾什麼？我們不就好姐妹一家人嗎？吃剩的包回去就好。」我覺得有點不好意思。

我們繼續開心、放懷地吃。有的東西剩多，有的東西剩少。回到家，她好像給予恩典般說道：「老公你的食物回來了。」她老公充滿歡喜地接下，孩子還抱在懷裏睡得很好，我和校花就帶著驚訝離開了。她老公是某大學醫學院的教授，好友嫁給他後就辭職返家當全職家庭主婦，日子常覺無聊，因為閒閒沒事。她是學商的，有一天她告訴我，她以前的老闆因為她人品端正、工作能力強、操守又好，很信任她，希望她回去當會計。因為月薪很高，她就考慮了。她問她老公說：「某某大公司主管要我回去，你覺得怎麼樣？」她老公不發一語，她就繞到他身前去看怎麼不說話，才發現懷抱著孩子的丈夫，眼淚就這樣掉下來，心裏不願意也不說。好友一看有些不忍，就決定繼續當家庭主婦。你以為她平日在家裏做家事？沒有，她到我家來，我邊聊天邊下麵做菜給她和校花吃。她說：「我以前覺得做菜累，不想做家事。來到妳家，看妳做菜還蠻輕鬆的，就也開始買些材料來做做看。後來又發現其實有做好的調理包，就都改買那個了。」我說：「我不買調理包當然是因為比較貴啊，自己做便宜，做久了也比外面館子做的好吃。」你就知道她過著什麼樣的優渥生活。

至於我那校花好友的老公當然也是長相端正、個性佳、工作良。可是跟另個好友的老公相比，就不會覺得那麼特別了。講到這裏我為什麼提到她們兩位，一切盡在不言中。很多女生覺得：「男生都是外貌協會，長得好看的人多吃香啊？有人好幾年沒人追，她一年就十幾二十個人追。」但是多人追，心容易亂，更何況再多人追也只許嫁一個。以前我們三個女生一起去圖書館。書讀到一半，有男生丟紙條給我的校花朋友，要完全不動聲色地看完字條繼續安然讀書得有相當定力，得讀《莊子》才行。反觀另一位同學，她在圖書館日以繼夜，從來沒有紙條干擾，自然容易專心，不斷充實自己，中學成績特優，大學畢業後就業專業能力也強。人長得美固然是一種幸福，長得不夠美，那更是另一種充實、另一種幸運。

「恢恑憰怪」，「恢」是大，「恑」是變，「憰」是權詐。不管多大、多怪、多會變，在「道」的眼中都能「通為一」。「道通為一」提醒我們看清生命中的通同之處。禪宗的白骨觀要我們不被美色迷惑，她或他走過來，你就看作是一具骷髏頭晃過來了，人如果能看到對方百年之後的樣子，就不會被眼前的美色迷惑。我提醒學生好好利用、珍惜時間，這世間最公平的，就是不論貧富貴賤，每個人活著的每一天都是二十四小時；死亡也是公平的，每一個人都會死。

這裏要講的不是每個人其實都一樣，而是每個人我們都能體諒、欣賞。有的人可能懶了點，但是他很能放鬆，過得很開懷，值得你學習。有的人你覺得真是罪惡，怎麼能給那麼多人下毒，怎麼可以慢性殺害那麼多人。有一種殺人，速度飛快、罪刑易見，人人髮指。另一種殺人，歷時多年、不易知覺，且往往無需負法律責任，因為死無對證。像是經年提供消費者吃有毒的東西，多年積累成癌症、重病，被害者卻說不出誰是兇手。這樣的加害者難能欣賞，但可以同情。如果一個人活到連良心都失去了，所有人都可以因為滿足他的利益而罹癌、死亡，心黑到只剩要充實家族的財庫或自己的荷包，他活在這個世界上已經失去身為萬物之靈的人性，失去人之所以為人的光輝，已經不算是人了，甚至連隻寵物的價值也談不上，寵物還可以與人為友、帶給人歡樂。一個人已經失去最基本的人心跟價值，是值得同情的。如果你相信人的生命永恆，人可能有魂魄，那最後他會像托爾斯泰《呆子伊凡》寓言故事裏面的小鬼一樣掉到一個小小地洞裏，那是值得同情的。

知通為一——

你可曾在挫折中遇見成長？

其分也，成也。其成也，毀也。凡物無成與毀，復通為一。唯達者知通為一，為是不用而寓諸庸。庸也者，用也；用也者，通也；通也者，得也；適得而幾矣。因是已。已而不知其然謂之道。

「其分也，成也」，不要覺得你失去了，不要覺得這個東西毀壞了，說不定它反而是成就了什麼、完成了什麼。我昨晚收到一封學生的來信：「老師，我發現妳每次說完蛋了，但沒過多久，甚至不到幾小時或一天，就會出現很熱心的專業人士來幫助妳，完成妳本來想完成的事。」有時候你覺得遇到一件很不好的事，你必須去承受這樣教人難堪的變局，但沒想到事過境遷後再回首，發現這個變局所導致的結果比原來的還要好。好像人取羊毛製成毛衣，可剃羊毛對羊而言可能是生命中無法承受之輕，人可曾傾聽過羊的心聲？我沒聽過，但我是養貓的人，我知道貓。很多養貓的人夏天為了不忍貓太熱，就給牠剃毛，可能貓覺得自尊都沒了，或變得太醜沒法面對世界，所以被剃毛後的貓表情舉止都看得出非常不開心、不自在。同理知羊。可是，當羊覺得牠失去這麼多的時候，有一件毛衣被織好了，溫暖了另一個寒冬裏夜歸的人。「其成也，毀也」，你以為你做好了一件家具，哇，這家具太精彩了。可是你想過嗎？如果印度跟日本人的研究是真的，用所謂的生命科學探測儀測試出植物也有知覺。做一件家具的同時，你想過樹的痛嗎？為了建立，會有毀壞。在完成毛衣的時候，羊失去牠的毛；完成家具的時候，樹被砍下。這不是一件跟你我不相干的事情，生命中常常是有得有失。拿家長的立場來說，很多家長在孩子求學的階段就不斷灌輸孩子：「建中、臺大、美利堅。」最後果然兒女成材，一個個都出國了，在國外結婚、定居了，好像也沒要把家長接去。不過還好生得多，最後留下一個沒能力出國的，把你的晚年照顧得很好，就說這孩子特別孝順。這時候家長可能忽然想到以前總說考第一名的是光耀父母，每一次都考壞的總教父母擔心不已。可到後來，到底什麼是「成」，什麼是「毀」？誰才是你最親愛的兒子、女兒？這想法是會改變的。你今天覺得：「今年果然所有的努力沒有白費，書卷獎拿到手了。」到手又如何？暑假檢查身體，如果健康出了什麼問題，你還會一樣開心嗎？什麼是「成」，什麼是「毀」？莊子促使我們重新去思考這些生命中的重要問題。

「凡物無成與毀，復通為一」，最後我們看萬事萬物，竟發現有一方面完成，就有一方面毀壞，有得就有失。萬物都有成、毀可說，只是有誰看得到？只有通達的人才能明白有得必有失的道理。他因此「為是不用而寓諸庸」，在設定人生目標的時候，不會去追求大家覺得最光耀的、能拿到最多薪水的工作、專業，因為那不是他要的人生。我覺得在臺大教書的老師，應該說，在臺大教《莊子》，尤其教過工學院、醫學院、法學院的老師，最能體會這些話。以前還沒有在臺大教書，以讀中文系為第一志願、一直留在文哲領域發展的我，如果沒有來臺大接觸那麼多工學院的學生，我不會知道工學院的辛苦。他們幫老師作生物科技方面的實驗，一天要站上七、八個小時甚至八、九個小時。畢業後到科學園區工作，朝九晚十已經是最人道的了，通常工時還要更長。「老師，那別念工，念商吧。」我前兩年才幫一個商學院同學寫留學推薦函。我問他：「去深造啊？」「不是。不是深造，因為實在太累了。想出國念書歇口氣，先休息一下。」「這麼累是因為常加班嗎？」「瘋狂加班。」「有加薪嗎？」「沒有，責任制哪來加薪？」「只有你們公司這樣嗎？」「念商都這樣。」聽起來念商好像也不太順遂，那念醫科好了，在臺灣萬般皆下品，唯有醫生高，日據時代以來就是如此。可念醫科好不好？一陣流行病、SARS來了就知道，能請假嗎？今天醫院能關門嗎？說來說去，還是念農學院跟文學院最自在，每天與大自然為伍，每天跟古今中外最有智慧的人對話，而且未來的工作也較有機會不過度壓榨自己的身體。

我記得當年去拜訪擔任西醫師工作的外公，外公問我念什麼科系。那時候母親說：「璧名今年考上博士班。」外公很高興地問：「博士，臺大是嗎？什麼系啊？」「中文。」那一剎那外公「啊！」了一聲望著我，一付明天外孫女就要上街當乞丐的表情，在西醫師的心目中，讀中文系的人大概就是這樣的存在。如果他問：「你兒子念哪？」「念農學院。」在十年前可能就回「當農夫是吧？」現在可不一樣了，「是生物科技專業嗎？」不得了，兩邊佔便宜，又熱門，又無害，一旦有什麼糧荒還可以自給自足。可是一般人不知道，很多家長還是叫小孩最好念臺大醫科，不然電機系，不然資工系。資工系能念嗎？不是不能念，但要打電腦的人隨時「頂頭懸」養生，並恪守不要熬夜，資工系的人聽了一定苦笑。所以學《莊子》的人選擇工作，不是以能發揮自己最大工具價值、換取最多收益為人生的目標，而只是把自己寄託在一個自己喜歡的，做起來覺得開心的工作。坦白講，我生病以後工時其實仍算不少，病前更常一天工作超過十個小時。可是我覺得非常開心，因為我不覺得自己在工作，而是遊戲一般在做自己非常感興趣的事。我有個朋友，她先生是某所學校的校長，她是家庭主婦。我問：如果妳要工作，最想做什麼？她是服裝設計專業，卻說：「當計程車司機，或是任何司機。不知道為什麼，我這輩子最愛的就是開車。」好特別的一個嗜好。「可是我是校長夫人，先生又始終不相信我的開車技術，所以很少能如願。」「庸也者，用也」，找一個你愛的工作，在世界上，你就是一個有用的人了。「用也者，通也」，你是個有用的人，對別人也有意義，跟別人的生命不就能交流溝通互相往來了嗎？「通也者，得也」，你的生命跟別人的生命能互相溝通往來，那就對了。我們是因為這樣，才活在這個世上的吧。我們生來應該不是為了從呱呱落地的那天開始，就自己圍個城堡，把自己隔絕起來，或躲在桌下再也不肯出來。而是要認識很多人，跟很多人溝通往來，這樣就對了。「適得而幾矣」，「幾」是接近、庶幾、差不多，能做到這樣，就接近「道」了。天啊，這麼容易！「已而不知其然謂之道」，已經這麼做了，卻不知道為什麼要這麼做。也就是說，當你這麼做的時候，你不是想：「成聖了，得道了，高人一等了。」而是覺得喜歡這麼做、這麼做應該，這就是道了。

我在這邊講一個我生命中的小故事，教這一段促使我回想起來。記得小學第一次拿到學校成績單的時候，我好開心，因為拿了第一名。我很開心地跑回家，給我媽媽看我的成績單，「嗯，第一名，很好。」母親最喜歡放兩隻襪子在我們的床頭，會在襪袋裏放很多禮物。隔天醒來的時候，我非常開心，想一個一個炫耀，第一名多久才能考一次，不知下一次還能不能擁有。再來，我跑到父親面前：「爸爸，第一名耶。」「喔。」沒聽到嗎？我又再說了一次：「第一名耶！」微笑。不夠驚訝，再講一次：「爸，我拿到全班第一名耶。」父親這時候放下手邊的工作跟我說：「璧名，爸爸跟妳說，學生也是一種職業，懂嗎？妳不是很喜歡吃我們家附近的麵攤嗎？那妳覺得他每碗煮得好吃，是不是很應該？」「是啊，就是很好吃我才跟麵攤阿姨買。」「爸爸是藥劑師，配藥給病人，配對了是不是很應該？那妳會覺得需要鼓掌或禮物嗎？妳的職業是學生，考第一名或成績好都是應該的。」從那天開始，我知道拿了第一名在家裏靜靜的就好，應該的。煮麵的，配藥的，讀書的，不都該這樣嗎？我的家庭教育裏，真的很少聽到父母說好棒。反而有時候我拿了什麼第一名回來，講話還要小心，怕讓人覺得我太驕傲了。父親覺得驕傲是最要不得的缺點，所以我學會盡心盡力、認分安靜地在家裏成長。這會養成習慣，有一天你會習慣這麼熱情地對待你的工作，對待你所做的每一件事，覺得這是應該的。學校頒過幾個獎項給我，有幾次，因為忘記那天要去領獎，頒獎者誤以為我很澹泊，其實是忘了，記錯時間了。那些優良教師、傑出教師獎牌，放在哪裏都不是，最初放在小矮几上，貓咕嚕就把它踢倒了，琉璃獎座的娃娃頭就斷了，感覺不太好。後來我想想，看來看去有個非常好的地方，就是幽暗的壁櫃轉角，就六七個獎牌、獎座一起擺進去。我平常開櫃子看不到，大概兩三年一次大掃除的時候才看到，才會想起原來還拿過一些獎項。可能過兩天到某一位老師家拜訪，發現老師的獎座就擺在客廳最亮眼的地方，我看了會微笑，那個微笑應該就是笑自己讀了《莊子》、醉心道家以後的不同。面對榮譽，你覺得有點害羞，覺得這也沒什麼，最好藏起來。

人，在你的分位裏應該做好分內的工作，喜歡這個工作就把它做好，不是應該的嗎？不需要有別人偷懶、別人誤事來顯得你好。如果每一個人都盡心做好分內的事，當官不貪汙，盡心盡力為人民設想、服務，當個麵包師就用安全的、好的材料來做好吃的麵包給顧客吃。

這是應該的，有什麼榮譽可說？把自己分內的事做好，再沒有這些煩惱。

朝三暮四——
可曾發現讓你歡喜與憤怒的主張，到頭來並無不同？

勞神明為一，而不知其同也。謂之朝三。何謂朝三？狙公賦芧，曰：「朝三而莫四。」眾狙皆怒。曰：「然則朝四而莫三。」眾狙皆悅。名實未虧，而喜、怒為用，亦因是也。

可是我們都不這麼想，所以有煩惱。「勞神明為一」，我們往往會為了堅持一件事而非常地勞神，仍覺得非堅持不行、非這樣不可。談個戀愛，覺得非他不可，他又一定得怎麼待我才行，這也是一種偏執。其實如你所期或不符所期、沒有變化跟發生變化，事情的結果常常是一樣的，說不定發生變化結果還更好些呢。莊子說這就叫「朝三」，大家都知道「朝三暮四」的成語，典故就出自《莊子》。有一個養猴的人，「狙公賦芧」，「賦」是賦予、給予，給他的猴子們「芧」，「芧」是橡樹的果實。狙公餵猴兒的時候跟猴兒說：「猴啊，我今天早上餵三升橡實，晚上餵四升，怎麼樣？」哎呀，猴子們覺得太少、太少了，三升哪吃得飽？就非常生氣地集體暴動了。狙公見狀就說：「不然這樣好了，早上餵四升，黃昏餵三升橡實給你們怎樣？」猴子就高興地說：好啊，好啊，還開心地謝謝狙公。這群傻猴，牠們怎麼那麼傻呢？這食物都是橡實，一天都是七升，沒有增減。猴子們卻一下好開心，一下好生氣。日常生活中的我們常常也是這樣。

在臺灣，我們最不敢談的話題，就是藍綠對立。換個說法，在整個藍綠對立的歷史經驗裏，背後可能或多或少有所謂統獨意識的存在。藍是統，綠代表獨。殷海光先生的書一度被禁，因為他在臺灣的戒嚴時代說蔣介石不斷說要反攻大陸，可是都沒有反攻，說三民主義要統一中國，可是也沒有統一，就這樣偏安一隅，實施獨裁。說完這話，可想而知在戒嚴時代他的書就成禁書了。為什麼說這樣的話要被抓起來、要他閉嘴？因為這話細想起來好像有點道理。如果大家聽了都覺得一點道理也沒有，可能也沒必要把他抓起來要他噤聲了。我們說民進黨執政，陳水扁應該是比較偏獨的吧。可是，他是否是假性臺獨呢，不然怎麼當了八年總統也沒看他真的喊臺灣獨立呢？如果統不是真統，獨也不是真獨，那選民為什麼要因為他們標榜的意識形態，這麼點表面的藍綠立場，而就不計一切地去支持他們呢？只執著於這麼個意識形態，完全不管人民的食衣住行是不是被照顧得好。事實上，人民最需要的不就是管理食衣住行的人嗎？以前在課堂上這樣講，臺下二十來歲年輕人聽了都沒什麼感覺，所以我就舉我走路回家的例子。我的老家在新北市，走路回家為了避開車流，常選擇走一些比較偏僻的途徑。途中有段路會經過一個有點駭人的隧道，隧道裏有有點可怕的壁畫，不管誰執政，歷經政黨輪替、人事更迭，那壁畫上很可怕的文字跟圖像都沒人把它清掉。還有在天橋上，只要是雨天，坑坑洞洞的地方永遠有積水，踩下去總是會「噗啾」一聲濺上褲管。誰執政其實我並不在乎，但總希望人行道好走點，地下道乾淨點、明亮點，教路人經過不必覺得不便。又或者在居住方面，如果房價不斷飆高都不用管理，只要標榜統或獨、藍或綠的意識形態就可以贏得選票，那人民有多傻啊？我們還這麼傻的那一天，我們就都是莊子筆下的一隻猴子。

是以聖人和之以是非，而休乎天鈞，是之謂兩行。

所以，「聖人和之以是非」，聖人會調和、化解這些表面的衝突差異，直搗問題的核心，讓爭議停止在該停止的地方。「是之謂兩行」，彼此對立的意見都體諒、尊重有其存在的理由，這就叫兩可、「兩行」。為何說對立的意見都有其存在的理由？對一個國家、一個社區來說，發展經濟當然很重要，但另一方面，環境保育也很重要。那彼此衝突該怎麼辦？難道真的沒辦法找出既能保護好環境，甚至更能發揮環境優勢的經濟方式嗎？一定有的。如果還沒找到兼顧的方式，可能表示還沒有找到最對的人坐在最對的位置。從莊子的角度看臺灣發展觀光的一些策略，教人覺得遺憾、悲傷。比方說，一個亞熱帶地區，居然要蓋企鵝館；南投有這麼多茶文化跟資源，要蓋的居然不是茶葉博物館，而是侏羅紀公園，要在茶山之間擺放很多恐龍模型。臺灣是華人文化圈的一份子，難道除了黃色小鴨跟侏羅紀公園，我們沒有自己的文化了嗎？除了讀《魔戒》跟《哈利波特》之外，我們這一代使用漢字的人難道不再有共同的語言了嗎？這是我們要深思的。這時再去看很多政策，會跟之前有截然不同的眼光。到世界各地旅行，最精彩的就是在地特色。如果真心愛這塊土地，就應該要注意在地特色，發揮這個地方的優勢。也許有一天你會坐在一個擁有決定權的座位上，比如農學院的同學，將來也許用心規畫一塊土地，發展一方休閒農園，就可能創造出很有在地特色的東西。

那麼，接下來我們要來看看什麼是這個世界上最珍貴的知識？關於這一點，莊子有很特別的說法。

可謂成乎——

什麼是你心目中的成就？

古之人，其知有所至矣。惡乎至？有以為未始有物者，至矣、盡矣，不可以加矣；其次以為有物矣，而未始有封也；其次以為有封焉，而未始有是非也。是非之彰也，道之所以虧也。

「古之人，其知有所至矣」，古時候的人，所知到達極致。什麼是莊子認為的極致呢？居然是「有以為未始有物者」，有一種知識，探索的是任何物質現象還未存在之前的對象，講的就是心神靈魂。認為心神靈魂優先於一切具體事物存在，沒有形體，也看不見。有關提升心神靈魂的知識，如何去除偏見、靜定心神、包容萬有，在莊子的學說裏，被認為是最重要、最高的知識，無以復加。大家可能會覺得奇怪，為什麼跟心神靈魂相關的知識是最重要的？莊子講真跟假。什麼叫假？不是說它是虛假的、不存在的，而是說它是有所依賴憑藉的、是短暫的，是你總有一天要告別的。很多人一生追求一間很好的房子、一輛很酷的車子、一個令自己滿意的情感對象。莊子不是不珍惜這些事物，只是知道有一種擁有，時間更長，更不假外求，就是自己永恆的生命、靈魂。因為永恆，所以更重視，不會為了換取有形卻短暫的房、車，或是情感對象，就把心弄髒了，就把靈魂給賣了，失去人身為萬物靈長該有的人性跟靈性，這在《莊》學裏面是絕不可能的！

第二個層級的知識，是「以為有物矣，而未始有封也」，其次才把焦點放在世界上五官能感受到的具體事物。我們活在這個世界，看到的一切都有它獨具的學問，但尚不認為萬物彼此之間有分類跟分界。比方說，對待人跟對待動物的學問都很重要。又或者說，愛養人跟愛養房子邊的一片竹林或者樹林，也都十分重要，沒有界限之別。

第三層級的知識，是「以為有封焉，而未始有是非也」，你以為有界限之別，但還沒有因分別而產生特定的是非觀念。我想舉一個我們平常容易忽略的例子。我們都知道在公領域要保持整潔，不要隨便丟東西，可是回到家，回到房間呢？你卸下外套、襪子、書本、背包的時候，是不是就隨手一丟？這是自己家，自己的房間，愛怎麼樣就怎麼樣。這是不是一種分別心呢？有一次我讀豐子愷的散文，裏面講到他跟房間之間的情感。他說，一段時間要整理一遍房間，整理好之後，他會覺得他的房間又恢復了宇宙秩序。他會坐在擺在房間正中央的椅子上，慢慢欣賞，像欣賞星羅棋布的宇宙秩序一樣。我每次讀到這篇文章就好感動，想哪一天我家也整理到這個境界，不知道多美？我一個朋友的研究室就有到達這種境界。他研究室裏任何一個盆栽或擺設，放的角度、位置都不能再更好了，室內盆栽美極了，每個擺設都是。我覺得很好奇，有一天有機會到他家造訪，也認識了女主人。我那天的角色是外燴，因為外國學者訪臺，朋友決定在家裏請他吃飯。女主人做菜的經驗少一點，所以找我過去幫忙。雖然我是主廚，女主人是二廚，但我那天學到很多，我發現即使在廚房裏，每個東西要落下，都沒有過渡的地點，垃圾直接到垃圾桶，碗盤直接到碗盤該在的位置，沒有先隨便放著的概念，我看了非常震驚，星羅棋布啊。我問女主人是怎麼辦到的？才發現他們夫妻學過茶道。茶道老師教導，所有東西都要以它該放的地方為落點。

你也許覺得談戀愛、找對象或是找工作的時候沒有人會管你這些，可是有否這樣的習慣卻影響你一生的生活品質。很多歐洲人來臺灣玩，回國後寫了很不友善的文章，說臺灣人住的地方有的像豬圈，很髒亂，政府官員讀了很不高興。可是，我們是否確實沒有養成好習慣？這習慣要靠誰養成？大家都有責任，要管理自己，反省自己是否囤積了一些沒必要留著的東西，一旦丟掉多餘的東西，會整齊很多。丟掉很多，你會發現空間變大，發現比原來富有許多。原本二十坪的房子，東西亂塞，就只剩五坪供人活動，清理之後你才又真正擁有二十坪的房子。另外，去過日本的人都知道，日本小學老師會訓練小學生做自己的餐點、做家事。可是臺灣很奇怪，萬般皆下品，只有讀書高。每個家長都不炫耀我的兒子好會做家事、好會做菜，只說我兒子考第一名，我女兒會彈鋼琴。所以每個考第一名的跟會彈鋼琴的，最後都住在豬圈裏。為什麼會這樣？因為有分別心，因為房間亂不用罰錢，不犯法。可是這世界上有更多的是非觀念不一定好，就好像事事標榜多元價值，其實不一定好。比方說，不要給學生框架，打倒偶像、打倒聖賢，讓孩子自由發展，發展成自己喜歡的樣子，否定人存有共通的價值。可是仔細想想，健康不就是我們共通的價值嗎？心靈平和不是我們共通的價值嗎？很多挑戰傳統的時尚觀念其實是可以進一步思考的。

道之所以虧，愛之所以成。果且有成與虧乎哉？果且無成與虧乎哉？有成與虧，故昭氏之鼓琴也；無成與虧，故昭氏之不鼓琴也。

「道之所以虧，愛之所以成。」道之所以虧損，就是因為一己有這麼多偏私跟喜愛。最後莊子要問：在這個世界有絕對的成就跟虧損嗎？人世間一般認為的成敗究竟是什麼？我很多對創業感興趣或已創業有成的學生讀《賈伯斯傳》，最不愛看的就是結尾。他們不能接受賈伯斯在死前好像對自己一生的豐功偉業有點後悔，後悔人生不應該投注那麼大量的時光在工作上，學生崇拜的就是他的工作成果。但很多人臨死時都會有這樣的反省：我這一生在追求什麼？人間的成敗到底是什麼？還是並沒有所謂的是非成敗呢？誰的一生最後比較有光輝？是一個本本分分，為他人服務的人，哪怕是計程車司機，或是一個小菜販。還是一個有很高的位置，卻毒殺很多人的人？「有成與虧」，為什麼會認定人間有功過成敗？我們聽昭文彈琴的時候，因為有好聽或難聽的琴聲，可以知道昭文琴藝的高下成敗。可是如果今天昭文不彈琴了，我們知道他的心嗎？「大孝論行不論心，論心自古無完人」，聽眾不會知道他心底究竟在想些什麼。有一部日本電影《砂之器》，片中有一位非常傑出的音樂家，想娶一名家世顯赫的女子，但他害怕這女子知道他有一個痲瘋病的爸爸，結果竟然毒殺了自己的父親。他算有成就嗎？他能算是人嗎？莊子之學讓我們重新反省，世俗價值裏我們認定的成，真的是成嗎？敗，真的是敗嗎？他幫助我們去思考過去沒有思考過的事情。

昭文之鼓琴也，師曠之枝策也，惠子之據梧也，三子之知幾乎！皆其盛者也，故載之末年。唯其好之也，以異於彼。其好之也，欲以明之彼。非所明而明之，故以堅白之昧終。而其子又以文之綸終，終身無成。若是而可謂成乎？雖我亦成也。若是而不可謂成乎？物與我無成也。是故滑疑之耀，聖人之所啚也。為是不用而寓諸庸，此之謂以明。

技藝也是一種知識，當代非常重視的默會之知（tacit knowledge）、具身認知（embodied cognition），就是一種技術的知識。「昭文之鼓琴也」，昭文的琴藝非常傑出。「師曠之枝策也」，「枝策」，「枝」是「拄」，拿著。「策」，是打鼓棒、擊節枝。師曠的打擊樂非常出色。「惠子之據梧也」，惠子伏案苦思，發展出他有名的邏輯思想。「三子之知幾乎」，這三個人的知識或者技藝，都表現得極為傑出，登峰造極。「故載之末年」，所以才會流傳後世。當一個人技藝出色，他就會顯得與眾不同，他也因此會很想彰顯自己的才能，讓別人知道，「欲以明之彼」。可是莊子說「非所明而明之」，這不是一個人一生最值得用心、在意、努力、提升的地方，所以莊子覺得一輩子就耗費心思於此而不知反本全真、照料心身，十分可惜。有人在石頭到底是白還是硬的論辯裏，度過一生。有的人爸爸會彈琴，兒子就也認為把琴彈好，彈到臺北第一、臺灣第一、世界第一，是這輩子最重要的任務。但有時候受限於才分，一輩子沒有成就；或者就算有成就，可是當他不彈琴的時候，他的人生有可能是一敗塗地的。「若是而可謂成乎？」莊子問：如果是這樣，這些人可以說有成就嗎？如果他們算有成就，那麼「雖我亦成也」，這個「我」是泛指之我，不是只有莊子，那我們也都可以算有成就了吧。如果說這樣還不能算有成就，那世間萬物跟你我，可能都算不上有成就了。我們覺得非常有成就的人，可以進一步想想他所有的產出對這個世界、包括對他自身的影響。比方說他的脖子因此駝了，眼睛因此花了，比方說他的產出造成光害了、污染環境了，那他的成就真的是成就嗎？人間很多的成就與是非，我們都可以重新思考一次。所以莊子說：「滑疑之耀」，「滑」是亂，是水流，光照水流非常混亂的紋路，「滑疑之耀」就是像水流一樣紊亂湧現的眩目光芒，「聖人之所啚也」，是聖人所輕視的，既不在乎，也不想追求。就算成為一堆鎂光燈的焦點，也不代表對這世界真的做出了絲毫的貢獻。

「為是不用」，所以今生我們未必要汲汲營營地讓自己成為一個工具。「而寓諸庸」，而是將生命寄託在一個日常職業裏，在其間陶養自己的心靈。我不知道為什麼這樣的思想會深刻地影響日本人。日本人來臺灣表演國技相撲，兩個很壯的男人推來推去，海報大看板上卻以斗大的字強調「技、道、心」。不可小看這相撲技術裏寄寓的道，道是萬事萬物共通的道理，值得一生追求，這追求最後往往扣緊最重要的心。「此之謂以明」，這樣的境界就是莊子追求的生命的光明。前幾段已經提到兩次「莫若以明」，這一段提到「欲『以明』之彼」，又說「此之謂『以明』」，再加上「照之於天」，要用天空一般超越的眼光明照一切。莊子反覆提到這麼多次，可見「以明」是多麼重要的概念。

萬物為一——

自我、親人、朋友、故鄉、國家、世界，哪裏是你關懷所及的邊界？

今且有言於此，不知其與是類乎？其與是不類乎？類與不類，相與為類，則與彼無以異矣。雖然，請嘗言之，有始也者，有未始有始也者，有未始有夫未始有始也者。有有也者，有無也者，有未始有無也者，有未始有夫未始有無也者。俄而有、無矣，而未知有、無之果孰有孰無也。今我則已有謂矣，而未知吾所謂之其果有謂乎？其果無謂乎？

到剛剛為止，《莊子・齊物論》已經把儒、墨的是非稍微評價一番了，說他們像一陣鳥鳴，「道隱於小成」，還沒達到道的最高境界。敢在儒、墨兩家頭上動土，動完土還敢講述自己的言論，真是冒險。所以莊子這麼說「今且有言於此」，我今天在這也要提出我的學說了。「不知其與是類乎」，不知道我的學說，是剛剛我說過的屬於對的那一類？「其與是不類乎」，還是跟我說過屬於對的那一類大不相同呢？莊子自答：不管我所論是屬於對的那類，還是不對的那類，「相與為類」，我都是其中的一類啊。「則與彼無以異矣」，那麼跟剛剛用小鳥鳴叫聲來譬喻的先秦二家，其實也沒什麼不同了。你聽到這兒一定很訝異，他怎麼沒有說他超越儒、墨，說這學說是他自家獨創，怎麼這麼謙卑、這麼卑微呢？接著看，可以看得出莊子謙卑的智慧。

「雖然，請嘗言之」，雖然我講的話可能也不值一聽，但還是容我試著跟大家說說吧。他以這麼謙卑的態度要訴說的究竟是什麼呢？他接下來要批判的是誰呢？「有始也者」，有人探討宇宙的開端。「有未始有始也者」，有人探討宇宙還沒有開始之前的狀態。「有未始有夫未始有始也者」，甚至有人研究那個連開始都談不上的狀態。聽到這兒覺得有點昏了，如果你覺得有點昏，有點無聊，那就達到莊子的目的了。因為他不要你走上形上學[1]、玄之又玄的這條路。他怕你還不夠昏，怕你的腦子還不肯放棄形上學的思考，所以接著再講另一個面向。「有有也者」，有人窮究萬有。「有無也者」，有人探究萬有存在以前，空無一物的那個階段。「有未始有無也者」，有人探究的是連空無一物都還沒有的狀態。「有未始有夫未始有無也者」，甚至有人討論連空無一物這個概念都還不存在之前的假說。莊子在這邊要達到的論述目的是，「俄而有、無矣」，在這些不斷往形上發展的研究之後，我們忽然察

1　形上學（Metaphysics），是追問事物本質、基本原理的學問。探求這個世界以外的事物。常見的問題包括討論神是否存在？人有沒有自由意志？時間和因果關係的真實性等等。

覺、忽覺迷惘疑惑，這個世間的「有」跟「無」，是真的有、真的無嗎？老子說：「天下萬物生於有，有生於無。」但莊子卻說：「而未知有、無之果孰有孰無也。」我們怎麼知道我們認定的「有」，是真「有」？我擁有這個人的愛情了嗎？如果真的擁有怎麼有朝還會失去？你擁有你的手嗎？所以你的手不能剁下來借給別人對不對？可我真的擁有我自己嗎？如果我真的擁有自己，那怎麼有一天這個形軀，會被最親愛的人含淚燒成灰，放到骨灰罈裏去呢？那我們會不會連自己笑過、哭過、怒過、悲傷過、煩惱過的情緒也不曾真實掌控、擁有？我們認定的「有」，真的「有」嗎？那我們認定的「無」呢？「子不語怪力亂神」，但有一些辦案人員，會告訴我們一些託夢之類的助成辦案經驗。莫非世間真的有靈魂，在你出生之前、死亡之後，你這個人的魂魄都依然存在？這是一個科學不討論的命題，抑或是個科學可以否定的命題呢？莊子最後作了一個驚人的結論說：現在我說話了，「而未知吾所謂之其果有謂乎」，我根本不知道我說的這些話是不是有意義，「其果無謂乎」，還是根本沒有意義？莊子反省了自己，讀《莊子》的我也在不自覺中跟著自省。

天下莫大於秋豪之末，而大山為小；莫壽乎殤子，而彭祖為夭。天地與我並生，萬物與我為一。

「天下莫大於秋豪之末，而大山為小」，養寵物的人都知道，寵物在秋天長的毛，細細軟軟的，非常好摸，想天底下沒有比這更細小柔嫩的東西了，可是莊子卻說，天底下沒有什麼比這還要巨大，巍峨的泰山反而可能是那麼渺小。究竟什麼重要？什麼不重要？什麼是大？什麼是小？其實都是相對而生的概念。「莫壽乎殤子」，還沒成年就死去，在古代叫「殤」，可是莊子卻說沒有人比他長壽。我們很自然會想到，這世上很多名人可能很早就結束了生命，例如中國著名詩人李白，活到五、六十歲，就現代而言哪能算長壽啊？可是世世代代、古今中外，李白的詩歌已經被翻成二十六種以上的語言了。有這麼多人研究李白，像我的老師邱燮友先生，就覺得用他有限的人生陪李白走完一輩子，一輩子又一輩子，從盛唐至今。這樣看來，忽然覺得李白好長壽，他旅遊的空間好遠。

「而彭祖為夭」，相傳彭祖活到八百歲，八百歲怎麼能說是短命？可是你對彭祖還有什麼了解？不就活了八百歲嗎？不過就史書裏一頁一句，翻過去就沒了。那到底什麼是長壽？什麼叫短命呢？有一首日本詩人的俳句，內容是這樣：你以為人的一生有幾年？當你扣掉在襁褓的時期，扣掉穿著開襠褲、流著鼻涕四處跑，不知道人生要做什麼的時期，再扣掉生病的時間，扣掉睡眠的時間。最後他說，原來我的人生只有十五年哪！小的時候我讀這俳句覺得震撼，現在我走到生命的黃昏了，朋友提醒我罹癌三期、健保單上標記「重大傷病」的那天起，就該當作自己在度過生命的晚年了，讀來更覺震撼。我們一生的時間是這麼有限，怎麼還有時間去計較那些無關痛癢的是非？生命中最該致力的核心，你致力了嗎？如果能免除壽夭跟死生的分別，視生死如一，就能達到「天地與我並生」的境界。我們會讀到《莊子》書中許多視生死一如的段落，便能瞭解一個人的生與死，其實就像一年中的四季，就像一天裏的白天跟黑夜。如果死亡只是黑夜，明天天還會亮，如果死亡是冬天，緊接著來臨的就是春天，你還存在於宇宙中，只是不再使用這具形軀、不是以這個樣態繼續存在而已，那麼一己的生命其實就跟天地等長了。「萬物與我為一」，你看你們家的寵物，你們家周邊的一棵樹，或者看這個城市、這塊土地、這個地球、一切資源，都像看你最愛的3C產品一樣。又或者如白居易般「心中懷念農桑苦，耳裏如聞飢凍聲」，所有困苦的人都常住他的胸懷，而不只是關心自己銀行存款的數字，自己成績單上的名次。如果達到這樣沒有人我分別心的境界，他人的成就也就是自己的成就，他人的虧損也就是自己的虧損。

在以前我常因忙碌熬夜的日子，有很多好朋友會給我一些人生的指點。他們告訴我，就做覺得最合適自己做的事吧！有的事如果別人也能做，就讓給別人，才不會太忙。所以我就選一件自己很想做的事，其他就讓給別人了。小時候為了到底要念美術系還是中文系我考慮好久。後來，我高中一起畫畫的最好的朋友，她考上師大美術系，我選讀中文系。她大三那年邀我去她宿舍聊天，我看到她的畫，離開的時候心裏有淡淡的哀愁。高中的時候，我的美術成績並非不如她，可今天我已經被狠狠甩在後面了。可是如果你讀《莊子》，你會好開心：那張我來不及塗滿的畫紙，我最好的朋友幫我塗滿了。面對他人的虧損也是如此。你今天有房子，看到有人一天內失去他的家園；你今天不是農夫，看到一個已經得到國家榮譽、獎項的農夫，土地莫名其妙地被徵收了，從此不能務農了。你也會覺得悲傷，那樣的悲傷，就好像是你自己親身的經歷一樣。

既已為一矣，且得有言乎？既已謂之一矣，且得無言乎？一與言為二，二與一為三。自此以往，巧歷不能得，而況其凡乎！故自無適有，以至於三，而況自有適有乎？無適焉，因是已。

莊子說：如果你達到這樣的境界，那這個世間的萬物就是你，你就是萬物，你就跟萬物一體了。「既已為一矣，且得有言乎？」如果有一天，我們真的能跟道合而為一，不再有分別，那我們還需要憑藉話語去詮釋踐履工夫、體道境界的林林總總嗎？可是「既已謂之一矣，且得無言乎？」一旦已經有哲人高士，用語言說出像「天地萬物跟我是共生一體」這樣的話，又怎麼能說這樣的言論沒有意義、後來者不需要這些文字的指引呢？「一與言為二，二與一為三」，當老子開始說：「道生一，一生二，二生三，三生萬物」，一旦說出道是什麼，道跟對道的詮釋就分別離開，兩不相同了。有了一跟二，就會產生三的概念，自此不斷推衍下去，所有的學問就是這樣孳生出來的。「自此以往，巧歷不能得，而況其凡乎！」但這麼無盡地推演下去，就連最精通天文曆法的人，也沒辦法知道最後會推衍到哪裏，更何況是一般人呢？

讀中文系的人會讀到東漢很多儒生、知識分子，「皓首窮經」，用一輩子想把一本書讀通，讀得頭髮都白了。我倒覺得讀通《莊子》是一件十分美好的事，每次備課、上課心情都很好。有時候如果覺得今天心頭飄幾片灰雲、塞幾根蓬草，就表示太久沒教《莊子》了。可是世界上很多學問不是這樣，有的越讀越覺焦慮，甚至讀到最後不知道為什麼要讀、為什麼世界上要有這樣的知識存在。我們開始思考，這麼勞累於求知，會不會到頭來覺得虛空、白忙一場呢？「故自無適有，以至於三」，從無到三都這麼複雜了，更何況還要「自有適有」，從萬有再推到萬有，整個人最後就這麼溺斃在知識的無涯之海中。有限涯生對知識的無限追求，是值得好好反省的。最後莊子說：「無適焉」，別再說了。「適」，是前往。說得越多，離道越遠，不要再往前推進了。「因是已」，到這裏就好。下一段，莊子又重新反省一次，什麼是道？

聖人懷之——

學習體諒與包容，才能理解對立的彼端、照見事情的全貌。

夫道未始有封，言未始有常。為是而有畛也，請言其畛：「有左、有右，有論、有議，有分、有辯，有競、有爭。此之謂八德。」

「夫道未始有封」，一開始，大道還沒有被分門別類。先秦時代，每一家都談「道」，諸子認為宇宙中最重要的道理，各自不同。「言未始有常」，剛開始，真理也沒有被說定。可是後來人心開始作了分別、畫出界限，並訴諸言辭。「請言其畛」，讓我來說說這些分別吧。莊子開始敘述所謂的「八德」。我第一次讀覺得真好笑，這怎麼會是儒家說的八德忠孝仁愛信義和平？莊子說的八德竟是「有左、有右，有論、有議，有分、有辯，有競、有爭。此之謂八德」，敢情是在開儒家的玩笑？但也許你聽完後續的詮釋，會有另一番想法。

「有左、有右」，我親愛的同學彭美玲教授有一本厚厚的博士論文，寫的就是中國古代的儒家文化中，哪些禮儀尚左、哪些禮儀尚右，莊子將之置放在代表儒家個色的八德之中，你好像也不能說他錯。「有論、有議」，有時候人會不帶價值地論說一些事，有時候會評判議論怎樣才是對的，怎樣就是錯的。例如孟子說：「無父無君，是禽獸也」，批評楊朱之學只管「為我」而不知義，是「無君」；墨家提倡「兼愛」而無親疏，是「無父」。最後孟子給楊朱跟墨家下了「禽獸」的判斷。孟子和莊子同處戰國時代，從未謀面，我一直覺得莊、孟若得緣交鋒，一定非常精彩。「有分、有辯」，後來對更多事物區門別類：什麼是華夏？什麼是蠻夷？什麼是君子？什麼是小人？「有競、有爭」，「競」是競逐，「爭」是爭辯。莊子說：這就是八德。

不談整個儒家文化對於後世的影響，在莊子的時代，《莊子．外物》就記載「演門有親死者，以善毀爵為官師」的故事，宋國有位孝子，親人死了，孝子哭得很傷心，哭到形容枯槁、憔悴不堪，君王聽到他的孝行，便封給他太師的官位作為表揚。這消息一出不得了，從此家裏死了爹娘的孝子就學他一直哭一直哭，哭時且巴望著也能哭到身毀體傷，好博取官職爵位，已經完全失去孝親愛親的本質了。人間很多的德行，有時到最後好像只淪為一場華而不實的表演，這論述當然是針對既有文化的一些流弊而發。

六合之外，聖人存而不論；六合之內，聖人論而不議。《春秋》經世，先王之志，聖人議而不辯。

那真正的聖人到底該如何？要如何看待經驗現象以外的存在？到底是要依循墨家的「明鬼」，還是儒家的「遠鬼」呢？莊子說：「六合之外，聖人存而不論。」太妙了。他說：我們身處在具東、西、南、北、上、下諸方位概念的宇宙之中，對這個可知、可感的經驗現象世界之外的存在，我們承認它，但是我們不加以討論。莊子的身心技術人人可學，為什麼人人可學？正因為莊子的身心技術不屬於探討「六合之外」的宗教。他說「六合之外，聖人存而不論」，正因不去討論現象界以外的異次元世界，所以能見容於異文化、宗教，否則一論風貌迥異的天堂論述彼此就要打架了。我們不知道為什麼基督教的天堂，跟佛教的西方極樂世界長得不太一樣，所以莊子完全不談天堂地獄，一談，就可能流於空疏。

而「六合之內」，在天地之間人們感官可感的，「聖人論而不議」。比方我們就說這個人講話風趣幽默中會夾帶一些比較粗糙的語言，由此聽話者可以感受不同成長環境、不同市井階層的生活，這樣說就夠了，不用主觀評論這樣的說話方式究竟是低俗不堪或是饒富草根活力，無需多作評議。再比方看電視時觀眾可以判斷，這個新聞節目到底是作新聞報導還是新聞評論？有時候很多名嘴或者新聞人，會像全知的上帝一樣告訴觀眾某某人幽微而不可見的動機，但他是真的知道嗎？還是但憑揣想、杜撰而製造出的新聞呢？面對類似的揣想、評價，觀眾接受訊息切記要倍加謹慎與客觀。莊子只告訴我們：每天都要留心注意「神凝」，致力作到「形如槁木」、「心如死灰」，短短人生有許多有意義的事等著我們去嘗試，不必把人生浪費在唇槍舌劍評議他人是是非非的無聊事情上。

那面對既有的風俗習慣、地方文化，莊子的態度又是如何？「《春秋》經世，先王之志，聖人議而不辯」，《春秋》這本書記載的，是先王治理天下的遺志。宋朝理學家陸象山曾說：「東海有聖人出焉，此心同也，此理同也。西海有聖人出焉，此心同也，此理同也。南海北海有聖人出焉，此心同也，此理同也。」儒家認為《春秋》載錄的經世之道是放諸四海而皆準的，不僅只是一時一地的風俗習慣而已。但我們現在上《莊子》，請暫時容許我這麼說。莊子說：《春秋》記載著先王治理天下的遺志，身為這個文化的繼承者，聖人已發議論的是非評斷，我就不與之爭辯，直接接受了。多可愛、親切的莊子學說，不好與人爭辯。至於投身於世當地歷史文化、風俗習慣所認同的，莊子也跟大家一樣，和光同塵。這個地方的風土民情該是一夫一妻，就一夫一妻，不該劈腿，就不要劈腿。當人生最重要的目標是提升自己的心身實力時，就沒有那麼多時間捨得耗費在不必要的事了。

故分也者，有不分也；辯也者，有不辯也。曰：「何也？」「聖人懷之，眾人辯之以相示也。故曰辯也者，有不見也。」

「故分也者，有不分也」，莊子說天下的事事物物有時是不能這般分別看待的，因為分別好惡、敵我、高下、正邪……到最後，一定有分辨不清的地方。你是藍營還是綠營的支持者？如果不一直選藍，就會被歸類作淺藍、被叫作中間選民。難怪有人說，只要政治人物利用某種口號或空泛的意識型態來號召，哨子一吹，藍、綠就會自動歸隊。但千萬不要堅信這樣的話，也不要這般看待一同生存作息在這塊土地上，跟你同文同種同舟理當能共濟的人。我們是百姓同胞，不要把別人當隨哨起舞歸隊的動物，人都是有思想、有價值判斷、有眼睛、有良知的，你相信自己的同時也要相信別人。一直分別看待，最後一定有分不清楚的地方。「辯也者，有不辯也」，不要把人作太簡單的歸類，寧願尊重、相信每個人、每個靈魂都是非常獨特的。

「曰：何也？」為什麼我們不費心於分殊彼此呢？「聖人懷之」，莊子說聖人的胸懷，能包容一切分別。如果一切都是你得緣際會、能夠關愛的，就不必再去區分他是不是你的朋友、跟你有沒有一樣的信仰、是不是跟你支持同一政黨，選舉的時候是不是把票投給跟你一樣的人。這些分判不該影響你對待他人的真誠與熱情，沒有必要去作這樣的分別。「故曰辯也者，有不見也」，所以說，當你覺得所有事物你都分辨得非常清楚的時候，就一定有看不清楚的地方。因為舉凡分類都有據以分類的原則，換個原則，同類的也就變不同類了。比方說一對情侶，乍看之下，覺得外貌好登對。可是你了解他們以後，發現兩人價值觀差好多，又覺得這兩人實在太不合適了。所以不要以為自己分得很清楚了，其實還有很多分不清楚的地方。

酌焉不竭——
如何陶養心靈，使擁有源源不絕的靈感、豐沛煥發的生機？

夫大道不稱，大辯不言，大仁不親，大廉不嗛，大勇不忮。道昭而不道，言辯而不及，仁常而不周，廉清而不信，勇忮而不成。五者园而幾向方矣。

最後莊子說：「大道不稱」，最偉大的道理，是無法用言語說盡的。最能服人的人，靠的不是言辭。「大仁不親」，最偉大的仁德應該像《莊子．天運》說的：「至仁无親。」

不會對某一個人特別仁厚，不會對某一個人特別親切。只要你今天還有私心，要覺得此人不錯，他來找我，我才好好幫他。或者覺得念大學就是要開拓人脈，趁年輕適時請人吃飯、培養人脈，這樣以後事業才會成功。現代社會的書店裏，也販賣不少這樣的知識。但莊子的價值是，真的達到很高的境界的人，有人找他幫忙，他會一視同仁。因為去幫助任何一個人的五分鐘，都是自己生命中的五分鐘，都是該盡心盡力的五分鐘，所以你在這五分鐘內盡全部心力幫助這個人。幫忙對方，不會因為對方是你心儀的對象或者是路人甲，而用心、用力有所不同，都同樣地認真負責、盡心盡力。「大廉不嗛」，一個真正廉潔的人，不一定讓別人看到他謙讓的身影。他就這樣走過，未必有機會看到他孔融讓梨或把紅包往外推的行迹。「大勇不忮」，真正勇敢的人，不會用逞兇鬥狠來表現他的勇敢。

「道昭而不道」，道一旦被說明白，就跟道本身不同了。「言辯而不及」，難藉名相描摹的道，雖仍藉言語表達出來，卻總會有不夠周全的地方。「仁常而不周」，如果有一個人，自覺每天規律地實踐儒家的仁，對待家人、朋友、情人都很好，每天早上都給情人送早點。可是如果有天，半路遇到一位需要救助的老婆婆，就算你因此將缺曠送早點給女朋友，也該見義勇為、當仁不讓地去幫忙啊。如果只為了不想有漏送一天早點的缺憾，就不去理會那個老太婆，這樣你的仁德就太不周全了。「廉清而不信」，一個人整天穿著破舊衣衫，別人送他任何禮物他都不收，在社會福利制度健全的國家反而顯得可疑。當老師，有時候會遇到很可愛的學生：「老師，這是我自己做的兩個麵包，請你收下。」為師的應該可以收下吧。如果我說：「喔，不行。這是一種賄賂，你還在我的修課任內，不可以這樣。」這也太不符合人情了，只要不要因為收取兩個麵包而影響對學生成績的公平判斷不就好了嗎？「勇忮而不成」，逞兇鬥狠式的勇敢，反倒可能因此一事難成。莊子說：上述這五個境界都可說達到「圓」的境界了，雖然境界已經非常高了，但還沒有達到用來形容究極之「道」的「方」的境界。

故知止其所不知，至矣！孰知不言之辯，不道之道？若有能知，此之謂天府。注焉而不滿，酌焉而不竭，而不知其所由來，此之謂葆光。

「故知止其所不知，至矣！」很多事情不一定需要往前探求，僅擁有二萬餘日的人生要懂得在不知道，或沒必要追究的地方停止，這樣就夠了。很多的是非，若跟你沒有太密切相關，就不要浪費太多時間追蹤、關注。「孰知不言之辯」，可是有誰知道，不用講很多，可能就一兩句話，甚至沒有聲音，不需要言辭就能說服人的言論到底是什麼？「不道之道」，這世界上一定有很多道理還沒被說出來。不同年代絕症一詞的定義是不一樣的，世代都有新藥發明。被視為最高階的物理學理論，也會隨時代的更迭遷移而改變。究竟誰能真正了解那些還沒有被說出的大道呢？莊子說：「若有能知，此之謂天府。」如果有人能知道，那就是所謂的「天府」了。什麼是「天府」？「府」是臟腑。我的博士論文《身體與自然》[2]是談《黃帝內經》，裏面有一個章節寫臟腑。臟腑在傳統醫學的概念裏面不只是一個器官，裏面還藏有精、藏有氣、藏著血、藏著神。簡而言之，在中國醫學傳統和修鍊傳統中，靈魂跟各個不同的臟腑重合的部分有著不同的稱謂，跟心重合的部分叫做「神」，跟肺重合的叫「魄」，跟肝重合的叫「魂」，跟脾重合的叫「意」，跟腎重合的叫「志」。就好像具象的身體各部位有不同的名稱，靈魂也一樣。

因此這裏說的「天府」，不是指肝臟、腎臟這些可見的器官而已，而是指人的心靈有一個最原初的樣態。這個最原初樣態的心靈，你得以由之參透世間更高深、更高妙的道理。這樣的心靈境界，不管你往裏面添加什麼、充實什麼，它都不會滿溢出來。透過這段話我們了解，在莊子的觀念中，人的心是何等遼闊的存在。瑜伽修鍊裏的冥想（meditation），要想像

2 蔡璧名：《身體與自然——以《黃帝內經素問》為中心論古代思想傳統中的身體觀》，臺大《文史叢刊》之一〇二，臺北：臺灣大學出版委員會，一九九七年四月。

自我的靈魂超越了所居空間、超越了所居大樓、包住了整所臺灣大學、更包住了臺北市，然後懷抱了整個臺灣、含括亞洲、擁抱地球，甚至於可以懷抱整個太陽系。如果我們的心靈境界能擴充至此的話，也不用擔心一直擴充，會不會像氣球般突然爆炸？不會的。

他說啊：「注焉而不滿。」於是你問：「學了太多東西，我的記憶體會不會不夠？」也不會。「酌焉而不竭」，「天府」的心靈是無窮無盡的，你大可取用它無盡的智慧。我有一些寫詩的朋友會聊：「欸，你這一季怎麼書寫？寫哪些東西？有幾首作品？」這時詩人會開玩笑：「不能寫太多，寫多怕腦汁就用盡了。」可是莊子告訴我們，所謂如「天府」般的心靈，你不管怎樣取用，那智慧、那點子、那創意，好像是無窮無盡、是會源源不絕湧現的。當我們這樣了解莊子所要陶養的心靈，對於學習《莊》學可能會有更高的意願。如果你喜歡創作或設計，更要多讀《莊子》，因為它可以讓你的心靈變得更加澄明，保持在靈感、創意永遠都湧現不完的狀態。「而不知其所由來」，也不知道今天為什麼有這樣的點子。前些時候，我一個詩人朋友出版了她的新書《無愁君》[3]。跟她晤面的時候，問起她寫詩的感覺。她告訴我，有時是在心情不好的時候去寫一首詩，可是這詩的內容並非記載她心情不好的原因，而是她想仰賴賦詩將自己提升到另一個想法，到另一個情感的層次，「說得抽象又具體一點，我覺得我在接收宇宙意識。」這是詩人用非常現代的語言去詮釋劉勰《文心雕龍》中提到的「神思」。靈感從哪裏來？其實創作者自己也未必知道。我有時候也會有種感覺，像這禮拜備課時有需要寫出《莊子》這個段落的導言，我會非常努力地讓自己的心身進入一種完全沒有煩惱、沒有雜念的狀態。先作穴道導引，同時將心的注意力放在眉心、印堂或者丹田。這時候寫稿將會最順利、最有靈感。有時甚至會想：「這真的是我的想法嗎？我真能想出這麼好的東西嗎？」有點不可置信的驚喜。這是從事《莊子》身心修鍊的人能體會的一點道理。你真的擁有一點某種智慧，覺得自己有些微進步，可是又好像不是用自己理性的思考在推進這一切。莊子說「此之謂葆光」，那就像一種若有似無，明亮又不耀眼的光芒。

〈齊物論〉非常地長，我常說初學《莊子》最難熬的就是〈齊物論〉了。如果〈齊物論〉能用心仔細地讀完，那後面絕對就是「輕舟已過萬重山」了，輕鬆快意。為了方便教學，我將〈齊物論〉分成五個大段落，第一大段落「南郭子綦」中，我們看到《莊》學的聖人典範。為什麼我們不能跟南郭子綦一樣，身體那麼輕靈放鬆、心靈那麼靜定平和？於是〈齊物論〉第二大段，進入「莫知所萌」，發現「人之生也，固若是芒乎？其我獨芒，而人亦有不芒者乎？」原來大家都陷溺在這麼艱難的世界裏。第三段是最長的一段，莊子告訴我

1 曾淑美：《無愁君》，臺北：印刻出版，二〇一四年八月。

們「莫若以明」。你若真有一件想不開的事，其實你可以試著提升心靈到達太陽跟月亮的高度。抬頭仰看太陽、月亮，顧影自己就是王國維詩裏「偶開天眼覷紅塵，可憐身是眼中人」的那個「眼中人」，不只可以體諒你自己，也因此可以體諒你身邊的每一個人。也許前一秒鐘覺得他帶給你不少麻煩，下一秒鐘就覺得他好可憐好無助，他願意撐到今天才帶給你麻煩，已經很堅毅，很委屈了。一轉念、一用心你對世界可以有完全不同的感受、完全不同的想法。今天為了什麼事耽擱了，要覺得這也是生命中真真實實該學習面對的一部分，然後趕快平心靜氣地把該做的事做好就好。以前會動心、會讓心靈受攪擾的，現在不會了，不禁微笑會心。「莫若以明」這個段落用「得其環中」、「道樞」、「照之於天」這些不同的語言，跟我們講「兩行」、「無物不然，無物不可」，其實說的是同一件事，都能幫我們撫平生活大小事裏，可能產生的種種情緒、煩惱與創傷。

萬物皆照——

如何放下文化沙文主義？

故昔者堯問於舜曰：「我欲伐宗、膾、胥敖，南面而不釋然，其故何也？」舜曰：

「夫三子者，猶存乎蓬艾之間，若不釋然，何哉？昔者十日並出，萬物皆照，而況德之進乎日者乎！」

最後一件困難的事，就是我們是怎樣去看待異文化，看待所謂開發或文明程度不同的國家？當西方世界發展到一定文化水平的時候，人類學家開始關懷世界各地的土著文化，人類學因此誕生。認為人們不該只了解所謂普世價值，也該了解地方性的，或第三世界的、一些土著的觀點。聽起來很具包容力、很有愛心，可是轉念一想，西方人類學家不就是預設了當代自身文化獨具普世的價值，所以才認定其他文化、觀念是地方性的而非具普世性的。人要擺脫這種文化沙文主義非常困難，不僅是文化古國，權力分配知識，舉凡當代科技大國、經濟大國都要特別小心。儒家文化知書達禮，辨華夏與蠻夷，我到韓國旅行，看到韓國人在重要的儀式節日中還穿著漢服，且聆聽韓國朋友在博物館中鄭重其事地介紹歷朝歷代漢文化對韓國深刻而正面的影響，參訪者無不開心，開心華夏文明衣被廣遠。到了日本，看到成年禮受到中國加冠禮的影響，心中不由感動、很是開心，這時候其實你心裏的文化沙文主義，已經隱隱作祟了。

接下來這個小小的段落，是莊子對於異文化、異國、大國、小國關係的思考。今天華人文化圈有很多困境，需要有新的思想、新的觀念來為困境解套。但能為困境解套的新觀念不一定來自新的時代，也有可能是來自古典的新價值。

「故昔者堯問於舜曰」，莊子這段議論非常有意思，熟悉儒家經典的人，就知道堯在其中的地位，古典文獻載錄他所有的治績。當代我們都知道孔子的地位，可是如果在古典中搜尋堯，你會發現所有的文獻都告訴我們，儒家文化重視的孝悌、仁義，樣樣都肇始、創發於堯。敢情孔子只是個傳播者。今天我們要仰頭才能望見孔子，我們的頭得抬得更高，朝著孔夫子仰視的目光望去，才能望見堯。堯在當時是這樣了不起的人物，我們來看莊子怎麼對待他。

莊子的語言「寓言十九，重言十七」，所以挑選這些在傳統文化中令人仰望的角色入書頁是有深刻含意的。從〈逍遙遊〉開始，堯幫我們跑了三次龍套，現在又再次出現了。有一天，堯問舜——他未來的王位繼承人說：「我欲伐宗、膾、胥敖。」我之前一直想攻打宗、膾、胥敖，這三個小小的國家。等到我坐在北方南面稱王，真的收了那三個小國，該打躬作揖的，都照做了；該加冠戴帽的，也都戴上了；不該紋身的，也都盡量穿衣蔽體了，怎麼我就是仍然無法開心、釋懷呢？堯覺得很奇怪。這個「釋然」，是釋懷，心揪在一起當然不好過，就放開吧，放開就是怡悅、就是歡樂。華夏文化已經衣被蠻夷之邦了，堯奇怪自己為什麼還是不開心？這究竟是為什麼？這段話在這個時代多麼重要。舜回答：「夫三子者」，說這三個小小國家啊，「猶存乎蓬艾之間」，就安然生活在小小的蓬蒿艾草叢中。你馬上想到〈逍遙遊〉「翱翔於蓬蒿之間」的小小鳥。莊子把小國譬喻成小小鳥，那堯呢？大國呢？大鵬背負青天的身影翱翔而過，儒家文化矗立眼前。《莊子》書充滿了對儒家文化的諸多反思。

這幾個小小的國家，如同處在蓬蒿艾草叢間的卑賤之地，為什麼打下他們的堯無法開心釋懷呢？我們來探討一下。「昔者十日並出，萬物皆照」，聽說遙遠的時代，有十個太陽。這十個太陽一起高懸天上的時候，世間萬物通通被照耀了。並不是因為你曾經給過太陽什麼好處，並非是因為你昨天給太陽呈上一大筆政治獻金，或幫太陽譜了一首令萬眾矚目的競選歌，也不是因為你在他最需要你的時候去幫他站臺喊：「凍蒜！」甚至於你有時候還膽敢罵了太陽幾句，太陽還是充耳不聞般地繼續照撫著你。「十日並出，萬物皆照」，這是太陽的德行。儒家的教育，儒家聖人的自我要求，當如是，莊子說。人既是萬物之靈，太陽再偉大也只是個物，所以堯你的德行、你的包容、你的普照，都應該要超越太陽的。這樣一來，怎麼還會有非征討、非教訓不可的國家呢？或者為什麼那個國家一定要跟你一樣，用一樣的制度，貼一樣的標籤還是舉一面共同的旗幟呢？這是舜對於堯的反問。

「十日並出，萬物皆照」，是「照之於天」的概念，教導我們怎麼樣去看待異文化。如果所有的大國真有這樣的胸襟，世界會減少很多殺戮。當一個人類學家，去採訪土著觀點的時候，不該握著一把當代西方世界定義下的文明的、具普世價值的尺，去丈量所有土著文化到底合不合乎這把尺的規格。而是該放掉這把尺，重新認識一個值得尊重、尊敬的文明。有沒有可能這個文明的高度，比你以為具普世價值的西方當代文明還更具普世價值？抱持這個可能性，才能充分地了解另一個文化。我看一些搞人類學的人研究中醫，他們會說：中國古代醫生「想像」人有多少條經絡，從這句話就知道他們認為這只是地方觀點，不具普世價值。人要沒有成見真的很難，這是一生的學習。但每放掉一點成見就會更寬心也更開心，覺得世界更廣闊了。

齊物論——肆

惡乎知之

你真的知道誰對誰錯、
孰好孰壞嗎？

吾惡能知其辯——

你心中好惡的標準是不變的嗎？

齧缺問乎王倪曰：「子知物之所同，是乎？」曰：「吾惡乎知之！」「子知子之所不知邪？」曰：「吾惡乎知之！」「然則物無知邪？」曰：「吾惡乎知之！雖然，嘗試言之，庸詎知吾所謂知之非不知邪？庸詎知吾所謂不知之非知邪？」

「齧缺問乎王倪曰」。王倪這個大人物出場了，《莊子．天地》篇提到這樣一段師承關係：在〈逍遙遊〉出現過的讓聖王堯自覺渺小的許由，他的老師是齧缺，齧缺的老師是王倪，王倪的老師則是被衣[1]。我們來看齧缺、王倪師徒的問答。

徒弟齧缺問王倪老師說：「子知物之所同，是乎？」他說：「老師啊，您知道所有事物的共通之處嗎？」如果是儒家的老師應該會回答：「是的。」然後告訴你「理一分殊」、「物物一太極」，對不對？可是王倪身為莊學典範，他竟然回答說：「我哪知道啊？我不知道。」怎麼會這樣呢？齧缺想：身為老師，回答「不知道」不太妙。而身為學生，老問師尊答不出來的問題好像也不太好意思。齧缺於是就想，乾脆釜底抽薪，搞清楚老師什麼事不知道，以後就別問這些了，免得讓老師出醜。齧缺就問了：「子知子之所不知邪？」，老師啊，那您知道哪些事是您不知道的嗎？結果王倪竟又回答：「我哪知道呢？」如果你的老師接連兩次都這麼答覆你，你可能想：別問他了，他都不知道。

可是齧缺是一個好學生，他最後能當得起許由的老師，一定對學問充滿了熱情，所以又追問了。他想：我的老師不知道，是不是表示其實大家也都不知道啊？他怎麼想都覺得老師不可能不如人。於是他又問了：「然則物無知邪？」老師啊，難道世間萬物都跟您一樣，沒辦法知道嗎？王倪還是回答：「吾惡乎知之！」我哪兒知道呀？天啊，就在齧缺快要徹底崩潰的時候，王倪終於說話了：雖然我真的不太知道，「嘗試言之」，還是讓我試著為你說說吧。莊子或莊學典範人物說話的時候，絕對不是「我告訴你，這我會，我教你，我是行家」這種語氣。王倪一副其實我也是生手，不過我們可以切磋切磋的態度，你聽聽看，若聽過之後覺得不對，可以不要採信。這是一種態度，學莊子學到最後，學到的是面對自己有限人生、有限知識的謙遜態度。

王倪說了什麼呢？非常有意思。所說的內容也解答了之前為什麼都回答不知道。他說：

1 《莊子・天地》：「堯之師曰許由，許由之師曰齧缺，齧缺之師曰王倪，王倪之師曰被衣。」

「庸詎知吾所謂知之非不知邪？」「庸」跟「詎」都是「何」的意思，我怎麼知道那些我覺得、我肯定我知道的，不是「不知道」呢？透過媒體、透過畫面對一個事件的報導，我們往往就相信了，可是我的記者朋友告訴我：就算看到畫面也不要相信。我讀碩士班的時候，有一陣子在華視空中大學打工，擔任教學助理。有天節目需要一張總統的圖片，便叫我到資料庫找。走到龐大的資料庫，我這才意識到為什麼就算看到畫面也不要相信。因為隨你剪接、隨你採擷。你在電視機前以為看到的一定是真相，可是你怎麼知道，你所說的知道，不是不知道呢？

「庸詎知吾所謂不知之非知邪？」有時候你說你不知道，可你怎麼知道，你不是已經知道了呢？我前些時候認識了一個射手座的新朋友，想多了解他一點，剛好我有個好朋友的女朋友也是射手座。他們倆從大學相戀，女朋友到哪他就追隨到哪，女朋友到荷蘭，他就跟到荷蘭學建築。「你跟她在一起這麼多年，趕快告訴我，要怎麼跟射手座溝通？」我一問，他就笑了，忽然從一個極為理性睿智的建築師變成一個傻子，一味傻笑。「你女朋友不就是射手座嗎？趕快告訴我射手座喜歡什麼樣的老闆？」我又再追問了一次，結果他兩手一攤，繼續傻笑著說：「我不知道，我哪會知道射手座呢？」我那時候忽然覺得潛入兒女之情柔波裏的他好像白痴喔。可是在他說「我哪會知道？」的時候，我想他心裏其實是知道的，不然怎麼會讓他深愛這麼多年？所以你又怎麼知道，你說你不知道，不是已經知道了？

「且吾嘗試問乎女：『民溼寢則腰疾偏死，鰌然乎哉？木處則惴、慄、恂、懼，猨猴然乎哉？三者孰知正處？民食芻豢，麋鹿食薦，蝍且甘帶，鴟鴉耆鼠，四者孰知正味？猨猵狙以為雌，麋與鹿交，鰌與魚游。毛嬙、麗姬，人之所美也。魚見之深入，鳥見之高飛，麋鹿見之決驟，四者孰知天下之正色哉？』」

王倪開始反問齧缺了。「吾嘗試問乎女」，那我問你看看，「民溼寢則腰疾偏死」，人住在潮溼的地方，腰就容易痠痛生病，經年如此可能會病到「偏死」，半身不遂的地步。「鰌然乎哉？」可是泥鰍也會這樣嗎？泥鰍遇水開心極了。前幾年我家淹水，淹水人容易觸電，容易導致一大堆問題，水退前我根本不敢走進我的房子。可是想起我小時候養過的六角恐龍——一種水陸兩棲的蠑螈，要是牠在淹水的房子裏，一定玩得很開心吧？

人要是住在樹上，多半會因為高度而恐懼。「惴、慄、恂、懼」，這四個字看起來艱深複雜，其實都是恐懼的意思。「猨猴然乎哉？」可猴子在樹上生活非常自在，一點兒也不會害怕。王倪就問了：「人、泥鰍跟猴子，到底誰才知道哪兒才是最好的居所呢？」我很喜歡我現在住的房子，因為是照我的心意佈置的。可是有一次，我跟一個也認識我母親的朋友說：「我媽很奇怪，竟然不欣賞我的房子。」她聽了以後笑得很尷尬，說：「我也不喜歡。」她們無法體會我把所有房間都打通住起來有多快活。要是按照一般房子的隔間，在臥房裏就只享有五坪、在廚房享有五坪，但我可以隨時都享有三十多坪。可是她們不懂，只覺可怕，屋子裏怎麼都沒有隔間和門啊，太沒有安全感。

「民食芻豢」，中國古人吃「芻」跟「豢」。「芻」是牛跟羊，「豢」是豬跟狗。現在說到吃狗肉可能覺得不大忍心，但在古代中國確實有吃狗肉的習慣，證據還留在文字裏。燃燒的「燃」，本字是「然而」的「然」，小篆寫作「」，底下是一把火，在右上方的「」是狗，左邊的「」是肉，加起來不就是在燒烤一塊狗肉嗎？人吃牛、羊、豬、狗。麋跟鹿吃草，「薦」是美草。「蝍且」是蜈蚣，蜈蚣愛吃「帶」，小蛇。小蛇對蜈蚣而言體型太大，所以蜈蚣只吃小蛇的眼睛。還有「鴟鴉耆鼠」，貓頭鷹和烏鴉最愛吃老鼠，人類卻覺得把老鼠當主食可怕至極。王倪要問齧缺的是：「四者孰知正味？」你倒說說，人、麋鹿、蜈蚣跟貓頭鷹，誰才知道什麼是真正的美味呢？我姊不愛吃鹹鴨蛋的蛋黃，但我覺得蛋黃比蛋白好吃，年紀小沒在管膽固醇，所以我們姊妹倆常合作吃鹹蛋。那到底是蛋白好吃，還是蛋黃好吃？辯上三天三夜也不知道答案。

「猨猵狙以為雌」，「猵狙」就是一種長得像猴子的水生動物。古書裏說猵狙喜歡跟雌獼猴交朋友。可是「麋與鹿交」，麋就喜歡跟鹿交往。泥鰍則喜歡跟魚兒一起悠游。一起悠游、交朋友、與之親近，講的是同一件事，就是男女交往，就是談戀愛。那人呢？「毛嬙、麗姬，人之所美也」，毛嬙跟麗姬是人心目中的絕世美女，但如果你以為她們到哪都是美女那可就錯了。千萬不要讓毛嬙、麗姬靠近水池，水池裏好多魚，一看到絕世美女走近只會覺得：啊，真是太醜了，那什麼怪物！怎麼沒有鱗片？眼不見為淨，就快速沉到水底去了。這才是「沉魚落雁」這個成語背後的真相。「鳥見之高飛」，禽鳥一看想：妖孽呀，這傢伙怎麼連翅膀、羽毛都沒有，比醜小鴨還醜多了。「麋鹿見之決驟」，麋鹿見了絕世美女就趕快逃跑，心想：這種動物沒毛又沒斑點，走在街上能看嗎？牠覺得真的太醜了，所以跑得非常快。

王倪這段描述非常有意思，他最後問：「猴子、麋鹿、泥鰍跟人類，到底誰才知道什麼是天下真正的絕色？」我在臺大當老師，聽了一大堆學生的祕密，難免會認識幾個交過挺多女朋友的男同學。我以前有個助理，久久就會有不同的女生跑來找他，看起來就像是來找未婚夫的樣子。我看過一兩個，找不到什麼共通點，就偷偷問他說：「你喜歡過的女生，有沒有什麼共同特色？」他說：「老師，妳沒發現嗎？很明顯啊。」我說：「哪裏明顯？我看過兩個，沒看出什麼。」他這才跟我說：「她們都很『膨皮』啊！」「膨皮」就是閩南話形容兩頰多肉的樣子。我教書這麼多年，聽過一個修課學生去整容，把臉頰兩側的肉拿掉，讓臉變小，萬一來日她愛上的男子審美標準像我這個助理那可就慘了，那兩塊肉得補回來才行。每個人喜歡的「正色」，覺得最美的樣子都不同，孰為美、孰為醜，讓人覺得很錯亂。講到這裏，到底住哪好？吃啥好？跟誰談戀愛好？這種事情，坦白講有時候連自己都搞不清楚。我曾在臺北市的街道上遇到那個好久好久以前跟我談過七年戀愛的人，擦肩而過的那一剎那心裏只覺得：「原來年輕的我，喜歡過這樣的人。」即使是同一個人，所喜歡的人的類型也是會變的。莊子筆下的王倪老師非常厲害，他舉的例子都很庶民、很切身，讓人好容易同情共感，好容易產生共鳴。

「自我觀之，仁義之端，是非之徒，樊然殽亂，吾惡能知其辯！」齧缺曰：「子不知利害，則至人固不知利害乎？」王倪曰：「至人神矣！大澤焚而不能熱，河漢沍而不能寒，疾雷破山、飄風震海而不能驚。若然者，乘雲氣，騎日月，而遊乎四海之外。死生无變於己，而況利害之端乎！」

忽然間，王倪話鋒一轉：「自我觀之，仁義之端，是非之徒，樊然殽亂，吾惡能知其辯！」在舉了幾個貼近生活的例子後，原來王倪老師接著要說的居然是：什麼叫「仁」？什麼叫「義」？什麼是決定孰「仁」孰「義」的判準？我們是依據怎樣的一把尺衡量人間世的「是」、「非」？在王倪老師看來都是「樊然殽亂」，紛雜、混亂，很麻煩，分不清楚，沒有一定的標準。渺小一人，又哪裏能分辨所有人的對錯呢？你原本也許覺得黑就是黑，白就是白，沒有灰色地帶，但聽過王倪老師舉的例子後，覺得他說得真有道理。天地之大、物類之多、觀點之眾、價值之殊，那麼憑什麼度量一切是、非、對、錯的尺只許拿這一把呢？

但認真的、不斷在疑問—解答中追求生命實相的齧缺不是這麼容易就停止提問的。他質問道：老師啊，「子不知利害」，是您沒有判斷美醜、優劣的能力，不知道什麼是利、什麼是害吧？「則至人固不知利害乎」，倘若是那達到人所能達到之最高境界的人，就會知道吧？我想我們可以體諒齧缺開始有點急了，問了四次的問題，老師都說「我不知道」。如果你們來問問題，老師每次都回答「我哪知道」，你們私底下恐怕也會有意見。那境界更高的人難道也跟您一樣不知道嗎？他的老師王倪回答：「至人神矣」，至人的境界非常神妙。「大澤焚而不能熱」，「大澤」指的是古代的雲夢大澤，到底是什麼樣的乾旱或大火，能讓雲夢大澤都焚燒起來？王倪說：就算這樣的乾旱跟火勢，也熱不著已達到最高境界的「至人」。「河漢沍而不能寒」，「沍」是嚴寒到冰雪凍結，能讓黃河跟長江都結冰的酷寒也凍不著他。我一九八九年第一次到北京，認識了一位氣功師荀雲昆先生，他練能治病的醫功，就是得在冰天雪地裏脫光衣服練，非常地健壯。這可能是至人可以達到的境界。前兩個境界聽起來已經很神奇，可第三個境界也不馬虎。「疾雷破山」，能把整座山都破開的猛烈雷霆，那誰不怕？「飄風振海而不能驚」，看過南亞海嘯畫面的人都會有身歷其境、非常害怕的感覺，可是至人居然也不會驚動害怕。為什麼？我想是對生命看得很通透吧，知道這個形軀是短暫的、是借用的，是總有一天要歸還的。

達到這樣境界的人，「乘雲氣，騎日月」，可以乘著雲氣，騎上日月。這邊有很多種解釋，在道教傳統的宗教性解釋裏把這樣的境界解釋成「出陽神」，靈魂可以到各地遨遊。要是受過西方理性主義洗禮的學者，可能就解釋成他的心靈是這麼地自由。「而遊乎四海之外」，我要特別強調「四海之外」，有沒有注意到〈逍遙遊〉說「何不樹之於无何有之鄉」，在《莊子》內七篇其他篇章還會提到：「遊无何有之鄉」、「遊於无有」、「振於无竟，故寓諸无竟」。莊子到底要在哪個地方遊玩？究竟要遨遊、徜徉於何處？他主要的工夫在哪裏？其實就是「无何有」這三個字，我把它解釋成非感官經驗所得見、得聞、得嗅、得觸摸的「靈魂」。靈魂的提升跟修為，往往缺少外人可以覺察的徵兆，也未必有外在可見的功業成就，一般人是不容易一眼看出來的。

一個人活在人世間，如果他覺得最需要進步的是提升靈魂的話，就能「遊乎塵垢之外」，也就是「遊乎四海之外」了，我是這樣理解莊子的。在莊子的文本裏出現兩種「遊」，一種說「遊乎之外」，表示生命的核心價值不在世俗之中，能澹然於紅塵俗世中的一切。而且能達到「死生无變於己」，安然面對生死的境界。坦白講，今天你修《莊子》，如果我們沒有搭配所謂的體驗課，不練「穴道導引」、不練「緣督以為經」，你未必會因為修《莊子》而更健康、更少病痛；可是面對一樣的病，你心情可以好很多。你看待事物的方式、面對痛苦的方式會有很大的改變。「死生无變於己」，連生死這樣的巨變都可以安然面對，「而況利害之端乎」，何況是區區事物的利害呢？多一點錢、少一點錢又怎樣？得到一個位子、失去一個位子又怎樣？難道你沒花過冤枉錢嗎？難道你沒掉過錢嗎？難道臨終前你真的剛好花到一毛不剩嗎？難道活到今天你所認知的這個世界，坐在所有位子上的人和其座位，一概都是小大相當、名實相符的嗎？如果能看得通透一點，你會覺得很多事情其實不必花時間去在乎。這就是「至人」的驚人境界。王倪說，連生死都不怕的人，你還要跟他談世俗的利害嗎？這是「惡乎知之」這個大段落的第一個故事。

見卵而求時夜——

你會不會想太多？

瞿鵲子問乎長梧子曰：「吾聞諸夫子：『聖人不從事於務，不就利，不違害；不喜求，不緣道。无謂有謂，有謂无謂，而遊乎塵垢之外。』夫子以為孟浪之言，而我以為妙道之行也。吾子以為奚若？」

「惡乎知之」一開始，我們非常訝異為什麼莊子義界下的至人，學生問他什麼問題，他都不知道？然後慢慢地，他從不知道導向讓我們明白聖人重視的是什麼。接下來進入第二個故事，是瞿鵲子跟長梧子的一段對話。瞿鵲子問長梧子說：我聽孔夫子說過，聖人「不從事於務」。這「務」指的是世俗工作的成就，聖人不把世俗工作的成就當成生命中最重要的追求，可是芸芸眾生多半如此。我們往往透過收入的高低，透過事業成功與否，來衡量我們生命中的每一年是豐收的，或是不夠美好的。

「不就利，不違害」，聖人不只不以世俗工作、成就為人生成敗最重要的指標，也不刻意追求世俗認為的利益。什麼是利益？我想各位生命中會有非常多朋友，包括自己，自己也是自己很重要的朋友。有時候我會透過對自己、對我熟悉的人的觀察，發現當生命遇到很大的疾病或變故時，正是你個性、各方面可以改變或說改善的機會。我也有這樣的朋友，在健康的時候有點驕傲。生病了以後再跟他接觸，我變得非常喜歡這個人，因為他生命中的稜角跟傲氣被病給磨掉了。如果這樣的價值取向來看，生病對他而言未嘗不是一件美好的事。

我昨天到醫院回診，回診讓我覺得自己實在是個非常需要生病的人。因為我一旦慢慢走向健康，睡覺的時間就開始往後移，工作的時間、坐在板凳上的時間會越來越長，鍛鍊、修鍊，不管是「其神凝」或「形如槁木」的時間會越來越短，直到醫生再次對我提出警告，要我注意，我才又乖乖回到原該照護一己身心的位置。

我舉這兩個例子是要讓大家知道，有時候，當你的生命亮起黃燈甚至紅燈，不要覺得那是一場災難，也許它只是一種提醒，一個可以讓你的生命更好的機會。如果一個人的生命是這樣，一個社會或一塊土地、一個國家也是如此。我曾跟我的學生說：自己好好做菜，好好吃。他們都覺得那是老一輩人的看法，不用太理會，外食方便多了。可是我看我的學生，臺灣的食安問題接連爆發後，現在一個個都勤勞了起來，能夠自己簡單做就盡量自己做來吃。當社會出現一些問題，有時候反而是一個轉機。為什麼「不就利，不違害」？因為在一般世俗價值認定不好的狀況下，「置之死地而後生」，才有辦法徹底地反省、脫胎換骨，生活很順遂的時候反而很難做這樣的改變。

「不喜求」，世俗追求的，他不汲汲營營。有時候你會覺得：老師，我跟莊子一樣，我也不汲汲營營，可是我們在人群當中有時候是被推著走的。現在的電影院規模都比較小，我們小時候的電影院很大、觀眾很多，電影散場的時候就會有一種走快走慢由不得自己的感覺。海德格（Martin Heidegger）[2]說：在人群中，我們常常不是活在「I」，不是活在我們自己；而是活在「they」，活在他者當中，就是這個意思。大家都談戀愛了，一個人在宿舍就好像顯得孤伶伶。大家都考研究所了，只念到大學畢業好像就不太足夠。大家都結婚生子了，沒有伴的還要一直被問是不是同性戀，很困擾。我們在社會上很多行為其實是被推著走的，但是《莊子》裏提到的聖人「不緣道」，「緣」是反訓字，是用來代表跟它相反的意思。「不緣道」，意思就是「不廢道」。沒有一天，甚至於沒有一個時刻放掉他所堅持遵循的「道」。我昨天回診，覺得自己真是可恥，醫生只是發現可能有問題，提醒說：下禮拜再來抽血檢驗。我一聽到這個消息，整個人頓時非常乖巧，隨時注意要「形如槁木」、「其神凝」。可是無病之日在滾滾紅塵當中，常常忘了這些非常重要的事，直到遇到狀況，才驚覺必須把生命的頹勢挽救回來。

「无謂有謂」，「无謂」是什麼話也沒說。一個體道的人，有時候好像什麼都沒說，但他用他所有的作為說明了一切。有些人叨叨絮絮地說了很多，卻不一定發生什麼影響。我如果發一張紙，請各位寫下生命中聽過「最感動的一句話」，或是「你對別人說過的，你自己最滿意的一句話」，可能有一部分的人會說：「好像沒有。」那你這一生聽過的話，莫非只像我在聽我的貓咪叫。雖然我聽不懂貓的語言，可是我從牠的表情、牠的眼神、牠注目的方向，我可以理解牠是叫我開水龍頭或是餵飼料。我們生命中聽過很多人說的話，會不會最後所有的語言都枉然了，跟貓咪的叫聲，或小鳥的吱喳叫也差不多？

我們從莊子心目中體道的聖人典範看到什麼？「遊乎塵垢之外」。世俗人所追求的盡在「塵垢之中」，今天當官了，明天還想當更大的官。今天一旦就職了，便永遠不想退下來。這是世俗的追求，可是聖人要的不是這些。瞿鵲子問長梧子，他說：這種莊子義界下的聖人，「夫子以為孟浪之言，而我以為妙道之行也。吾子以為奚若？」「夫子」是指孔夫子，「孟浪」是輕率無稽之談。孔子覺得這種人既沒有具體的德性描繪，又不見內聖外王之道，哪算聖人？孔子覺得只說聖人「不就利，不違害；不喜求，不緣道」，實在說得太草率了。可瞿鵲子卻跟長梧子說：「我倒認為，這些都是體悟了道的奧妙才能有的作為。不知道長梧

2 德國哲學家，二十世紀最重要的哲學家之一。

子你的看法如何呢？」我們來看長梧子怎麼回答。

長梧子曰：「是黃帝之所聽熒也，而丘也何足以知之？且女亦大早計，見卵而求時夜，見彈而求鴞炙。」

長梧子回答說：「也難怪孔子會認為這是輕率之言。」像這樣的聖人境界，「是黃帝之所聽熒也」，就算是黃帝這麼有智慧、發明了這麼多制度、器物的聖君，聽了可能也大惑不解。「熒」是光亮，一明一滅，一閃一閃，在這裏是「惑」，疑惑的意思。「而丘也何足以知之」，孔丘哪能明白呢？讀中國思想史讀到儒家時，總覺得孔子的地位誰能出其右？可是當閱讀先秦典籍的時候，會發現黃帝或者堯在古文獻裏記載的成就其實不亞於孔子，不論在內聖或外王方面都有更具體、更卓越的表現。其實，也難怪儒家會無法了解《莊》學，或說道家這樣一種不同於儒家的價值觀、不同的思想、不同的學說、不同的聖人典範。「且女亦大早計」，之前讓我們最震驚的是說聖人「不就利，不違害」，對於這點，我們會想趨吉避凶乃人之常情，聖人怎麼會有這麼不同的人生取捨呢？長梧子說：其實一般人總是「大早計」，都算計得太早了。怎麼算計呢？「見卵而求時夜」，這個「時」，就是「司」、「主司」，「時夜」就是主司報曉。今天才看到一個雞蛋，你就開始盤算這個雞蛋將來有機會孵出一隻公雞，所以現下鬧鐘壞了不用買，反正即將來臨的公雞可以幫我報時，這真是想太多了！你怎麼知道孵出來的是公雞不是母雞？大家聽這個例子覺得非常可笑，可是在滾滾紅塵中，我們常常這麼可笑而不自知。比方你看到一個人，覺得就是茫茫人海中那個對的人，你就動了心、動了情，開始有些動作、發動一些攻勢。一旦示好的行為沒有得到相應的回報，甚至是像用熱臉去貼人的冷屁股時，你就會非常地難過、自覺非常受傷。這不也是「且女亦大早計」嗎？你怎麼知道你命中註定的人一定是他？可能半年後真正對的人出現了，你會想半年前真是蠢極了，幸好、幸好當時那人沒理我。其實生命中很多痛苦都是因為「大早計」而來。

「見卵而求時夜」，剛剛講看到雞蛋就想要孵出公雞來報曉。「見彈」，今天有個彈弓，就想：晚上不用買菜了，只要去打隻貓頭鷹烤來吃就好了。這也是想太多、想太早了！這種對生命中過度算計的檢討，跟《莊子．應帝王》講的「不將不迎，應而不藏」，不事先揣想，事後也不放任自己持續地慨歎、追悔，整個思想價值是相應合拍的。

以隸相尊——

能照料自己，也能關照眾人。

「予嘗為女妄言之，女以妄聽之，奚？旁日月，挾宇宙，為其脗合，置其滑涽，以隸相尊。眾人役役，聖人愚芚，參萬歲而一成純，萬物盡然，而以是相蘊。」

莊子藉長梧子之口接著描述的聖人典範，境界實在太驚人了。如果莊子一開口就說：好吧，讓我告訴你，我學說裏面的得道者是什麼樣子，你聽了可能會覺得後面的描述太誇張、很刺耳。可是因為前面講得謙卑，「予嘗為女妄言之」，就讓我試著為你說說吧，你聽聽就好，不用太專注、太認真，我講的也不一定有道理。人有時候很奇怪，對方越這樣講，你越會覺得後面的話可能很重要，就注意聽了。

「奚」，要說什麼？該怎麼說？很難啟齒。長梧子接下來講的境界蠻驚人，「旁日月」。其實孟子文筆好，莊子文筆也好。孟子講「浩然之氣」：「其為氣也至大至剛，以直養而無害，則塞于天地之間。」在閱讀這段文字時，因為文氣太流暢了，也就跟著孟子文句的抑揚頓挫吟誦了起來，彷彿真就感覺到豐沛的浩然之氣充塞在整個宇宙，沒起一點懷疑。

可要是孟子文字差一點，你或許就會開始質疑所述內容的真實性。長梧子說的這個境界跟孟子描繪的「浩然之氣」很像，當人的靈魂境界偉大到「旁日月」的程度——平常人手這樣一掛，就只掛在身邊的桌椅或校園裏的一棵樹上吧，可是聖人不一樣，他可能隨便一抱就抱到太陽、月亮，因為魂魄太大了。「挾宇宙」，曹操也不過挾天子令諸侯，但《莊》學的典範人物挾的可是宇宙，好像整個地球都能納於股掌上。這是一個驚人境界的描述，聖人的境界竟是這樣遼闊。接下來講點具體的吧！

「為其脗合」，當你需要幫助的時候，他總是幫得這麼恰到好處，不論幫誰都一樣盡力，沒有分別心。「置其滑涽」，「滑涽」這兩個字是紛亂，你的心一旦紛亂著、執著著，就容易越陷越深。在臺大教書十幾年，自然會遇到幾個願意跟你分享自己生命祕密的學生。我也遇到過幾個很善意、願意把心情跟我分享的孩子。病歷表上被填寫憂鬱症或躁鬱症之類的學生告訴我：「老師，那是一個黑洞。如果往這牛角尖不斷想下去，整個人真的會被吞噬掉。」你或許會問這可憐的孩子：「為什麼不能不要想？」他說：「就是沒辦法。」有個學生，在他自殺失敗的第二天找我談話，告訴我他怎麼樣聽見繩子斷裂的聲音，告訴我明明房子裏只有一個人，在他自殺的那一剎那卻聽到不明人士的對話，挺恐怖的。後來我問他：「你怎麼捨得自殺？你女朋友這麼貌美，跟你這麼好，交往這麼多年。」我跟他提及這世界還是很值得耽戀的種種。他說沒辦法，一旦掉進那個黑洞就會開始胡思亂想，想個沒完，這世界上的一切都留不住他。如果今天換成心理諮商師，可能會開始跟你談那個黑洞。最後告訴你，一定是你小時候有什麼陰影留在心頭，所以要連根拔起，接著開始跟你自小就與之相處的家長對話，彷彿尋繹病根之根。

東方修鍊的方法不同，「先睡心，再睡身」。關機，把你的念頭關機，就是莊子「其神凝」的工夫。所以遇到再混亂的場面，你只要「置其滑涽」，把這個混亂丟到一旁，就會復歸平靜。你說：「老師，我會一直想。」誰讓你想了？把自己的念頭像釘鐵釘一樣釘著，釘在印堂，釘在膻中，釘在丹田。想像你的念頭被一根鐵釘釘在那兒，不能離開，它真的就動不了。當然，如果你想在心情不好的時候增添樂趣，你就想：我是一隻貓，現在一隻老鼠跑過，停在我的眉心（印堂）、胸口（膻中）、臍下四指幅（丹田）處，於是就像貓盯著老鼠一樣緊盯不放，你的注意力也毫不鬆懈地盯著印堂、膻中或丹田，像貓盯住老鼠、子孫緊守著家傳珍貴寶石，因為緊盯住，所以不許移動，所以無法有念頭。這就是「置其滑涽」，莊子教我們把世間是非、紛亂從心上卸下的方法。

「以隸相尊」，隸是奴僕、是小廝。世界上，如果這地方或國家的疆域比較小，稱自己國家時常會加個大字。比方說大日本、大不列顛，其實這些地方都不太大，只有很小的地方會不斷說自己大。同樣地，只有不太偉大的人會一直說自己很偉大。在修鍊的路上，其實人要學的不是高，而是低。低能自省、低能包容。

我剛來臺大教書的時候不太知道怎麼跟學生相處，還去請教過我早年教的學生。我說：「在臺大當老師，有時候不太知道怎麼辦。現在的孩子不太有禮貌，有時候找你聊聊，那樣的措詞、態度，你還真不知道到底他是老師，還是你是老師啊？身為教育工作者，我該制止、糾正他嗎？可是我又蠻享受那種他們把我當朋友的感覺，可是有時候又覺得他們造次、失了基本禮數了。」這個學生給我的回答太有智慧了，他說：「老師，我建議妳好好珍惜他們把妳當朋友的歲月。」我說：「為什麼？我不用管他們造次了嗎？」他說：「不用。老師，因為理所當然妳每年都會比妳的學生老一歲。每長一歲，思想與智慧的成熟度都將與堂前的學生差距越來越遠。所以老師啊，我建議妳好好珍惜他們把妳當朋友的歲月。」我聽了覺得挺有道理的。尤其對一個女人來說，「老」這個字很難讓人無感。我馬上接受他的觀點，樂於接受學生沒大沒小的朋輩相處方式。年紀更長，較懂《莊子》，我才知道以前的矛盾在哪。

我是讀中文系的人，研究所時代修習三禮。我又是臺南人，家裏的倫理、尊卑很明顯。夏天家裏只要有一個男人說：「來吃布丁喔。」我們全家的女人就會一起奔向冰箱，爭取拿布丁這個光榮的任務，送到爺爺、爸爸、哥哥的手中。我們家吃布丁的方式還挺講究，下面有個托盤，盤中還會放個小銀匙。接著所有女人會豎起耳朵，專心聽誰的湯匙在哪一秒鐘「鏘」一聲落在盤子裏，表示吃完了。所有女人又會快速跑到爺爺、爸爸、哥哥的尊前，把空的布丁盒、布丁碟，還有小湯匙一起拿回廚房清理。為了熱心地搶作這些，有時候還不免會互相撞著，非常有趣。

我這樣做了半輩子，當我變成老師，學生到我家，小輩們怎麼就微笑涼快地站、或坐在一邊看著或完全不理會我正在為大家做菜呢？有一天我家要做小小的裝潢，學生居然建議：「老師，你這應該做個吧檯。這樣妳在廚房做菜，做好就放在吧檯，我們直接從客廳接手過來吃，好順呢。」真是生不逢時。怎麼我從小伺候長上到大，等到我為人長輩了，學生竟然把我當成店小二般？來，這是你的開胃菜。來，你的涼水一杯。剛開始我有點不平。可是《莊子》讀久了，變得挺滿意這樣的身分，因為「以隸相尊」。有時候想想，身為一個人不用太計較，反正已經下課了，下課了身分就不再是老師。活在世界上能為別人服務表示四肢健全不是嗎？我喜歡做菜，所以跟別人出去，不管吃燒肉、吃火鍋，都會扮演或燒烤或調理的角色，想保障食物美味，一定得親自動手。別人覺得你很勤勞，可我是樂在其中，心裏想的是，我吃一會兒就站起來動一會兒，這樣怎麼吃都不容易過胖。所以很多時候你只要換個想法就會有不同感受，到底是服務別人的人比較幸福，還是被服務的人比較幸福？

我不斷跟學生強調在這個食安問題彼落此起的時代做菜、自炊的重要，有個學生聽了就笑了，我說：「你笑得好奇怪，不認同老師的說法嗎？」他說：「老師啊，妳說得很有道理啦。一個人會做菜，當然三餐可以吃得很不錯嘛。可是我告訴妳喔，結交一個會做菜的朋友也不錯。」這小孩常跑來我家吃飯，說得我好像真的被佔便宜了。可有一天發現，我雖然吃得跟他一樣多，可是因為我整天忙來忙去、頻繁走動，真的比較不會胖。所以我鼓勵大家，學習《莊子》以後開心地當個小廝，開心地當個伺候別人的人。當別人攤在那兒讓你伺候的時候，你心中會徘徊很多故事。聽說哪一個人的曾祖母今年九十幾歲了還很健康，一問，原來是家裏有片田地，每天都不斷地勞動，老了還是非常健康。習慣「茶來伸手，飯來張口」的人，可能才到中年，看起來就像晚年一樣衰老，且心身因此較缺乏應變、臨危的能力。奉獻生命、服務眾人，「以隸相尊」，把自己當成奴僕、小廝一般，服務眾人，不要覺得自己吃虧，吃虧就是佔便宜。

「眾人役役」，一般人為了身外的追求，庸庸碌碌，日夜勞苦。有人好像很機靈，錢賺很多、很快，甚至反過來譏笑辛苦賺錢的人。我很喜歡看《臺灣真善美》這類的節目，裏面講好多年輕人、父母親，為了讓家人不再過敏，去從事各種蔬果的有機栽培，或開始養無毒蝦。你會聽到他們多辛苦、賠本多少年後，終於第一年轉虧為盈——整年下來收穫十二萬，不再賠錢。我想，有錢人看到這樣的畫面可能覺得這些人真蠢。這麼辛苦，一年居然只收穫十二萬元！而沒有想到在勞動當中，他們可能變得很健康，也產出真正有益於人的實質貢獻。有錢人想：我隨便錢滾錢或者洗錢，隨便就賺他幾百億、幾千億，哪是這些可憐的小老百姓能理解的。可是你真的不知道最後到底誰賺了？誰虧了？「聖人愚芚」，跟很會算計的人相比，勤勤懇懇、本本分分的人就顯得愚蠢。「芚」這個字唸ㄓㄨㄣ，解釋作「無知」。如果唸ㄉㄨㄣˋ，就是「遲鈍」，兩個讀音都可以。聖人顯得很笨，因為整天注意「其神凝」，注意今天的思慮是不是更少？今天的真陽之氣是不是更豐沛、更磅礴？世俗之人覺得拿真陽之氣來秤秤重吧，能值幾個錢啊？聖人的追求顯得很傻。

可是為什麼聖人要追求這些呢？難道聖人不羨慕那些鎂光燈聚焦下的人嗎？不羨慕那些一本萬利的人嗎？「道家者流，蓋出於史官」，當你站在足夠的歷史高度，「參萬歲而一成純」，參透古往今來的盛衰興亡，你就會問：什麼是生命中最珍貴的？最有價值的？到底人生最值得投資的是什麼？

我跟一些朋友組讀書會十餘年，在我生病時，他們總是非常熱情地一陣子就給我寫卡片、送禮物，寄到家來，我非常感動。當我治療到一半的時候，聽到讀書會的另一個朋友也病了。我非常訝異的是她在生病後很快地回到學校，又很快地接了行政職，非常忙碌。後來當我再聽到她的消息，她已經走了。懷想斯人之餘，我警惕自己：今天開始要早睡。我們在這個世界到底要爭什麼？教學評鑑嗎？國科會獎勵嗎？我們究竟在忙什麼？這是一個學者的自問。最後你會發現，到底什麼樣的成長跟收穫是你最覺得有意義的。〈逍遙遊〉講「其神凝」的時候，我說生命中的逆境像重訓中的槓片，能讓人變得更堅強。一旦掌握《莊子》之學所領悟的道理，在跟萬事萬物交接互動的過程中，都在錘鍊這樣的人生目標。

「而以是相蘊」，我們就在所有的遭逢中不斷地積蓄、長養自己的生命。所以你會看到一種迥異於世俗的價值，如果你還沒進入其中，可能會覺得非常空泛，覺得怎麼能放下那麼真實的世間成就，來做這麼虛無的追求？如果你這麼想，一定還沒開始每天從事「其神凝」、「形如槁木」或者「緣督以為經」的練習，專注於自我提升。當你每天都重視身心的修鍊，也許只是從五分鐘、十五分鐘開始慢慢增加、累積，你漸漸會對生命中這兩種不同方向的追求有相當清楚的、不同的感覺與體悟。

覺後知夢——

夢裏的哭泣、狂喜若是多餘，那現在呢？是否猶自執迷而不覺。

「予惡乎知說生之非惑邪？予惡乎知惡死之非弱喪而不知歸者邪？麗之姬，艾封人之子也。晉國之始得之也，涕泣沾襟；及其至於王所，與王同筐牀，食芻豢，而後悔其泣也。予惡乎知夫死者不悔其始之蘄生乎！」

人世間的利害，有什麼比活著還重要？人死了，再多的財富，再輝煌的事業，再多的嬌妻美眷又如何？黃元吉《樂育堂語錄》提到：「黑漆棺中，財產難容些子；黃泉路上，妻孥又屬誰人？」可莊子說：「予惡乎知說生之非惑邪？」我怎麼知道，想要活著這件事，究竟是不是茫昧的迷惑？千萬不要誤會莊子是鼓勵大家去嘗試死亡，其實莊子這麼說一如「鐘擺原理」，這個世界貪生怕死的人多，可貪生怕死不一定有助於不死，因為怕死的焦慮會讓心變得非常不平靜，可能反而因此死得快。所以你越怕死，莊子就越要告訴你死亡可能不是那麼可怕，讓你不要害怕。莊子因此說：你我哪知道很想活著這件事不是一種迷惑呢？哪知道很怕死這件事，會不會其實就像是「弱喪而不知歸」？就像是年輕的時候離開故鄉，年老了居然還不知道回家。會不會有一天人真死了，其實只是一種回家的感覺？

當你開始練「形如槁木」，練到比較放鬆了，身體不只不痠痛，覺得變輕靈了，每天快要入睡的那一剎那會有很特別的感覺，因為身體感覺很輕靈，你不太能分辨那是即將睡著還是死亡，好像不再感受到這個形軀的存在。我們很難接受這樣的觀念，一般人聽到朋友死，不會覺得：「好棒喔！他回家了。」還是會覺得很遺憾，他就這樣走了。我上次路過新竹的時候，一直給一個病友打電話，卻都沒有人接，那時我那麼想看到她，可還沒看到，她就這樣走了，還是會難過。莊子刻意舉了下面這個故事，讓我們對這樣的悲傷，覺得應該有放下的可能。

「麗之姬」，以前在麗戎之國，有一個非常美麗的女子。她是「艾封人之子」，這個「封」是典封疆土，她父親被冊封在「艾」這個領地上，她是地方領導人的女兒。晉獻公跟秦穆公一起去攻打艾，打下之後便開始分贓，得到的寶物共有玉環兩枚、美女一位。秦穆公選兩枚玉環，這個人不好色，但好寶物，晉獻公就領了這個美女回家。這美女不是別人，是「艾」這地方的領導人的女兒，一位公主。不管她爹是酋長還是小國之君，在那個地方的地位是不容小覷的，如今成為俘虜，你可以想像她有多難過。「晉國之始得之也，涕泣沾襟」，晉國剛得到這位美女的時候，她哭到鼻涕跟眼淚交糅，連拿個手巾的心情都沒有，整個袖子都弄糊了。沒想到「及其至於王所」，被俘虜之後在王宮的生活，「與王同筐牀」，原來不是當奴婢，是當妃子。「筐牀」後代注解說就是「安床」，非常好睡的大床，住得不錯。飲食水平則是「食芻豢」。讀過三《禮》就知道，中國古代一般百姓要吃到三牲非常困難，通常是在一年中重要的祭祀、特殊的節日才可能吃到。可嫁給晉獻公就不同了，宮中的日常生活即可食「芻豢」，「芻」是牛羊，「豢」是豬狗。當然一個女人也不是這麼現實的，不會只求好床、好食物，晉獻公可能也蠻體貼的吧。這時候她就後悔了，覺得：我當初被俘虜的時候居然還哭呢，應該放鞭炮的。無需「眾裏尋他千百度」，一個好男人就這樣不請自來地把我虜來了，而我就這麼不費吹灰之力地找到好對象了，真是幸運啊，所以她很開心。

莊子藉由這個具體的故事讓我們對死亡有不同的感覺。「予惡乎知夫死者不悔其始之蘄生乎」，我們現在那麼害怕死亡，說不定死後覺得逍遙著呢，反而後悔當初為何那麼想要活著，就像麗姬後悔當時的哭泣一樣。活著的時候整天為了體重算計，現在永遠這麼輕靈，不管怎麼都「形如槁木」，多舒服。

其實生活中我常有這樣的經驗，可能今天覺得自己真是倒楣透了，可是第二天卻覺得前一天倒楣的自己真是幸運。比方說我要去談一個案子，其實對方原先是不太想答應的，覺得這個案子實在太麻煩了，不想接，對方在電話裏也好像已經委婉表示拒絕。可剛巧正式去談的那天我身體狀況挺糟的，對方看我一臉蒼白，可能擔心再拒絕我就昏倒了，竟然就答應了。我離開的時候覺得：今天氣色欠佳真是一件太美好的事。前一刻、前一天還覺得狀況不太好，第二天、此刻卻覺得太感謝了，還好我昨天狀況不太好。舉這些例子，只是為了讓各位了解，可能你今天覺得很悲傷的事，明天會覺得非常美好。

我在臺大看最多的悲傷情節就是「分手」。男女朋友吵架，多的是把臉色從蘋果臉哭成灰牆臉，好像世界末日到了。或是告白失敗，就覺得自己人生只能這樣了。可過半年真命天子天女出現了，他因此笑著說：「幸好去年的那個女孩沒眼光，沒理我。」那麼為什麼我們在遇到災難的當下都覺得陷到無底洞裏，而不知道那樣的深淵其實可能正通往另一個《愛麗絲夢遊仙境》的仙境。如果在每一個逆境中你都認定「禍兮福之所倚，福兮禍之所伏」，其實人生也就沒有什麼好悲傷了。

夢飲酒者旦而哭泣；夢哭泣者旦而田獵。方其夢也，不知其夢也。夢之中又占其夢，覺而後知其夢也。且有大覺，而後知此其大夢也。而愚者自以為覺，竊竊然知之。

莊子講完「麗之姬」這個短篇後，又舉了一些例子。「夢飲酒者旦而哭泣」，有的人在夢裏暢快喝酒，但白天醒來才發現真實的生活是這麼教人悲傷。還有另一種相反的例子，在夢裏是非常悲傷的，「旦而田獵」，但白天醒來卻非常開心地出門打獵。你有沒有作過非常倒楣的夢，醒來的時候覺得還好是夢，非常開心？有時候夢境對自己也可以是個提醒。我前些天作了一個可怕的夢，夢裏我拿著真實生活中買的一把梳子梳頭，一梳所有的頭髮都掉了，真是可怕。我在夢裏就告訴自己，真是不要命，都已經死過一次了，從鬼門關前回來還敢半夜兩、三點睡。我在夢裏一直教訓自己：難怪頭髮掉光，活該。醒來的時候發現頭髮還在，好開心。那一天我再次立下要慢慢變早睡的志向。

「方其夢也，不知其夢也」，可我們在夢中的時候都不知道只是在夢中，所以這麼刻骨銘心地哭過，這麼得意洋洋地笑過。「夢之中又占其夢」，因為我們不知道這一切都只是夢，所以很在意幾歲買房子、房子有多大？幾歲談戀愛、對象好不好？打算要在這個世界活上千秋萬歲似的。如果我們想這只是短暫停留、只是一段旅程，就比較能夠接受莊子所講的，生命中真有比向外追逐更重要的事。要不，「夢之中又占其夢」，你在夢裏面，又深度執著於夢中的吉凶，夢裏還去占夢。直到醒來才知道，真真正正只是夢。

有時候我也覺得自己太在乎、太執著於一些美好的事。記得有一次作夢，覺得太美好了，在夢裏居然這麼想：不能只是夢，必須是真的。為了證明它是真的，夢中的我舉起食指啃咬，越咬越用力，在夢中發現它真的會痛，可見這不是夢。我開心極了，醒來才發現原來在夢中咬手指也會疼痛。這不就像是真實人生的寫照嗎？

「且有大覺，而後知此其大夢也」，莊子說：有誰能知道這樣的人生只是一場夢呢？只有徹底覺醒的人才知道，世間種種不過是一場過眼大夢。可是誰能有這樣的領會呢？一般人都自認聰明，別人賺好久才賺兩萬，我進帳一下就兩千萬、兩億、兩百億。看到新聞伴隨選舉而往來的金錢流動，忽然覺得千萬富翁、億萬富翁又算什麼？兆、千億好像都可以在轉手之間，能夠這樣過生活的人可能覺得自己很聰明吧？「竊竊然知之」，「竊竊」是察察私語。這些人會偷偷告訴你一個祕密，哪支股票一買，十天後就要大漲價；哪塊土地一買，十四天後工業用地就轉變成建築用地，可以蓋房子當住宅賣了。他們覺得自己有智慧極了，洋洋得意。當然這可能涉及違法，不能大聲公告，可是免不了要跟幾個體己小聲炫耀一番。

「君乎，牧乎，固哉！丘也與女，皆夢也；予謂女夢，亦夢也。是其言也，其名為弔詭。萬世之後，而一遇大聖知其解者，是旦暮遇之也！」

莊子接著說：「君乎？」覺得自己是君王很尊貴嗎？因為很尊貴，可以享有特權，財富就滾滾而來是嗎？「牧乎」，有人的工作是牧養牛馬，覺得自己很卑賤、永遠翻不了身。在現代社會裏，可能有很多人覺得自己註定既不快樂也沒希望，覺得這輩子好像是白過了，活得太辛苦，更別提享受，連基本的安適都沒有。可莊子說：「固哉！」這都是固陋的見識啊。回到我們一開始講的，莊子覺得我們遇到所有的風、所有的水都是考驗。你通過一回考驗，變強了，阻力就變助力了，那一天你一定會感謝你曾經遇到的那些考驗。

「丘也與女，皆夢也」，最後長梧子就跟瞿鵲子說：在我看來，覺得那些關於聖人的描述是輕率之言、無稽之談的孔丘，是在一場夢中；而瞿鵲子你認為《莊》學典範裏的聖人是真的體悟最高妙道理的人，有這種感受的你也是在一場夢中。長梧子告訴瞿鵲子，「予謂女夢，亦夢也」，包括現在對你說「你跟孔子都在夢中」的我，其實也在一場夢中。這些話真是太難解了，但如果這麼真實的人生、捏了會痛的人生居然只是夢、是暫時的，不是千秋萬世，那究竟什麼才是真的呢？

「是其言也，其名為弔詭」，「弔」就是「至」，極其詭異，沒有人能懂。所以說「萬世之後」，一萬個三十年後，「一遇大聖知其解者，是旦暮遇之也！」假設能遇到一個偉大的聖者，居然能知道我今天提問的一切答案，那真是千秋萬世裏、茫茫人海中最最可貴的相逢。或許就像白居易的〈答微之〉：「君寫我詩盈寺壁，我題君句滿屏風。與君相遇知何處？兩葉浮萍大海中。」你可以去花市買兩葉浮萍，拿到醉月湖邊，一葉從這頭放下，另一葉從對岸那頭放下，看兩葉浮萍能不能相逢。你說：「老師，這太強人所難了。」就會明白，不過是醉月湖中兩葉浮萍的相逢都這麼難，何況白居易寫的「兩葉浮萍大海中」？我覺得在古文獻裏面，形容相遇跟「兩葉浮萍大海中」一樣艱難、同樣可貴的，就是「旦暮遇之」這四個字了。

「萬世之後，而一遇大聖知其解者，是旦暮遇之也」，就像兩人在一閃而過的清晨，稍縱即逝的黃昏，擦肩而過。我曾經問我的學生，如果在椰林道上，你可以選擇遇見一個你最想遇見的人，會是誰？好多學生的答案令我吃驚，女生都要遇見金城武，男生則提供了很多我本來不熟悉的名字，像茱麗葉畢諾許（Juliette Binoche）。有學生反問我：「那老師想遇見誰啊？」我愣了半晌：「遇見莊子吧。」學生聽了就笑了。

「老師，遇見莊子，妳能認得嗎？」

「能。」

「那莊子認得妳嗎？」

「嗯，認得。」

「那你們相逢是什麼樣的場面啊?」

「就我看到他,他看到我呀。」

「然後呢?」

「那一瞬在原地固定不動,定住了。」

「然後呢?」

「然後擦肩而過。」

學生沒辦法了解,為什麼不是走向前去聊一會兒天?我覺得有一種會心真的很難透過語言來傳達。我有個非常好的朋友很喜歡爬山,她常跟她最愛的人一起去爬山。她對我描述過一種境界:兩個人一起去爬山的時候是不說話的,因為一切盡在不言中。念文科的人聽到這裏,就覺得有一種非常浪漫的美感。但莊子到底想跟誰相逢呢?這對話太迷人了,他寫下這段話的時候,所有的後來者、學者、千百年後的讀者都會中計,每個人讀到這句話都會潸然淚下,覺得自己就是莊子筆下的那位解人,「知其解者」。可每個人解出來的莊子都不一樣,不知道誰是對的。當你覺得你就是他的解人,這感覺真好。天涯知己已經夠感人了,何況是「萬世之後」的「知其解者」?

惡能正之——

誰是教你心服口服的仲裁者？

我們都有跟別人吵架或辯論的經驗，我記得我還是研究生的時候，有一次一個同學打電話給我，談著談著感覺就快要吵架了。於是我說：「不好意思，你稍候一下，你家有傳真機嗎？」他說：「有的。」於是我影印了這一頁傳真過去，他看了就笑了，我們就不爭辯了。到底是怎麼樣一段文字呢？

既使我與若辯矣，若勝我，我不若勝，若果是也？我果非也邪？我勝若，若不吾勝，我果是也？而果非也邪？其或是也？其或非也邪？其俱是也？其俱非也邪？我與若不能相知也。

「既使我與若辯矣」。我們都有這樣的經驗，好聽點是辯論，難聽點就是吵架。在吵架的過程中，我們總是想著真理越辯越明，所以吵贏後會有得意的感覺。我還記得第一次有這種得意的感覺是在小一、小二的時候，我跟班上公認的大惡霸講論道理，居然辯贏了，那天回家超開心的，一定要在吃晚餐的時候好好表揚自己一番，沒想到父母沒什麼讚許的表情，我就又再訴說一遍。後來，只記得父親跟我說：「希望我教出來的女兒和別人發生爭執的時候，能先看到自己的缺點，跟人家認錯。哪怕是對方錯九分，你只錯一分，也要為自己錯的那一分向對方認錯。」我問：「那，他錯的九分呢？」父親說：「那是他的事，不是你的事。」我那天並沒有懂得什麼人間的道理，只懂以後吵架贏了不必回來炫耀，爸媽不喜歡聽。可是後來讀《莊子》，好像瞭解了什麼。這樣的辯論到底有沒有意義？

「既使我與若辯矣」，即使我們來辯論好了。「若」就是「你」。你贏了我，「我不若勝」，我辯不過你。可能是你口才好，你兇，你講話大聲，所以辯贏，難道你就一定是對的？我就真錯了嗎？換個立場，我贏了你，就算你贏不了我，難道我就是對的嗎？「而果非也邪？」這個「而」，也是「你」，你就是錯的嗎？對錯真的很難說，因為每個人對每件事情的定義或標準都不一樣。「其或是也」，會不會我們其中有一人是對的？「其或非也邪」，也就是另一個人是錯的。還有一種可能，「其俱是也」，我們都對？或者，「其俱非也邪」，我們都錯了？

我很注意一位當代文人，林徽因，她和她的情人或她的丈夫，我都非常關心。國中時我第一次在報紙上看到林徽因的照片，覺得這名女子很特別，就開始追蹤她的故事。蒐集多年，曾經在無聊的時候為她的情史編年。其中最精彩的是有一天她的丈夫梁思成下班回來，林徽因跟梁思成說：「思成，我要告訴你一件事，我愛上一個人。」那個人就是他們當時的鄰居，著名哲學家金岳霖。想像一下，你已經結婚了，辛苦工作下班後，老婆迫不及待地跑來告訴你，她愛上另一個人。你的本能反應會是什麼？是一巴掌打過去？會很生氣？還是會非常難過？梁思成聽了很是難過，他想了一整晚。你們猜他是不是在想：「這女人居然在我出差的時候，愛上了住在咱家後棟的金岳霖，這什麼兄弟啊？我供他住宿，他竟然看上我老婆！」不，他想的不是這個，如果是，這愛情故事哪裏值得歌頌、典藏。他想的是：「徽因，到底是跟著我，還是跟著金岳霖比較幸福？」想了一整晚，梁思成覺得雖然自己跟林徽因有共同的興趣和嗜好，都熱衷建築。可是金岳霖這人幽默風趣，而林徽因總是多愁善感些，也許她跟老金在一起會更幸福吧。天亮了，林徽因一覺醒來，梁思成便跟她說：「徽因，妳是自由的。我覺得金岳霖是更適合妳的，我願意成全你們。」林徽因聽了挺感動地跑去找金岳霖。金岳霖聽了梁思成給的答案後，對林徽因說：「我覺得思成是真愛妳的，我不能讓妳離開這樣一個真愛妳的人。」所以金岳霖就退出了。我覺得這個故事在哪個時代都教人震撼。大家都知道林徽因跟徐志摩，少人注意林徽因跟金岳霖。金岳霖後來終身未娶，有人說因為他太愛林徽因了，愛到什麼地步，愛到可以成全別人所愛。我非常喜歡這個故事。

金岳霖跟林徽因、梁思成是一輩子的好朋友，每一次只要他們夫妻吵架，就會找老金來仲裁。但要我是梁思成才不找老金仲裁，就怕他怎麼看都是林徽因有理。金岳霖仲裁以後，總是會講一些話讓他們夫妻言歸於好，這是挺動人的一個故事。

這個故事的背後，我要說的是，我們在跟別人吵架的時候，難免會去想到底誰對、誰錯？於是常就為了一件小小的事情吵得不可開交。我年輕的時候談戀愛也很會吵，我跟對方正是別人口中最合適的兩個星座，分明感情挺好，可旁人聽我們說話都有點像吵架。吵架到底誰有道理？他永遠覺得是他，我時常覺得是我。後來我有了應對之道，不知道跟喜歡《莊子》有沒有關係。

「請問，你打算分手了嗎？」我問。

「我們只是吵架不是嗎？」

「你說這件事，我們到底會不會分手？」我又問。

「不會分手，只是吵架，聽不懂嗎？」

「那為什麼還要生氣？如果沒有要分手，為什麼要生氣？」

「為什麼不分手就不能生氣？」

「如果不分手，最後總是會言歸於好，那為什麼不趕快言歸於好，節省一點生氣的時間，多一點開心的時間？」

對方剛開始覺得我不正常，可是後來也慢慢被我同化了。好像快要吵架我就又問：「有沒有要分手啊？」沒有要分手，那就這一秒鐘，馬上言歸於好。

「我與若不能相知也」，看來單靠我們兩個不能明白誰對誰錯，要找公正無偏的第三者來裁決才行。這樣的經驗我們可能都有，你受了委屈，就告訴另一個人。別人聽了覺得：「哎呀，璧名，我了解妳的委屈。如果我是妳也會很難過的。」你會覺得：嗯，他跟我看法一致，果然是對方理虧。可莊子說不是這樣的。

則人固受其黮闇，吾誰使正之！使同乎若者正之？既與若同矣，惡能正之！使同乎我者正之？既同乎我矣，惡能正之！使異乎我與若者正之？既異乎我與若矣，惡能正之！使同乎我與若者正之？既同乎我與若矣，惡能正之！然則我與若與人俱不能相知也，而待彼也邪？

「則人固受其黮闇，吾誰使正之！」只有兩個人的時候，我們覺得好像茫昧不明，那找個公正人士來仲裁好了。這個「正」字在〈齊物論〉前面的段落也提過：「正色」，你覺得最好的對象；「正味」，你覺得最好吃的東西；「正處」，你覺得最棒的房子。這些都是會改變的。「正色」、「正味」、「正處」的「正」，講的是世俗價值；而「吾誰使正之」的「正」，講的則是「是非」，是價值判斷的問題。那麼，找一個跟你價值認定、是非標準一樣的人來裁定。莊子卻說：怎麼可以找觀點跟你一樣的人作和事佬呢，既然跟你是一樣的，又怎能公正判斷？那另一方也希望找個跟他的價值觀一樣的和事佬啊。若這個人無法中立，便不能找他來仲裁。不然「使異乎我與若者正之」，那就找一個價值觀跟你不一樣，也跟我不一樣的人來仲裁，最後找來的人說：別爭了，兩個都錯。既然意見跟你我都不同了，那找這樣的人也沒用。不然，找另一種人，比較有包容性的人，「使同乎我與若者正之」，一定會有一種人會說：「你是對的，他也是對的。」兩個爭論不休的人乍聽都覺得非常體己。但這樣也不對，找第三者來仲裁，就是希望他能判定誰是對的，誰是錯的，如果他說兩人都有理，那也不需要找他來了。「然則我與若與人」，既然你、我、仲裁者，三個人「俱不能相知也」，都不能知道究竟誰對誰錯。還有一個辦法，找第四人來。可還是算了吧，第三個人都不能知道了，找第四個人來仲裁，變成偶數，要是爭論雙方各得一票怎麼辦？我們的爭執究竟要怎樣才有可能斷定誰是誰非呢？

寓諸無境——

還有比議論是非更重要的事。

何謂和之以天倪？曰：「是不是，然不然。是若果是也？則是之異乎不是也亦無辯；然若果然也？則然之異乎不然也亦無辯。化聲之相待。若其不相待，和之以天倪，因之以曼衍，所以窮年也。忘年、忘義，振於無竟，故寓諸無竟。」

莊子說：「何謂和之以天倪？」如何在最自然的分際裏，調和各執一詞的雙方？當你有認定的是非標準的時候，就覺得一定要把是與非爭辯得清清楚楚。我有這樣的經驗，好朋友忽然不再連絡，因為一點無奈、一點誤會還有一點算不上爭執的爭執。一年後，我們重逢，重逢的感覺非常溫暖，因為覺得屬於我們的席並不是散了，我們又重逢了。還有必要談一年前的事嗎？根本就沒必要。那如果沒必要，當初為什麼要在意、為什麼要失聯？所以，往後一想跟朋友爭辯就自問：「我們要絕交嗎？」如果沒有要絕交，那現在就可以把在意的、煩憂的事從心上卸下了。《聖經》說：「不可含怒到日落。」含怒到日落還太久了，我們相愛又能有幾年呢？為什麼要這樣爭辯不休呢？太不實際了。怎麼樣才能在自然的分際裏調和？

莊子說「是不是」，很多事情，在當下我們很容易看到別人的缺點，很容易看到自己的委屈。可是學《莊子》以後，換個立場來看，對於原本覺得對方不對的，你因此能「是」，這個「是」當動詞，就是去肯定那原本你認為「不是」的，看到他值得讚美、值得鼓勵的部分。「然不然」，你原本不以為然的，能找到對方其實也有道理的地方。「是若果是也」，你的心會有餘地去想，自己覺得對的那件事真的一定是對的嗎？如果不一定，「則是之異乎不是也亦無辯」，那你堅持對的跟他覺得錯的，是是非非，也就沒有太大的區別了。

「然若果然也？則然之異乎不然也亦無辯」，你認同的就一定對嗎？如果不一定的話，那它跟你所不認同的也就無所分別了。我們看到窗上的剪影，看上去好像是一個男人拿個刀子，就猜想這莫非是武二郎要殺潘金蓮嗎？可是如果你到現場打開燈瞧見真實的情況才知是男人很諂媚地送他愛的女子一根髮簪。我們常常因為看到的片段、看到的光線、視角不一樣，對一件事就有完全不同的認知。如果我們能承認人不是完美的、不是全知的，自己可能會看錯、可能會聽錯，就不會在一個僵持不下的局面裏如此堅持。

我們生命中最難接受的就是跟自己不同立場的人。還記得剛到臺大教書的時候，跟我相熟的社團學生總會問我：「老師，妳選舉投誰啊？」我那時很傻，就告訴他們了。之後他們覺得我是異類，會譏笑我，給我貼個標籤，什麼六八九之類的。其實有時候想想，你覺得跟你投的不一樣的人就是傻子，是因為沒看清楚事實才投給那個人，但如果兩邊的人都這麼想，到底是誰沒看清楚呢？還有，我們是真心希望別人都跟自己一樣嗎？如果你的世界是可以在虛擬世界裏先調好程式再開始你的一天，你會希望今天遇到的每一個人想法都跟你一樣嗎？想像一下如果真的每個人想法都一樣，老師、上司問問題的時候，同學、同仁們會同時跟你一起舉手。請老師延期考試或家中有事懇請老板允你一人提早下班的時候，同學、同仁們竟跟你一起發聲，做出完全一樣的動作跟聲音。真有這樣的日子，你可能過三天就覺得無聊透頂。但矛盾的是，當我們發現別人跟自己不一樣的時候又會不以為然。莊子要我們了解：「化聲之相待。」聲音為什麼會有變化？就是因為有不同的聲音相對而生，是非對錯之辯也正是因為有不同的觀點相襯才成立。一旦不再對立，「和之以天倪」，放下那個對方只要跟你不一樣就非吵起來、非對立不可的想法，在天然的分際裏調和。你便會了解，不同的價值觀就像春夏秋冬四季變化那樣地自然。「因之以曼衍」，「曼衍」是可以無窮無盡推擴。你怎麼樣適應春天？又是怎麼樣對待秋天？是添一件薄外套嗎？那夏天呢？煮鍋冬瓜茶嗎？你慢慢會知道怎樣去應對，所以都能順應包容，體諒四季更迭、殊異物候，這麼悠遊地走完一生。你徹底明白人就是有所不同，所以能夠包容、體諒。但能體諒人並不表示沒有是非，而是你能在這處境裏，不讓這個事件、那個人，變成你心裏的不愉快、執著或牽掛。

最後能達到什麼樣的境界呢？「忘年」，多數人對於年輕都是嚮往、憧憬的。我現在的年齡看我所有的學生都覺得都好看，有次導生會，我跟導生拍了張照片，回家以後反覆看，不禁懷疑是不是全中文系最美、最帥的剛好都成我的導生了？當我笑對照片覺得他們怎麼都那麼好看的時候領悟到一點：因為我老了。有一天，昔日學生生小孩，她曾是我的助理，很熟，我就到坐月子中心看她，嬰兒可就更美好了。人們憧憬年少的歲月，眷戀、執著於美好的形貌，但如果生命中有著比外貌更重要許多的追求，你就會日漸放下這些執著。

「忘義」，很多人讀了《莊子》後，做事之前會多了「到底要不要做」的考量。比方說系上課餘的表演、活動，到底要不要為了這個表演而熬夜？上《莊子》老師都說要以心身保養為優先，可是同學會討厭你沒有身為系上一份子的合群感。這個世界有一些是是非非，但當你把提升生命境界當成最重要的一件事，外在流言耳語的是非評議，你就比較不在意了。

我面對同學的時候時常會想，學生會不會覺得難以理解：為什麼在這與人競爭猶恐不及的時代還要講提升心身、身體修鍊？我想先問女性朋友，如果妳將來有個談戀愛的對象，妳希望他是肩膀非常寬闊，能夠讓妳依靠，能為妳避風遮雨；還是弱不禁風，如一片虛垂薄幕，一靠便倒？再問問男性朋友，你希望遇到什麼挫折，都有女朋友的肩膀可以讓你靠嗎？聽起來就怪怪的吧。在這個時代聽來好像有點性別歧視的味道。東方不講男女平等，講「陰陽調和」。有人喜歡做菜，有人喜歡洗碗，不需要所有人都做一樣的事情。

講提升身心能力，身體方面很容易理解，接著設想心靈。你想跟一個非常有包容心的人在一起，跟他商量任何事情他都重視：怎麼樣你會最逍遙、最安心、最健康。還是希望對方跟你說：「你以前做的工作，一個月可以交給我十萬，為什麼想換成一個月只能交給我三萬的工作？」沒有人希望自己變成工具或奴隸，日夜只為增添貢品而努力。要是你比較希望另一半能為你的心靈跟身體著想，希望他有厚實的肩膀、寬闊的胸膛、寬闊的心靈。那麼你就要先陶養自己，讓自己也變成這樣的人，不要覺得自己不知道為什麼要為這樣的目標而努力。難道你們都只希望別人心胸寬闊，但自己可以很小氣，是這樣嗎？一旦「得其環中」、「照之於天」，樹立這般人生目標的道理，很容易明白。「忘年、忘義」，變得愈來愈不在意外貌，越來越不在意自己耳目執著的是非，或是別人耳目、口水裏的是非。

「振於無竟」，這個「振」，王叔岷先生引用的注解是「止」的意思。生命停憩在「無竟」，不在意對外物的追逐，將生命棲止於一般人看不到的地方。那是個什麼樣的地方？當你在「其神凝」的時候別人不知道。當你雜念變少的時候別人也看不出來。你是一個心胸非常寬闊、很大器的人，還是一個錙銖必較，千秋萬載都記得別人錯誤，自己的好處也牢牢記得的人？這些特質與生命追求若沒有近距離相處是不容易看到的。所謂的「無竟」，是把整個生命的重點投注在生命陶養、投注在內在心靈。根據日本學者湯淺泰雄的說法，東方修鍊裏所有的身體訓練都是為了幫助心靈達到更高的境界。身體與心靈有一個共同邁進的目標，把生命寄託、寄寓在「無竟」，修養一般人看不見的內在心靈。

〈齊物論〉從「形如槁木」、「心如死灰」，到「樹之於无何有之鄉」、「振於無竟，故寓諸無竟」，對於莊子的追求，我們應該已經有一定的掌握了。

罔兩問景曰：「曩子行，今子止；曩子坐，今子起。何其無持操與？」景曰：「吾有待而然者邪？吾所待又有待而然者邪？吾待蛇蚹蜩翼邪？惡識所以然！惡識所以不然！」

接著是〈齊物論〉「惡乎知之」部分的最後一段。〈逍遙遊〉說：「彼且惡乎待哉！」我們可能會疑惑，如何才能無待？誰能無待呀？你今天要吃飯才能活下去，不就是有待於食物？為了上學不要遲到，所以搭計程車，不就是有待於計程車嗎？莊子如果遇到這樣的質疑，會怎麼回答？年輕的時候我打辯論，在辯論場上一定要預先準備盾牌，去抵禦所有可能會攻擊你的矛。別人會如何揣想質疑，所以莊子就先備好「罔兩問景」這段寓言故事。什麼叫「罔兩」？在大太陽下注意看自己的影子，影子外圍還有淡淡一圈影子，那就是「罔兩」，影外微陰，也就是影子的影子。罔兩問影子說：「曩子行」，「曩」是往昔、從前，之前你還在走路，「今子止」，現在怎麼停下來了？「曩子坐」，之前你坐著，「今子起」，現在怎麼站起來了？為什麼你的行為舉止沒有固定的規範？相較於儒家，《莊子》真是太自由了，他沒有提出很具體的行為準則。好多學者、注家，包括當代的錢賓四先生都覺得，沒有讀過儒家經典並不合適讀《莊子》，因為《莊子》有太多思想源自對儒家思想的反省，如果沒有好好讀過儒家經典，只看了《莊子》便以為掌握莊學全貌，很可能已失根而仍不自知。我非常同意這樣的說法。我們知道儒家最喜歡講天經地義的常道，這一段顯然是莊子對於不可動搖的天之經與地之義、不分時地均需恪守的言行規範提出一些質疑。

學過《禮》就知道，儒家對日常生活中的一切行為舉止都有一套固定的規範。孔夫子說「席不正，不坐」、「（肉）割不正，不食」。我讀研究所的時代，國文系所的研究生對「禮」講究得不得了，只要到餐廳吃飯，一定知道老師會坐在面對門、背牆壁的位子。「主人執醬」，餐桌上如果有醬油瓶，只有飯局主人或待會兒打算出錢的人才能幫大家斟醬油。儒家的世界裏，這些規矩鉅細靡遺。

如果你還不清楚，回去讀一下《禮記．曲禮》，我當年讀博士班專書考試選考的就是

《禮記》，因為我的碩士論文指導老師是研究《三禮》的周何老師。我讀〈曲禮〉，覺得最有趣、印象最深刻的一段是：為人兒女經過爸媽的房間必須小跑步，因為不能偷聽爸媽聊天。我以前備考的時候覺得古人規矩還真多，如果細讀過這樣的儒家經典，就會知道莊子為什麼要講「何其無持操與」或「何其無特操與」了，行為舉止好像沒有固定的規範，總是變來變去。跟儒家相比，莊子的規矩實在太少，只講求「其神凝」、「形如槁木」、「虛室生白」等心身操作的基本原則，自然可能會被很講規矩的人質疑。

影子的影子就問了：「你怎麼變來變去沒有固定規範啊？」影子回答：「吾有待而然者邪？」我這算是有待嗎？我沒有期待一個人走到陽光下，製造出影子啊！「吾所待又有待而然者邪？」而我憑藉來產生影子的人，又可曾期待著陽光或者燭光投照在他身上？沒有啊！一切都是順其自然的。

「吾待蛇蚹蜩翼邪」，我可曾等待過？就像蛇未曾等待牠身上、肚子上具備讓牠得以爬動的橫鱗。蛇心中有上帝的概念嗎？牠說過：大神啊，一定要記得給我生橫鱗，這樣我才能往前爬嗎？並沒有，牠一出生，肚子上自然就有橫鱗了，就像蟬出生就有翅膀一樣，都是順其自然。「惡識所以然」，有時候我們不知道事情為什麼會這樣，「惡識所以不然」，也不知道事情為什麼不是這樣。學《莊子》以後，盡人事而後聽天命。你覺得什麼好，便告訴覺得可能有益於他的人，接不接受，對方是自由的，而最後結果如何，你都能心平接受。而不是說，我給你這麼好的建議，你怎麼不接受啊？不要有這樣的執著。你只要盡力，盡力之後，一切就是自由的了。因為歸根反本、盡心盡力之餘，一切都只能順其自然。

「惡乎知之」這個大段落結束了，它開始在王倪老師的「四問四不知」，從覺得這個老師好像很無能，到最後發現他其實是要收攝到生命最根本、最根本的地方。

◆◆◆

這個段落結束，提供兩個問題供各位思考。

第一，一天二十四小時，一輩子兩萬餘天當中，你可曾想過，什麼是你長久堅持、持續投入的？有沒有留意過，你所堅持跟投入的事情（當然也可以是愛一個人），它是怎麼樣影響你的心身能力？是讓你越來越好？還是它越好，你就越糟？

第二，你習慣用什麼樣的態度來面對變局？

面對變局，你真的要以自己身心為最重要的考量。莊子筆下這些達到生命理想典範的至人是怎麼樣面對變局的？是非常儒家的、「不信春風喚不回」的聲嘶力竭、勉力為之？還是時時刻刻致力保持處變不驚、順其自然？如果你整天都注意你的心，讓它保持舒暢、不要有多餘的念頭，覺得不開心了就讓念頭關機，當然就容易心平氣和、保身全生。

所以莊子要強調的是一種異於儒家傳統的價值，價值觀不一樣，看待一件事自然有完全不同的看法。生活的背後是一種哲學，哲學的觀照是一種生活，我們在這個有點累人的時代，讀《莊子》是有必要的，因為我們可以讓自己的心靈多休息，多蓄積生命的能量，不要像松鼠跑鐵籠一樣浪費很多力氣，思慮不斷耗散生活卻常仍在原地打轉。這絕對不只是《莊子》的道理，《黃帝內經》中說：「思想無窮，所願不得。」思慮太多會導致津液匱乏。要讓自己的津液不匱乏當然可以吃補藥，可是你更可以減少思慮，不花一分錢便有更好的效果。所以丹道稱真陽之氣為「大丹」、「大藥」，因為丹藥就在自己的生命當中。當你去主宰你心靈的時候，你的免疫系統會增強，就像一個強大的藥廠在你的體內開始重新正常運行。你會變得更有精神，更能好好運用短暫的一生，去做你更想做的事。

齊物論——伍

莊周夢蝶

我是誰？誰是我？

昔者莊周夢為胡蝶，栩栩然胡蝶也，自愉適志與，不知周也。俄然覺，則蘧蘧然周也。不知周之夢為胡蝶與！胡蝶之夢為周與！周與胡蝶，則必有分矣。此之謂物化。

「昔者莊周夢為胡蝶」。

這個「昔」字，很多注家解釋成「夕」。夜裏，莊子夢見自己是一隻蝴蝶。歷代注家有人批判李商隱，說李商隱〈錦瑟〉詩「莊生曉夢迷蝴蝶」的「曉」是個錯字，明明是夜晚作夢，怎能說是「曉夢」呢？我想這樣說是太挑剔了。如果我問：「你昨晚幾點睡啊？」應該沒有人會糾正我說：「不是昨晚，是今早，睡的時候已經超過十二點了。」所以對「曉夢」、「夕夢」不必太過苛責。

有一天夜裏，莊周夢見自己是隻蝴蝶，一隻「栩栩然」的蝴蝶。「栩栩」兩個字，注解說是生動、欣悅，一隻好開心的蝴蝶。蝴蝶為什麼開心？蝴蝶不懂，你懂。想想你今天早上幾點起床？醒來的那一剎那很想再睡，但看到鬧鐘的時間不得不起床。可是蝴蝶早上不用趕上班時間啊，當然也不必考試，那是人類的愚蠢行為。這樣一說，你就了解蝴蝶的快樂了。

蝴蝶好快樂，為什麼快樂？「自愉適志與」，「愉」就是「悅」。「適志」指的是順應自己的心意，每天睡到自然醒，起來愛吃什麼就吃什麼，想去哪就去哪。這麼開心的蝴蝶，「不知周也」，莊周這名字，蝴蝶連聽都沒聽過，那是誰啊？叫什麼名字、有沒有名，蝴蝶完全不上心。就是這樣一隻快樂的蝴蝶。

可是，「俄然覺」，不一會蝴蝶醒了，夢裏是蝴蝶的蝴蝶醒了，醒了蝴蝶不再是蝴蝶，「則蘧蘧然周也」。「蘧蘧」是「驚動」，是眼睛睜得很大、有點害怕的樣子。醒來以後發現，自己怎麼還是那個在滾滾紅塵當中，必須小心翼翼才能活著的莊周？

教《莊子》多年，感覺每過一年，我們所置身的世界就更容易讓人瞭解，為什麼莊周會是「蘧蘧然」的莊周。我們的世界有很多的戰爭，拿刀槍的、不拿刀槍的，發生在國與國、人與人、人與自然之間。生存其中，就不得不遭遇種種艱難，須小心翼翼才能保全自己。但我們要問的是：「不知周之夢為胡蝶與！胡蝶之夢為周與！」到底是莊周睡著的那一晚太美好了，夢見自己是快樂的蝴蝶？還是其實牠本就是蝴蝶，只是作了一個好長好長的夢，夢見自己是有點窮困，連鞋帶都無暇繫好，臉色疲憊憔悴的莊周？在夢裏面，莊周還交了一個叫惠施的好朋友，前去拜訪好朋友，反而被誤會是要來搶朋友的宰相之位。這個好長、好長的夢，到底只是蝴蝶偶然的一場夢呢？或者我真的是莊周呢？

最後，莊子告訴我們，世間的人總會覺得，莊周跟蝴蝶一定是不同的，這叫「物化」。

當人這麼想人的存在，人，已經不再是一個萬物靈長、死生相續的人了，而是一個物，只能接受物理的變化。在現今科學時代，我們怎麼樣認識愛因斯坦？我們知道愛因斯坦哪一年誕生、哪一年死亡，哪一時刻開始、哪一時刻結束。可是在過去，並蓄儒釋道的東方思想是如何去認識一個生命的？如果讀東坡全集，你會知道蘇東坡很愛陶淵明，愛到寫了很多效陶詩、和陶詩，甚至寫下「只淵明，是前生」。東坡說，生命若真有轉生輪迴，自己的前一輩子肯定就是陶淵明吧。可見東坡對陶淵明有多麼傾心！但這樣的一句話也使我們了解到，古人並不覺得一個生命的結束就是徹底地終結，而是有永恆的靈魂依舊存在。在〈齊物論〉的最後，莊子讓我們能「齊死生」。在下一篇〈養生主〉裏面，會更明白地點出莊子對於生命的看法。

〈養生主〉末句寫道：「指窮於為薪，火傳也，不知其盡也。」他說：你以為你死了嗎？在我看來，只是薪柴燒完了，但火還會找另一塊薪柴，繼續燃燒下去。〈齊物論〉的任務，是讓人對於這個世間無法承受的一些重能夠看得更輕靈，包括生死都能夠視死如歸。這段落結束以後，我想帶領各位去思考兩個問題。

第一個問題是，你是否曾經自問：「我是誰？」其實這個問題非常有意思，尤其在我們閱讀歷史的時候。在我閱讀中國文化史上我最愛的一個女子——林徽因傳記的時候，我會這麼想：我為什麼在這個島嶼看林徽因？當我在臺南出生、在臺灣長大，以我的生活經驗、用這個隔著海峽的距離到底能不能從林徽因的角度看林徽因？如果我是民國三十八年前後出生在海峽對岸，留在那裏的我會用什麼角度來閱讀林徽因呢？如果我投身在這個世界時不是民國，不是當代，而是宋朝，在蘇東坡的年代，那我現在什麼都不必想。我是一個不識字的女人，可能每天只知道繡繡花，然後唯一的才藝是彈彈琴吧？那就是我的一生了。所以，我是誰啊？投身在不同的時間、空間，不同時空中不同的制度、文化，還有身邊不同的擦肩而過的人，決定了「我」完全不同的一生。

第二個問題，希望各位思考的是：「他，是誰啊？」你習慣怎麼樣對待一個人？怎麼跟一個人互動？請想想：如果這個人的性別、容貌，職業專長、或者頭銜都改變了，不變的只有他的心智、個性跟他的感情，你的對待會因此而有所不同嗎？多多少少，人都會因為一個人的頭銜、一個人的位置、一個人的長相甚至一個人的裝扮對他態度有別，莊子說：「這都是你的固執啊！」莊子要我們剝掉在意一個人是「君乎，牧乎」的成見，不要因為他的身分是放養牛馬的人或是君王，而瞧不起或看重、景仰那個人。當你的價值跟莊子慢慢合一的時候，你會注意、知覺到一個人的心靈世界、心靈境界是什麼樣子。一個人是為了什麼而服務他人？有權就有錢，有錢就可以買權，是為了這樣的理由？還是為了「為天地立心，為生民立命，為往聖繼絕學，為萬世開太平」？這兩者是完全不同的。可是在當代的文明世界，我們慢慢忘記了這世界上還有後者。忘了身為萬物靈長的人可以出來為很多人謀福，真的就只是為謀福，哪怕自己可能因此而更窮困、更辛勞或被他人曲解，都歡喜承受、甘之如飴。莊子是在提醒我們，身為一個人最重要的意義與價值。

養生主

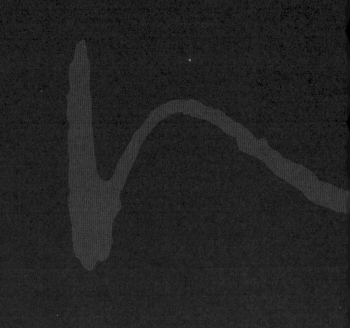

養生主——壹

生也有涯

有限生命，
為了什麼求知？

養生，為什麼需要養生呢？

當代人說"You are what you eat"，你吃什麼就會變成什麼，似乎訴說了糧食對我們非常重要，但這重要性我們往往會忽略。昨天我親愛的助理到我家來工作，不得已，帶了她的狗，她為了儘量不干擾我的生活，就拿一條鍊子把狗拴住。很巧，她的狗跟我的狗品種相同、長相類似，起初牠們和平地相處，但就在我打開狗飼料分給我的狗那一時刻起，助理的狗只是聽到飼料袋發出的聲音就開始在助理腳邊哀嚎，那種屬於柴犬特有的動人哀嚎。那一剎那，我想到「養生」，糧食絕對是非常重要的東西，可惜它有限。我們都知道限量是殘酷的，食物有限，在這世上人們想要的東西都非常有限，於是人也會像那兩隻狗一樣你爭我奪。昨天在牠們短暫的際會裏，助理那隻少壯的狗快速壓制、乘駕在我這隻衰老的狗身上，我的狗顯得非常無助。這是狗生，其實不該是人生。

人之所以為人，儒家認為應該有不同於禽獸的特質。孔子說「仁義」，孟子說「惻隱」、「羞惡」、「辭讓」、「是非之心」，因為有這樣的心，《論語》、《孟子》被奉為經典，教導人們萬世不易的道理，適用古今中外。如果人，所有的人，都像我跟助理的柴犬一樣過活，每個人都可以因為自己的欲望犧牲別人，詐取強奪，那世界肯定大亂！對整個中國文化而言，儒家思想可說是黎明來臨的第一道曙光，在曙光之中，儒家講「恕道」，所謂

「恕」就是「如心」，就是將心比心。好比我想吃健康的食物，就不好意思把不安全的、有毒的食物分給助理吃。或者應該說，我想吃健康的食物，所以我也理應把最好的食物與友朋分享。

但是，在儒家實踐「修身、齊家、治國、平天下」證明人之所以異於禽獸的過程中，不斷地強調：治天下、治天下、治天下！如孟子所言：「生，亦我所欲也；義，亦我所欲也。」但是當「二者不可得兼」時該怎麼辦？「捨生而取義者也」。這樣的文化帶給儒家文化圈的深刻影響，我們往往循行其間而不自知。我觀察我的學生，或許自認對只節選四書文本的《中國文化基本教材》沒什麼深厚的情感，但做出來的行為卻往往恰合於儒家文化。比方說，我常苦勸我親愛的學生早點睡、三餐正常、多照顧自己一點，他們好難辦到。但當洪仲丘事件一發生，他們就怕無人響應、就怕網路上雖有萬人按讚、屆時卻只一人到場，就放下手邊正忙的事、甚至連衣服也沒拎就去了，更別提太陽花學運了。他們認定天下事是教人義無反顧的事，「風聲雨聲讀書聲，聲聲入耳；家事國事天下事，事事關心」。不只是孟子跟深受影響的我的學生如此，可還記得中學國文課本中讓許多學子難忘的名文林覺民〈與妻訣別書〉：「意映卿卿如晤，吾今以此書與汝永別矣！」「吾作此書，淚珠和筆墨齊下。」數十年過去，我依然記得初讀此文的感動，這何嘗不是儒家思想滲入骨髓儘管被影響者猶不自知的表徵。

有不少著名的學者：明末清初的覺浪道盛、方以智、方以智的學生興畜或當代的錢賓四先生，他們都看到《莊子》思想的一個特色：若你還沒有讀儒家經典，可能不太合適讀《莊子》。因為《莊子》很多思想其實是在跟儒家對話，甚至於是在補偏救弊，預防知識份子、甚至人人都學儒家捨生取義——屈原怎麼死的？讀過《楚辭》的人都知道。

民國著名建築師、詩人林徽因，生長在海峽對岸。當她的兒子還坐在母親懷抱中時，眼看日本人就快要打下四川了，於是仰首問母親：「媽媽，如果日本人打進來，那我們要怎麼辦啊？」林徽因是這樣回答的：「孩子，古來的文人，自有一條出路，我們家前面不就是揚子江嗎？」梁從誡後來在回憶錄裏面寫道，那時坐在母親懷裏的他真覺把他抱在懷裏的那個人不是他的母親，而是個充沛著中國知識份子氣節的文人。難道我們還感受不到儒家文化的強烈影響嗎？莊子，就在那個時代出現了。

人類有很多災難，第一個災難是大家為了利益巧取豪奪，比如喪盡天良地賣給同胞一些吃起來一樣、其實完全不一樣的東西，如果缺乏儒家文化的薰陶影響，世界將會有更多這樣的人、這般匱乏萬物之靈特質的人。但當知識份子受到儒家文化深刻影響，有一種人出現了，因為世界實在太黑暗，所以他就為了成仁取義而跳河、犧牲自己了。燃燒自己照亮別人變成一種非常偉大的情操、士人仿效的典型。一如鐘擺原理，莊子思想正是在儒者執著於治天下、為天下而取義捐軀的時潮中，提醒大家「反本全真」的重要，這就是莊子思想的誕生。所以莊子講「養生主」，要提倡的不再是要怎麼謙讓、要怎麼分配糧食的問題，而是要提醒每一個人，當我們為天下服務、為別人燃燒時，有一些跟天下一樣重要、甚至於更重要的東西，你還是要重視的！

知也无涯——
求知途中，心身理當益發充實富足抑或倍感困倦疲累？

接下來談到的是「吾生也有涯」的「養生主」。

生命是非常有限的，有限的壽命。可是還有件事我們通常不太願意面對，那就是我們的稟賦也是如此地有限。面對、承認自己稟賦的有限能使你成為謙卑的人，有什麼不懂就去請教別人，終其一生都能像個學生一樣樂於學習。一旦不面對、承認一己稟賦的有限，懶得去求知、不齒問別人，甚至自我感覺自己就是全世界最優秀的人，這樣只會範限自我生命的發展、拒絕更好的可能。既然生命的長度和稟賦都那麼有限，倘我們卻還有著無限、過多的追求，那不是很糟嗎？

吾生也有涯，而知也无涯，以有涯隨无涯，殆已。已而為知者，殆而已矣。

讀到這各位心中可能疑惑：為什麼莊子說「吾生也有涯，而『知』也无涯」？為什麼不說「吾生也有涯，而『欲』也无涯」？很直觀地，我們都知道欲望是無窮無盡的。試想「飲食男女，人之大欲」不是嗎？歷代的《莊子》注疏家同樣注意到這點，所以特別闡明，人們一生中的想望有的屬於「性動」，也就是屬於本能的欲望，有的則屬於「智識」。性動的追求就好比吃飯，再餓、再饞，能吃得下就那麼幾碗，也就是屬於本能的欲望再怎麼貪婪都仍有限，但智識就不同了。倘若有人說：從不覺得智識是無止盡的追求，書讀兩個小時就累了，那可得究明「知也无涯」的「知」不單指讀書，而是包含一切動腦、精神的活動。

像是新聞報導過有人追劇，每天收看十個小時，連續兩週就中風了。為什麼一天會看十小時，連看兩個禮拜？臺灣當然也不是只有耽看《後宮甄嬛傳》和沉迷線上遊戲的人，還是有把寸陰當寸金的好學青年。有朋友在中研院工作，眼看已經罹患三高——高血壓、高血糖、高血脂的症狀，健康狀況不妙，很需要運動。有天遇到他，我說：「欸，你是不是該多做點運動？」他卻回答：「我哪有時間啊！我一天要寫多少字的論文，你知道嗎？」有一種東西它可以是無窮的，就是人的念頭、思慮和煩惱！有一首歌叫〈無底洞〉，人在知識上的追求也彷彿一個無底洞，已經不斷追求、不斷追求，總仍覺不夠、不夠，總還少那麼一點。而念慮的產出沒有底線，人可以不斷地動腦、不斷地思考、不斷地煩惱。針對這點，莊子告訴我們養生之先最重要的就是明白「知也无涯」！

「知也无涯」比無涯的欲望還可怕，因為一旦陷溺就不知停止、不知回頭，因為永無飽足的時候。但你如果仍執意「以有涯隨无涯」，拿有限的生命去追逐、去填補那個永遠填不滿的無底洞，或用有限的生命去追趕那永遠在升級、永遠在開發、永遠不斷要你掏出錢來的電玩，當然都會疲憊不堪。「已而為知者」，倘使已經疲憊不堪，卻還不知休止、繼續奔逐的話，那身、心受損的情況就會陸續發生，最後只有勞累致死一途——「殆而已矣」！這就是為什麼莊子在〈養生主〉一開篇要跟我們談「知也无涯」，因為智識的追求可能是對生命相當大的斲傷。我們一輩子花多少時間求學？從幼稚園、小學、中學一直到現在，能坐在一流大學教室裏的相信大家都很用功過，若將部分求知的時間拿來運動一天三個小時以上，像生病以後的我，我想現在坐在我眼前的你們絕對不是這等書生模樣而已，我甚至該感覺面對的是梁山泊的壯碩英雄。當然諸位現在身體也許還沒什麼大問題，但再過幾年呢？

緣督以為經——

學習道家傳統中頂天立地的姿勢。

為善无近名，為惡无近刑，緣督以為經。可以保身，可以全生，可以養親，可以盡年。

〈養生主〉這一篇要談養生的問題，所以先談什麼事最容易斲傷生命，接著就談養生。養生要怎麼養呢？「為善」，歷代注家的解釋多有不同，我採取覺得最合理的，就是「善於養生的人」。莊子說善於養生很好，但是「為善无近名」，千萬別因益生長壽而召來名聲。道家一向覺得名聲這東西離自己越遠越好，「人怕出名，豬怕肥」，尚未出名的人不了解一旦出名有何缺點、會失去什麼、會為什麼所累。人出名了，要用掉多少時間、精力去交際應酬？得做許多本來可以不耗費生命能量、可貴光陰去做的事？

漢代高士韓康有一首詩說「逃名始得以名留」。道家傳統對於出名是排斥的，不希望受盛名之累，不想讓盛名斲傷生命。那既然怕出名，是不是就可以「為惡」，隨便養生、不重視養生？莊子卻又提醒我們切莫不善養生到接近「刑」責的地步。「刑」是指任身心像受到刑罰一般地損傷。古代的刑罰挺殘忍，不提五馬分屍了，就講刖刑，砍掉一條腿；講黥面，在臉上或額上刺字好了。回想這些刑罰覺得還真不人道，但在當代，有多少人不也是這麼不人道地對待自己？直到有一天自己的身體必須截肢、失去健康、失去臟腑，再也回不到原來的樣子，才後悔沒早早回頭。所以莊子說「為惡无近刑」，提醒人切莫忽略養生到讓自己的形骸受到損害。

既然談養生，且篇名叫「養生之主」，那養生最重要的一件事會是什麼？在第一段就揭牌了：「緣督以為經」！

我之前發表一篇論文〈「守靜督」與「緣督以為經」——一條體現《老》、《莊》之學的身體技術〉[1]，用三萬多字的篇幅究明「緣督以為經」，因為這是個過去華人學界、東洋學界都少人聚焦討論的身體操作。這是在我考上博士班、比較當一回事地練拳，並研究《莊子》十年之後，才發現：「緣督以為經」這句話，不就是太極拳講的「頂頭懸」、「尾閭中正」還有「豎起脊梁」嗎？怎麼習拳十年、讀《莊子》十年才發現呢？許是因為之前少人

1 蔡璧名：〈「守靜督」與「緣督以為經」——一條體現《老》、《莊》之學的身體技術〉，《臺大中文學報》，三十四期，二〇一一年六月，頁一—五十四。

說，又怕只單文孤證，不足為信。幸好《莊子集成初編》、《莊子集成續編》蒐羅的百餘位歷代《莊子》注家供我方便探索此說是否在訓詁的脈絡中前有所承，方得以開展將「緣督以為經」視為首要身體技術的研究。

「督」指的是「督脈」，「督脈」的所在用解剖生理學的語言叫「脊椎骨」，用皮拉提斯的語言叫「身體中心線」。「緣督以為經」揭示：只需要把與生俱來的沿著脊椎上行的「督脈」作為日常生活行、住、坐、臥的準繩，在清醒時刻隨時維持它垂直地表的狀態，隨時保持這樣，就能養生於時時刻刻。

我看過一部武俠片《方世玉打擂臺》，劇情大概是：方世玉的爹爹不希望他走武道這條路，從小只叫他讀四書五經。可是到底是武學世家，所以就讓他在讀書的時候把辮子吊在樑上，隨時維持「頂頭懸」的狀態。就這樣，方世玉每天讀書都坐得十分端正，可他從來沒機會額外學習武術。直到有一天爹、娘不在，卻有仇家找上門。這方世玉雖然沒練過武，但憑一腔俠義之氣就衝出去想保衛家園，沒料到仇家竟就這麼被他打飛了！這橋段要如何解釋？又反映了怎樣的傳統身體觀？許正因他每天「緣督以為經」，真陽之氣通透，以致大功告成，自己卻渾然不知。只要清醒時刻隨時維持「督脈」的筆直，別駝脖子、駝腰背或前傾後倒骨盆，就能讓身體狀況有驚人的進展。電腦普及後最常看到的不良姿勢就是駝脖子，生而為人就此把頂天立地的「大」字駝成夭壽的「夭」字。

去年我班上有一位每堂課都坐在二、三排的男同學，我站在講臺上，從來以為他的身高應該跟我不相上下就一六〇出頭，因為他總是坐著、駝著，頭都溜到快齊平桌板了。因此當他第一次到臺前來問問題，我嚇壞了，原來他身高超過一八〇。後來我才得知這位同學因為高中的情傷，上大學後心情始終好不了。後來因為修《莊子》課，作了每天習練「緣督以為經」的作業，半年之後，他告訴我當脊椎骨打直之後，心情居然就此變好了，這個改變連他自己都很驚訝。

練習「緣督以為經」的好處又何止於此呢，莊子說「可以保身」，可以因此保住、保全身體。也許之前只是「保身」聽起來不算什麼，但現在，在這個每三點五個人就有一人罹癌的時代，保住身體有多珍貴不言可喻。可光是保住身體就足夠了嗎？或是擁有完整的生命、無憾的人生才是最重要的追求呢？我想，所有人在小學都寫過「我的志願」這類作文題目，無非是預期達成人生最想成就的目標。莊子說，只要能「緣督以為經」，不只可以保全身體，還可以達成人生的目標、擁有完整的生命，做到「全生」。

如果你跟我或多數人一樣，不只是要自己能吃好、睡足、日子過得好，好好地奉養雙親，行有餘力還想照顧其他的親友，莊子鄭重地告訴我們，唯有做到「緣督以為經」，才能完遂孝順這種人類特有的珍貴德性。我養了一群貓，貓妹妹在吃飯的時候常霸住飯碗不讓，牠母親在一旁乾等，這絕非人類所為，是不？

若有人質疑孝順與「緣督以為經」間的關聯性，想必是過得非常幸福，父母一定都還很健康。最近有學生家長身體違和，我才意識到在少子化的時代，父母親一旦生病，子女真是辛苦，不僅得有一定的經濟能力，備好醫藥費以及健保醫療之外所需的看護費、營養品費，還想多陪伴、多做營養好吃的調養、補養品給父母吃，這一切都不只需要財力、更需要體力！做到「緣督以為經」才「可以養親」，指的就是這種情形。

當然，有人對生命有更高遠、豐富的憧憬，想要「盡年」，也就是「終其天年」。再拿寵物當例子，當買下、或領養一隻貓、狗的那天，就應該知道牠的一生大概能活多長了吧？大約是十來年。但面對自己的身體你可曾這樣想過？上天、父母所賜予的身體，這個機器究竟可以運轉多久呢？會不會正常使用、操作的情況下它是能使用百年，但卻因為長期的疏忽、傷害，導致八十年、甚至不到八十年就壞了呢？「天年」到底有多久？莊子說，做到「緣督以為經」，才能善盡身體可以達到的年壽。

當然，活著不只是活著，一生當中，每天都是一場奇幻旅行。旅途中有很多珍貴的緣分，會遇到好多精彩的事物。許多人考上大學後，最愁的不是要參加什麼社團、修什麼課，而是這麼多課都想修、這麼多社團都想參加，扣掉寒、暑假期不過一千日的大學生涯到底要挑選哪些、把握住哪些？可是萬一你身體無法保全，那就什麼都成妄想了。所以莊子說，能做到「緣督以為經」，你不僅「可以保身，可以全生，可以養親」，還「可以盡年」。

「生也有涯」這一段，有兩個問題提供大家思考。第一個問題是如果可以選擇的話，你想擁有哪一種身心情況？是到死都保有全身的官能臟器，沒有殘缺；還是覺得這樣不夠，希望具備能達成人生核心目標的體能；或許這樣還不夠，你希望無論親人安康或貧病，你都有餘力悉心養護照料；又或者你認為這樣還不夠，你希望尚能夠充分享有、發揮天賦的年壽，而且從不會心有餘而力不足。如果你可以選擇，而且選了就能成真的話，請問你會選哪一個？

第二個問題是：為了達到前項選擇的身心情況，你是否已經付出相應的努力，作著相應的功課，修習相應的工夫呢？你每天的運動量、鍛鍊自我身心所花費的時間或注意力，是否足夠？如果不足甚至沒有，今天起大家就要好好努力了，我們共勉。

養生主——貳

庖丁解牛

《莊子》書中的職人條件

「庖丁解牛」這故事大家都很熟，有一個人很擅長支解牛，它的意義到底是什麼？「庖丁解牛」這一段，是《莊子》書中我花比較多時間才能徹底掌握的一段。

庖丁手上握著一把屠牛刀。就像你我手中，不管是今天或明天，或許也都會擁有一項專業。當代人看待專業，就只是專業，它可以無關乎心靈，更未必得要求具備什麼德行。有時候我們看一個人叱吒風雲、卓犖眾人，數月來才在電視上常常跟他見面，風光無限，可是來春就傳來他嗑藥潦倒或者英才早逝的消息。我在臺大有不少讀電機學院的學生，心目中有一位偶像叫溫世仁。期許自己將來能跟他一樣傑出，更希望在成就大事業的同時也能捐資幫助在地的科學教育與藝文活動。非常好！可是這麼有理想的人居然只活到五十五歲就溘然長逝了！或者眾多年輕人心目中的英雄、被千萬使用者奉若大神的賈伯斯，他做到iPhone 4S就過世了。假使他少喝點咖啡，沒得胰臟癌，能活到九十歲出品iPhone 30、40，那又會是何等精彩！

但莊子看待專業的眼光不同於當代，他視專業為一個人心身能力的具體延伸。這種看待專業的態度跟儒家傳統或中國文學傳統非常地相似。只是莊子的核心價值主張「反本全真」，以凝定心神、磅礡真氣為生命的核心追求。但再怎麼重視心身修鍊也要吃飯才能活，你為何有飯吃？通常就是仰賴你的工作，心靈與身體於是寄託於某種職業之中，而不得不投身的職業就成為檢視、驗證心身造境的最佳試金石。從職業表現的進退，你可以觀測自我心、身能力的消長，觀察自己在專業技術層面是否能跟心身體道里程同步升進。所以在「庖丁解牛」的故事中，庖丁手上的刀不只是刀，還是庖丁心力所及的表徵。

一臺電腦可以用多久？一臺電腦跟我一樣用三五年以上的人都算得上節儉，能頻繁使用六年以上的只有極少數人。可是在職業生涯中，折損的絕對不僅只是你的電腦、你的器械，常常更耗損你日益失去平和的心神、焦躁勞神、頻頻熬夜以致過度燃燒的肝。刀子折損、電腦壞了可以丟棄、再買，可是傷透的心呢？再也無法康復的身體呢？很多病是會好的，有些病卻再也好不了，不要讓自己一步步走上好不了的那條路，一定要能回得了頭，一定要還有機會恢復！遇見《莊子》，讀這本書，它提供我們在生涯選擇職業時的原則，選擇一個允許心身能夠同步成長茁壯的專業。

每一個行業都有它應該掌握的「道」，每一種技藝都有其登峯造極、爐火純青之境。小提琴可以演奏出恍如身歷熊熊烈火、噼啪聲響之境。看烤鴨師父那片鴨的功夫神乎其技，教觀賞者無不嚱嘘讚嘆！選擇一個能長養身心能力的技藝、專業，並掌握那項技藝所需的專業能力、所蘊含之「道」，進而在你所掌握「技」中之「道」的漫長進程中，持恆地愛養「道」中之「心」，讓自我生命偕同專業能力一路同步成長。

我想大家對日本人這個頗具特色的族群並不陌生，雖然對中國並不友善，卻非常珍惜中國文化。不管你看過的是《中華一番》、《烘焙王》或是《灌籃高手》，都會看到與《莊子》如出一轍的「技」、「道」、「心」。前兩年，相撲選手朝青龍和幾位相撲力士訪臺演出，海報上就「技、道、心」三個大字。我每次看到這樣的日本人，都覺得他們太能掌握一個文化的真髓了。讓我們更珍惜自己的文化吧！

道進乎技——

讓心身與技藝同步升進。

庖丁為文惠君解牛，手之所觸，肩之所倚，足之所履，膝之所踦，砉然嚮然，奏刀騞然，莫不中音。合於《桑林》之舞，乃中《經首》之會。文惠君曰：「譆，善哉！技蓋至此乎？」庖丁釋刀對曰：「臣之所好者道也，進乎技矣。」

「庖丁為文惠君解牛」，所有好看的表演，君王都要召來看一眼。一個叫「丁」的廚子到文惠君御前表演殺牛的技術。「手之所觸」，隨手觸摸牛的肌理骨骼；「肩之所倚」，肩膀順勢倚著牛體；「足之所履」，腳如何踩踏；「膝之所踦」，「踦」是靠住，膝蓋要怎樣抵住，無不展現最到位的手法、姿勢。庖丁解牛時觀眾聽到怎樣的聲音？造訪臺北的發源地大稻埕，到迪化街布店買布，這對成衣業高度發達的現代人而言也算是稀有的經驗。顧客選好布料後，店家通常只用剪刀輕輕一剪，接著順勢往前一帶，「唰」一聲布料就這樣劃開了。我小時候做家政，覺得「唰」這聲聽來好過癮，每次買布就會故意多買一點，想學店家一樣「唰」一聲剪開，可剪刀怎麼就難以推進？可見店家要多熟練才能如此俐落！

殺牛俐落的達人殺牛之時，也跟剪布達人剪布時一樣，會發出「霍、霍、霍」的奇特聲響，「霍」是個狀聲字，形容牛肉掉落的聲音。「奏刀騞然」，「奏」是「進」，每次進刀，都聽到「霍、霍、霍」的聲音。「莫不中音」，解牛時所發出的聲音居然沒有一次不合節拍。我有一次看《中國達人秀》，瞧見一位看似舞技平平的男子，只見跳舞時在鞋底沾漆，一支舞跳完，地板上竟踩踏出一個斗大的漢字，這就是達人之技啊！君王為什麼要看殺牛？君不聞每一聲「霍、霍、霍」都落在節拍上，知道驚人之處了吧！

「合於《桑林》之舞，乃中《經首》之會」，殺牛發出的「霍、霍」聲響居然對得上商湯時代的樂曲《桑林》、合得上堯舜時代的樂曲《經首》。殺牛還能舞動節奏、富有韻律感，真是太了不起了，難怪君王聽了開心，觀後不禁發出「譆」聲，這個「譆」並非嘻笑，而同於李白〈蜀道難〉「噫吁嚱！危乎高哉！蜀道之難，難於上青天」的「嚱」，是慨嘆之意。「善哉」，太好了！太了不起了！「技蓋至此乎」，「蓋」的字義同少艸字頭的「盍」，意思同何必之「何」，是假借字。讚歎庖丁的技術為何、怎麼能夠達到這樣驚人的境界啊？我們接著看庖丁怎麼回答。

「庖丁釋刀對曰」，庖丁把刀小心放下，回答文惠君。為什麼要先把刀小心放下？可見對刀的珍惜，隨時要收藏得妥妥貼貼。「臣之所好者道也」，「道」這個字，在傳統文化中有非常重要而特殊的意涵。每項技藝背後都有「道」，古聖先賢一趟人生追求的也是「道」。儒家有儒家之「道」，莊子有莊子之「道」。「道」表示能遍及任何事物的道理，一如宋明理學家講的「太極」，有「理一分殊」、「月映萬川」的意思。庖丁說，可別看我只是個殺牛的人，我熱衷追求的是「道」！對於道的體悟，我希望能不斷、不斷地進展。談的既是《莊子》哲學，那麼庖丁之道當然也就是莊子之道了。庖丁感受到自己的思慮越來越少，心地越來越清明，身體越來越輕鬆、靈活。「進乎技矣」，日趨澄明的心、更加輕鬆靈活的身體，對道的了解與精進，當然也體現在殺牛的技術裏，使得他的技術跟著心身造境不斷升進。

遊刃有餘——

心靈之鋒，要如何在劈擊生活中諸多筋骨糾結處均無傷刀刃？

「始臣之解牛之時，所見无非牛者。三年之後，未嘗見全牛也。方今之時，臣以神遇而不以目視，官知止而神欲行。」

「始臣之解牛之時」，庖丁話說從頭，十九年前剛開始殺牛的時候，眼中的牛就跟所有生手看到的一樣，不過就是一頭牛而已，如果今天叫你我執刀試著去殺牛，初入行者誰看到的不是這樣呢？可是「三年之後」不一樣了，「未嘗見全牛也」。有幅圖你們可能也熟悉，多數燒肉店會有一張牛體解說圖，介紹什麼部位叫翼板肉、什麼部位是橫膈膜、牛小排。過了三年，庖丁一看，就是這個部位，切下去就對了！他能仔細而精準地辨分各個局部之間的差別，不同的部位要如何切劃、要怎麼支解，他分得非常清楚。「未嘗見全牛也」，三年之後不再只像初學殺牛時就看到一頭傻傻的、渾然不分的牛了！

你是否也有類似的經驗？我剛開始學習太極拳的時候，要記住「起勢」的動作，起初手肘要怎麼左右翻；這手掌緩緩提起提到多高時，你的手腕骨要剛好提到跟肩膀一樣高；然後手款款收回要收到不能再收，卻又不能收太緊、太用力；接著手掌垂放下來的過程手腕動但指尖不動，好像有人抓著指尖般腕慢慢垂放，感覺非常複雜。在初學的過程中，你得費神去注意每個細節是否都精準到位，時而用餘光偷瞄一下：手到哪兒了、腳到哪兒了，位置對不對？但等到練過百回千回上萬回、甚至數萬回後，打拳彷彿已是本能反應，什麼都不用想，自然而然就會這麼打。「方今之時」，十九年後，「臣以神遇而不以目視」，庖丁只要憑藉心神去感知牛體，不再需要靠眼睛看了。

我剛開始學拳的時候問父親：「爸，在房間擺個大鏡子，這樣鍊拳時看著鏡子就知道我手的高度對不對，這樣好不好呀？」「不行！」以前的老師都很好，只告訴你行不行，不會告訴你為什麼，因為不剝奪你自行領悟的機會。後來我才明白，打拳應該是像〈人間世〉說的「徇耳目內通」一樣，把眼耳等所有感官的注意力都從外界收回，向內去觀照自己的心、自己的氣、自己周身的筋絡關節是否都已放鬆，跟一般舞者的需求不同。因為整個注意力都在裏面，甚至閉著眼睛打，根本不看、不注意外面。庖丁最後很熟練了，能用精神去感知牛體。而今整個打拳的過程我就是在感覺我的手是不是消失了？是不是感覺就像沒有手一樣？這幾天趕稿坐久，原本消失的肩膀、脊椎，是不是又跑出來了？如果打拳的當下還感覺得到肩膀，那就注意肩膀絕不聳、不出力、更放鬆一些。就是這樣，用精神去感知牛體，不，是人體。「官知止」，不再需要憑藉雙眼去看高度到哪裏，也不再用感官去接收牛體的訊息。「官知止」，「知」是大腦的思考，「知止」是停止大腦的思考。鍊拳的過程，要讓念頭減到最少，最後只感受到呼吸跟注意力同步存在。「官知止而神欲行」，一切都內化成精神的本能反應，無須思慮就能自然而然地施展。我比較熟悉的可能是太極拳，其他事都還很需要張開眼睛，比方要開著眼睛炒菜，雖然我很喜歡做菜，但還沒到《料理鼠王》主角能閉眼做菜的境界。還很不行，所以我只能勉強湊合這個例子。

「依乎天理，批大郤、導大窾，因其固然。技經肯綮之未嘗，而況大軱乎！良庖歲更刀，割也；族庖月更刀，折也。今臣之刀十九年矣，所解數千牛矣，而刀刃若新發於硎。彼節者有閒，而刀刃者无厚。以无厚入有閒，恢恢乎其於遊刃必有餘地矣。是以十九年而刀刃若新發於硎。」

熟悉某項活動的人可能就會說：這種描述跟我從事該活動的時候一樣！「依乎天理」，一項活動、各種技藝、每門專業都各有其天理，學習既久有何難哉？可生手就是無法。我那天遇到高中老友，她跟我說：「璧名，我下一趟從法國回來，想到妳家學做菜，妳就教我一樣最簡單的吧！」我答應以後就想，到底什麼是最簡單的一道菜？後來我想最簡單的應該就是最需要的，因為最需要的一定會常常做，常常做也就成最簡單的了。所以來日我打算只教她一道菜，那道菜並非菜而是作法，叫做「煎」！我要在那天教會她煎所有可能會遇到的食材，用油的和不用油的煎法。只要會煎蛋，就會煎豆腐；會煎豆腐，就會煎魚；會煎魚，就能煎牛排；能煎牛排，就可以煎豬排。原則都一樣，道理很簡單。「依乎天理」，所有事情一旦能掌握、依循天生自然的道理就簡單，包括殺牛。

「批大卻」，「批」是「擊」。再拿做菜為例，有次學生來我家，我說：「做些菜來大家吃吧！」「做什麼？」「做烤雞腿吧，你們人多，儘量切小塊一點，食材才夠。」我請一個看起來手巧的男生幫我把雞腿拿去每隻砍成三截，猜想他常做難度甚高的細胞實驗，只簡單的切切割割應該沒問題。沒想到他砍雞腿時竟發出可怕的聲音，我邊聽他砍，邊想我心愛的菜刀命運即將如何，會不會他砍完就此缺少一角，因為他是「族庖」，只是普通廚子啊！如果是熟悉肌理的人，「批大卻」，便會覺得筋肉間的縫隙很大，每一刀劃進縫隙就「喀」一聲拆解了。「導大窾」，能引導刀子到「窾」，「窾」就是「空」，就是空空的沒有骨頭的地方。「因其固然」，順著牛體天生的肌理筋骨結構去運轉刀鋒。技藝純熟到這般境界，則「技經肯綮之未嘗」，就連經絡經過的地方都不會砍到，遑論「肯綮」，「肯綮」是骨頭跟筋肉連結的地方，技藝至此，太驚人了！「而況大軱乎」，就更不要講大骨頭了！古人說的「大軱」是指膝蓋或腳踝，怎麼可能砍到這麼大的骨節呢？那是生手才會砍觸到的。所以說，「良庖歲更刀」，好的廚子大概一年換一把刀。像我比較節儉一點，刀功雖不好刀仍是不輕易換的，可每年也得好好磨幾次刀，因為「割也」，我非庖丁，也只知道切割的基本方法，刀具仍會日月磨損。可是有一種人可能比我更不熟悉家事，那是「族庖」，普通廚子，「月更刀」，一個月就要換一把刀。就像我的學生只會劈砍，那把刀沒兩天就會有缺角，便不能用了，因為折損了。

可是庖丁啊，「今臣之刀十九年矣，所解數千牛矣」，殺過上千頭牛了。「而刀刃若新發於硎」，他的刀子還像剛從磨刀石上磨好一般，完好如新。我有個學生家裏開餐廳，上完「庖丁解牛」後來找我，她說：「我媽媽開的餐廳以前找了一位日本廚子，他好珍惜他的刀，每天晚上都要好好地琢磨。有一把刀他特別心愛，跟了他幾十年，本來是把很長的刀，現在竟只剩這麼短。」你知道庖丁多厲害了吧！用了十九年的刀不但沒有缺損、變短，還能像當年剛從磨刀石上磨好一樣地完好，簡直神乎其技！他是怎麼辦到的？他說：「彼節者有閒」，骨頭跟骨頭之間一定有縫隙。「而刀刃者无厚」，可是相較於這些空隙，刀刃不算厚。「以无厚入有閒」，把不厚的刀刃劃入有間隔的骨頭縫隙。「恢恢乎」，漸漸能覺得好寬廣啊，「其於遊刃必有餘地矣」，刀刃在其間揮動是能留有餘地的！

現在暫時忘掉牛跟刀的故事，想想生活中是什麼事情讓你心情不好？你生病，生了一個你難以承受或不太能接受的病？或者你的友情病了，這麼了解你的人竟然講出這麼冤屈你、這麼不了解你的話？或者最不想面對的，你的愛情變調了，你覺得著實難以接受？這些會讓人非常苦惱、會讓人心很糾結、心情很不好的事，其實就好像是把刀去碰觸到很多骨頭筋肉盤結的地方，使人很難全心而退。

什麼叫全心而退？這幾年臺灣的電視不是那麼好看，各種談話性節目非常盛行。有種節目會找很多明星，領通告費聊聊前塵過往。有些女星會在節目中向你揭示她千瘡百孔的心靈，歷歷細數自身是怎麼樣遇人不淑、怎麼樣受傷、怎麼樣失眠，我覺得非常不忍。觀眾可能還年輕、還幸福，無法感受這些滄桑，可是在節目鋪陳的脈絡下，你至少能體會一個人的心靈到了中老年，還要維持像赤子一般盈滿著希望與美好，那是非常不容易的。其難處不在於人生是順遂抑或波折，而是在於你有沒有學會這項技術。一旦學會《莊子》的心身技術，考驗來的時候你就會非常地謹慎以對。

當最容易惹你生氣的人即將靠近的時候，趕快把注意力釘死在山根、印堂或者丹田，面帶微笑地與他交談、應對，你會發現：他今天可能一樣講了激怒你的話，你卻覺得還好，折損不了你。你會非常開心，是一種戰勝昨日之我的感覺！

學《莊子》以前，覺得男朋友怎麼可以變心呢？要變心當初為什麼還來追求我？妳覺得變心不應該，就會非常難過。可是學了《莊子》以後就會覺得：要是他當初不追我，今天又怎麼能變心？我的愛情很珍貴，我要愛一個真正值得我愛的人，那個人應該不會是拋下我而變了心的他，那就這樣吧，不過就是男朋友，沒聽過下一個會更好、明天會更好嗎？但假若剛好，妳的他什麼時候不變心，偏偏在喜帖發了之後才變心，是想讓我丟臉嗎？但修過《莊子》，你會覺得雖然喜帖發了、昭告天下了，但至少還沒有送入洞房，感謝老天他挑選的時機沒有太糟！那萬一、萬一他變心時妳跟他已經結婚已經有小孩了，妳原本恨之入骨，覺得這負心漢也太狠。但修過《莊子》以後會想：我曾經很愛的人，而今留下一個比他更可愛的孩子，有他的優點卻沒有他的缺點，就放手讓那不再可愛的人走吧，留下一個純良可愛的孩子相伴，真好。如果、如果妳的他早不變心晚不變心，居然人到暮年才變心。《莊子》念得好的話，想法就更樂觀了！這個人最壯盛最帥的半輩子已經陪我度過了，現在進入遲暮之年，剩餘價值既不願留下就讓別人回收去吧，然後謝天謝地。

我大學的時候有一個同學，她父親一輩子循規蹈矩、專心地對待她母親。但是在她父親六十歲的時候，去調停朋友老婆外遇的感情糾紛，沒想到調停到最後，朋友老婆的外遇對象居然換成了她父親。我同學非常受不了，那時候的我已經很喜歡《莊子》了，聽了覺得事情還好。我想，她父母年紀都那麼大，六、七十歲了，像蔣捷〈虞美人〉說的：「而今聽雨僧廬下，鬢已星星也」，應該老僧入定了，理當可以體會什麼是「悲歡離合總無情，一任階前點滴到天明」，階前那些走遠的就讓他去吧，圖個清靜，也好在哲學思想、人文領域好好追求心靈的成長。王維說「晚來唯好靜，萬事不關心」，若那嚴重擾妳生活安寧的人不走，妳怎麼好清靜呢？

你發現了沒有？學《莊子》後，我們不再那麼害怕遇到那些骨肉筋絡盤結、原本會折損你刀刃的地方。以前會很生氣的，現在不會生氣了。我本來是個會生氣、易緊張，更愛哭的人，身為一個研治《莊子》的學者，我非常慶幸，每年這些負面情緒都能在備課、授課間慢慢告別我而去。就像之前提過跟我最熟悉的學生所說：「老師，我以前看妳生氣覺得很糟糕，妳教《莊子》，怎麼還可以那麼哀樂入於胸次？可後來我覺得，妳太適合當教授《莊子》的老師了。我如果沒看過妳發脾氣，沒看過妳後來的改變，我還真不相信《莊子》能如是改變一個人。」學生的這些觀察評論，予我不當須臾捨離的警惕。

「是以十九年而刀刃若新發於硎」，所以十九年過去，刀刃依然完好如新，這正是告訴我們一個人心靈不斷升進的可能。你還是會遇到許多變局，像面對永遠筋骨肌肉盤結錯雜的牛體，可能是難解的疾病、背叛的愛情、失溫的友情，或者是讓你感傷的天倫或事業變局，但只要你願意每天不斷地長養自己，你都可以挺得住。我生病之後，起初以為自己對人生已經參透到一定的程度。我想我不會再愛漂亮、不會再緊張、不會再有情緒的攪擾了，可我的醫生說不是這樣。他告訴我，一個人只要三年、五年沒發病，慢慢地又會開始過原來的生活。幾年過去，我發現我又開始像以前一樣很想好好備課、寫文章，想多打太極拳卻總覺得時間不夠、沒有做到。很幸運地，時而會有一些不大好的健康檢查指數來敦促我、提醒我趕快放下手邊的工作，專注於「反本全真」，好好以強化身心為人生最重要的事。

善刀而藏——

珍愛能助你在筋骨錯雜的生活中遊刃有餘的心靈。

「雖然，每至於族，吾見其難為，怵然為戒：視為止，行為遲，動刀甚微，謋然已解，如土委地。提刀而立，為之四顧，為之躊躇滿志，善刀而藏之。」文惠君曰：「善哉！吾聞庖丁之言，得養生焉。」

所有的棋士，不管是林海峰或王銘琬都告訴我們，天底下沒有兩盤一樣的棋。蘇東坡曾經遇到一個無賴，每次跟他下棋都學他走一模一樣的棋路，這麼一來，不是很無趣且難定輸贏嗎？東坡於是發明第一手就下棋盤正中央的天元，因為棋盤上僅此一子，沒辦法學。果真天底下沒有兩盤一樣的棋，所以不管你以為自己怎麼熟練、怎麼關隘過盡，以為已經十九年了，「雖然，每至於族」，可是每次看到筋肉交錯聚集的地方，心裏還是可能會起波瀾。「吾見其難為」，你知道這不容易，所以「怵然為戒」，要特別地戒慎恐懼、小心翼翼。怎麼樣小心翼翼呢？「視為止」，不再靠眼睛看，不再執著於外在世界所見、所聞——誰做了什麼讓你忿忿難平的事、說了什麼教你滿腹委屈的話，也不再在乎別人相信什麼、議論什麼了。不因執著外在世界所見、所聞而任其攪擾內心。要凝神，凝聚心神，把注意力收回自身，觀照自己的心。「行為遲」，聚精會神，謹慎放慢每個動作，不要太趕，太趕，人生就容易出錯。就在我已經被宣判癌症第三期的時候，一個讀中文的女子、一位學姐，給我寫的卡片是：「不要急，慢慢來，一切會如常。」我覺得裏面蘊含了很深厚的哲理。我生病之前的人生真的走得太急了。

「動刀甚微」，然後你輕微地動刀，「謋然已解，如土委地」，「霍、霍、霍」，那聲音又傳來了，這刀功要得，牛肉好像土塊一般就這樣掉落滿地。最後，解完牛「提刀而立」，莊子特別描述這刀——庖丁拿著刀站立，「為之四顧」，看什麼？想必不是在算切下來的牛肉可以賣多少錢，那他在這個空間裏顧盼的是什麼？

喜歡文學的人，覺得一個空間裏最無法取代、最珍貴的，絕對不是多高的梁柱、多奢華的裝潢，而是你曾經生活在這個空間裏的記憶。你可以想像庖丁在這樣的一個空間裏看到的是十九年來的自己，他在這個空間裏走入時間的長廊，看到自己怎麼樣從一個殺牛的小學徒走到今天神乎其技的庖丁。「為之躊躇滿志」，他為什麼會這麼開心、這麼從容自得？過去生命中一定有很多很多艱難，一旦解消了、突破了，顧影戰勝昨日之我的自己會覺得非常地開心。也許過去你屢次因為不能解決種種生命的難題而非常緊張，你非常怕吵、容易動怒、容易覺得煩躁，或者多愁善感、容易悲傷自憐。可是如今你發現自己真的日日月月年年慢慢地進步了，不只是你的心身，還有你的職業、你的專業能力。所以非常開心、從容自得。

「善刀而藏之」，莊子不斷提到這把刀，庖丁很珍惜地擦拭著，把它妥善保存。世俗之人會怎樣珍惜所愛的東西？我們看很多影片裏富貴人家都會有保險箱，現金、股票、寶石、各種稀奇的珍寶都收藏其中，以免遭偷被搶。我小時候也想，如果把我最珍貴的糖果放在保險箱，螞蟻是不是還是能爬進去？只是莊子在〈養生主〉不斷提到要擦拭、要愛惜的這把刀，歷代注家點出了指的就是心靈。我們要像把珍愛之物放在保險箱一樣這麼珍視愛惜收藏的，是我們的心靈。

我前兩週遇到一件現在回頭看覺得非常幸運的事。我上兩週身體狀況不好，那時我想，還能不能上完這班的課呢？可是身體不舒服到極致的時候會有一種很棒的體會，那就是只要有一點點不開心、一點點緊張、一點點生氣，身體就會覺得津液太乾，甚至出血。這是來自身體的警告，告訴自己真的不能再有一點點情緒的攪擾，我覺得那是一個好珍貴的經驗。

有天半夜，我不太舒服，夜裏醒來忽然有一種前所未有的害怕，不是害怕面對死亡，不知道為什麼忽然之間，今生曾經最傷心的、痛哭過的、最憤怒的那些片段，突然像一連串影片放映在自己的眼前。我那時候真的覺得好害怕——以前怎麼敢這樣生氣？怎麼敢這樣傷心？怎麼敢這樣耗損心神地哭？現在要這樣，因為高劑量化療留下各處黏膜容易出血的後遺症，大概不多久就七孔溢血而亡。後來我好好地打了兩個小時的太極拳，過了一天，便告別那個危險的狀態了。期間我的助理一直問我：「老師，我們今天要不要去妳那兒做什麼工作？」我說：「不用了。」心想：不知道能不能活過這個冬天，還寫什麼計畫呢？計畫明年七月才開始執行，誰知道我還能不能走到那裏？

過了這關，我才真的體會一位同仁大病之後與我在雨中重逢的對話。她說：「璧名，如果人生可以重來，我真的再也不敢有負面情緒，真的好傷。」如果你有這樣的經驗，這樣的體會是非常珍貴的。你就不會覺得：怎樣，這事教人光火，就氣個飽！這不氣太沒天理了！你再也不敢這樣想。於是你會瞭解為什麼養生之主日日月月、窮盡一生致力陶養的會是心靈。而如果仍不知要好好涵養心靈，一味放任自己不滿、壓抑、發怒、神傷，最後收穫的惡果絕對會比去偷吃了醫生叫你應當忌口的東西還慘。真的，許多大病歸來的病人用自己的身體證明了這件事。

故事最末了，不要小看君王，以為君王多半傻傻的。文惠君聽了以後說：「善哉！」真是太好了！「吾聞庖丁之言」，今天聽了庖丁這席話，「得養生焉」，學會了養護身心的至善方法。你們今天聽我講可能不覺困惑，可是在我學生時代，老師沒有告訴我們那把刀就是譬喻心靈。我那時真不懂，為什麼這個君王看到一個人神乎其技地殺牛，就能得到養生之法？怎麼想都想不通。可能我是比較笨、比較鈍的人，多年之後才終於了解。十九年後所得，確實，如果你能像庖丁珍惜這把刀一樣珍惜你的心靈，又懂得怎樣做到「緣督以為經」，那你就掌握養生大要了。有朝一日如果你時時刻刻無需注意都習慣如此的話，離「姑射神人」的境界就不遠了。

◆◆◆

這裏提供兩個問題供大家思考：未來在選擇科系或職業的時候，你覺得需要審慎評估的要件有哪些？是薪資福利、興趣嗜好、工作意義？還是你會考量到心身利弊？

我在臺大當教授之前，從來不知道管理學院學生的未來這麼辛苦，一直加班，加班費又是零或很少。也從來不知道大家以為將來很好找工作、待遇又很高的工學院，一天在實驗室裏要站那麼久、那麼不人道。這些過去家長們覺得很棒的科系工作時間實在都太長了！科學園區能朝九晚五的機率是零，一般是朝九晚十一，最人道的據說是朝九晚十。說實話，我覺得人生最幸福的就是讀中文系或農院科系。我要是念農學院，一定經營一個有機農場，每天吃自己種的菜，剩下的別人還花錢來買，過著半耕半讀的生活。中文系呢？把古往今來的文化精粹，讓你在短暫的一生終日與之遨遊，沈潛吟詠，也是非常幸福的行業了。其他那種折損年壽的工作，就留給依舊感興或更有能力的人吧！三百六十行，做什麼快樂因人而異，只要能樂在其間、長養心身於其中，那就是最好的工作。

家長的觀念很多都不可靠，比方有些家長覺得學藝術沒前途。我有個學生看似倒楣，念工學院當紅科系，修大一國文遇到我。我改了他的詩跟他說：「你非常適合從事設計工作！」為什麼？他在抒情詩作業旁畫了插圖，畫他跟女朋友在校園一隅的大樹下吃便當。一般人多半會從正面畫，或從側面、或四十五度角——如果四十五度角是他女朋友最美的角度的話。可你知道他從哪兒畫？他從樹上往下畫，這是教人意想不到的精彩視角。

這個學生告訴我，他聽我這麼說後，用心練筆，持續保持繪畫興趣，後來成了一等一的設計高手，現在留在美國擔任某遊戲公司創意副總監，月入約是在臺灣擔任大學教授薪資的三倍。那麼若還有家長覺得：「兒啊！不要搞藝術，那是窮人的行業。」我想這很明顯是成見，持此論者沒有「照之於天」。可能你覺得老師很奇怪，人家說當紅的都說不好，人家說困窘的卻反而說好，是要害我們將來落魄嗎？當然不是！那要怎麼判斷好與不好呢？選你最喜歡的，就對了！我有個學生送我兩個麵包，是我在臺灣除了吳寶春麵包以外吃過最好吃的，我吃驚極了，問她：「你為什麼會做這麼好吃的麵包？」她說：「老師啊，我從馬來西亞到臺灣來留學，吃到這麵包覺得實在太好吃了，一定要學會怎麼做，不然回國後就吃不到啦！」所以她就去那家麵包店打工學做麵包——多實際，可以一輩子享用這樣的麵包。找一個你最愛吃的、最愛做的、最感興味的，就放手去做吧！你在做的時候陶然忘我、非常開心，那就是最好的工作，因為你永遠覺得自己在玩兒。

我小時候玩扮家家酒，最喜歡扮演的角色就是老師，有時候號召鄰居小朋友到我家來上課，甚至會為他們編課本。扮家家酒，當老師自然是不收學費的，可後來我在臺大當了教員，沈潛遊戲之餘，居然還有人發薪水給我，怎麼有這麼美好的事？真是不可思議。找到這樣的工作就對了！不要找那種老闆要你說謊、害人讓你既不安又不快的工作，不要讓工作、讓任何人事折損你的心靈。只要無礙心身、能夠予人福祉、做了覺得開心，那就對了！

第二個問題：在過往的經驗中，你的心情跟體況，是否會對一件事的進行或成敗發生影響？心情不好是否曾經影響你的考試、你的工作，或者影響你在一位你十分在意的人的面前，表現得異常不得體？「彼其於世數數然」，人們那麼汲汲營營、執迷於世俗之人所追求的事物，其實成敗與否卻常取決於我們時常忽略照護、長養的心情與身體。我在這邊一再強調的是莊子的價值，千萬不要以為投資在心身的提升和修鍊是不值錢、沒用的工夫，它非常重要，是我們生命的核心！

養生主——參

惡乎介也

怎麼走、站好？

〈養生主〉第一段「生也有涯」中交代了「緣督以為經」這樣的身體姿勢，能強健我們的身體與心靈。《莊子》是一部經典，它教育著古往今來的廣大群眾，而絕不只是服務少數人、服務失意者或服務病人而已。所以在第二段，莊子用「庖丁解牛」的例子告訴我們，每一個升斗小民都會有一份工作，每個人都可以在自己的職司分位中陶養生命之主。庖丁的「刀」譬喻的是心靈。心靈如何能跟外在世界不斷地交鋒回手還遊刃有餘，十九年後心靈依舊如初生的嬰兒一樣，仍能報世界以非常甜美的微笑，而非緊皺眉頭說：「沒辦法，這就是人生。」

〈逍遙遊〉、〈齊物論〉中出現了很多凶器，可見主動式傷害、互動式傷害、被動式傷害等不同的類型。這些苦患害傷就是莊子思想的起源，莊子告訴我們，在不同時代、任何時空中，我們的生命、生存環境都不斷有著可以讓人不斷地受傷的事件。追名逐利，人亦可能因此為外物所傷。凶器譬喻講到極致，莊子讓我們知道一個真相：操在你手上的那把刀、那把神器，也就是你的心靈，不管遇到什麼樣的傷害，其實都是可以完全不受傷的。[1] 善用你手上的刀，無論它代表的是一個職業或可堪主宰生命的心靈，養生皆不可能捨此他求。

「庖丁解牛」之後，來到第三段「惡乎介也」。只知道「緣督以為經」還不大能明白應該怎麼站，因為「緣督以為經」是一項只攸關督脈、脊椎骨的身體操作。那麼，站立、行走時除了「緣督以為經」外還需注意什麼？答案就在「惡乎介也」這一段中。

古今中外，這一段目前可能只有我這麼解，大家聽了非常害怕。主張此說者少，在民主體制下感覺一定不可靠，但有一位注家的說法跟我非常近似，是清代的藏雲山房主人，他注解的「惡乎介也」已經把我論文裏針對「惡乎介也」所作的理解和詮釋都簡扼表述了。中文研究者素來認為單文孤證，不足採信，幸好還有一位注疏家詮釋內容跟我一樣。我跟系上教陶淵明的教授討論過這個問題，她說：「璧名，這麼多人研究《莊子》，每個人講法都不一樣，我如何知道我要不要相信妳呢？」我反問她：「這麼多人研究陶淵明，每個人講法都不一樣，我怎麼知道我要不要相信妳呢？」於是我們相視而笑。我說：「每個人手上都可以取得一部《莊子》，每個人也都可以拿到一冊陶淵明集。當你進入、通讀這部經典之後，再去看各家的詮釋，你覺得最能接受誰的，誰就是對的了，你不用問我是不是對的。」

「嗯，說得好，我也這麼覺得。那妳覺得妳的理解是最精準的嗎？」

「那當然，不然我何至念茲在茲？」

---

1 有關《莊子》「囚器譬喻」的詳細論述，參見筆者：〈當莊子遇見Tal Ben-Shahar：莊子的快樂學程——兼論情境、情緒與身體感的關係〉，收入余舜德編：《身體感的轉向》（臺北：臺大出版中心，二〇一五年），頁二二七—二四六。

公文軒見右師而驚，曰：「是何人也？惡乎介也？天與？其人與？」曰：「天也，非人也。天之生是使獨也，人之貌有與也。以是知其天也，非人也。」

◆◆◆

「公文軒見右師而驚」，有天，宋國人公文軒遇見一個擔任右師官職的人，他見到右師的姿態後非常地驚訝：「是何人也？」那是什麼樣的人啊？「惡乎介也？」為什麼只用一隻腳這樣站呢？

你們如果看得到講桌後的我，發現我從頭到尾都以瑜伽的「樹式」、或只用一隻腳站立在課堂上課。要是講桌是透明的，我一定很快就上了BBS[2]了。用一隻腳站著上課，跟鷺鷥一樣，一般人看了當然驚訝。要是有哪個節目主持人或新聞從業人員播報新聞也好、主持節目也好，從頭到尾都只用一隻腳站立，另一隻腳腳底板就這樣貼住另腳腿膝內側貼得高高的，一定很快就成名，因為這動作實在太特別了。

歷代注疏會告訴你，這個「介」有很多種解釋。其中一種是這個人犯了罪，所以遭刖刑後只剩一隻腳。另一種說法是，不是他被砍到只剩一隻腳，而是天生就只有一隻腳。也有注家說他不是天生只有一隻腳，有兩隻腳，但只用一隻腳站立。我選第三種說法，因為這說法跟修鍊傳統中常見功法的原則相契。公文軒接著問：「天與？」是天生自然人就該這樣嗎？「其人與？」「人」是指人為——還是後天人為導致你這樣站呢？是你刻意選擇這樣的站姿嗎？

右師的回答是：「天也，非人也。」重心放在單腳站立是因天賦的自然，而非無關天生潛質的人為造作。我第一次意識到《莊子》的身體技術跟太極拳通同，不是在〈養生主〉，而是讀到〈大宗師〉提到的「墮枝體」和「其息深深」、「息以踵」。發現一、二個身體技術通同以後，自然就會接著蒐尋、發現第三個、第四個、第五個、第六個相同之處，其中包括「介」會不會就是用一隻腳站立呢？這不是後天人為造作，是「天之生是使獨也」的天賦自然。我去考察這個說法能否成立，首先檢證整部《莊子》使用「天」這個字時是否全都是正面的意涵？答案是肯定的。「天」這個字在《莊子》內七篇出現時，從來沒有負面的意思。如果這樣，「天之生是使獨也」，是「天也，非人也」，表示這個單腳站立、重心只落在單腳的姿勢有著正面的意涵。「天之生是使獨也」指的是身體天生自然在站立、行走的時

2　Bulletin Board System的縮寫，「電子布告欄系統」之意。

候，若能把全身的重量只放在一隻腳上，將最有益於天生自然身體的錘鍊陶養。

如果你有學習太極拳的經驗，你的老師也許會教你「提合站功」，非常簡單的「提手式」，重心只落在其中一隻腳，等站累了，再將重心移轉到另一隻腳，反覆交替，就這麼簡單。莊子說，原本天生自然的身體就應該要這樣站。如果你讀一些《道藏》的經典，會明白所謂「順則成人，逆則成天」，「天」表示大家都有這樣的潛能，只要這樣做、只要「依乎天理」都能獲致同樣的效果，只是有多少人知道該這樣做且從此就這麼勤行操練呢？「天之生是使獨也，人之貌有與也」，人以兩條腿站立的形貌如果不經過這樣的學習，會習慣把重心分散在兩腳，可是這麼站會導致重心虛實不分，永遠難以作到「形如槁木」、舉止輕靈，重心下沈、下盤穩重，無法朝「身輕體重」的理想目標邁進。「以是知其天也，非人也」，這雖不是多數人的站姿，但是所有四足動物中，唯獨能頂天立地、能長時間僅以二足站立的「人」，具備進行這項修鍊的天賦潛能。

西方醫學定義的標準、正常，就是多數人的平均值。比方說血糖值、三酸甘油酯，都有一個標準指數，用它代表最「正常」的身體。日本學者湯淺泰雄堪稱東洋學界研究東方身體觀的學者中，屬哲學學門研究得最好的一位。他辨析有別於西方醫學定義下的「正常」，東方身心修鍊要達到的不是多數人的平均值，而是致力於以達到最高境界的少數菁英分子、得道者的心身境界為依歸。以這樣的境界為目標，向上追尋。無怪乎醫學系的同學來修《莊子》課不禁感歎：哇，東方文化充滿「正向醫學」的內涵。醫學不應該只求不生病，應該是要不斷往上走，追求比正常更健康。這也是當代心理學者的反思，難道心理學的研究只求人能遠離病態或變態就行？因此有「正向心理學」的誕生。

如果這樣解釋「惡乎介也」沒錯的話，你就會發現〈養生主〉的滋味了。莊子在一開始告訴我們，精神活動沒有飽足之時、人怎麼樣煩惱都煩惱不完，這正是與養生背道而馳的重大生命憂患。再饞嘴、好色也有飽足之時，可是煩惱卻可能永無止期、一直煩惱下去。對知識或嗜欲的追求，就這麼無止盡地不斷損傷人們的精、氣、神。莊子於是提出「緣督以為經」的保身、全生之道，然後告訴每一個人在自己的專業、職業裏，都可以長期致力於錘鍊、提升自己。教《莊子》真的很好，因為備課的需要，會迫使自己常常讀《莊子》。有一天我忽然有點小忙，又要審查論文、又要備課，一大堆事都擠在一起。當我發現自己的心開始緊張，我就告訴自己：我不是為了做這些事活在這個世界上，而是為了讓自己能更不緊張、心更平和、身更健康而活著的。這樣一想，本來覺得很著急的事就都不著急了。這才發現其實可以打電話去問收件單位截止期限是否能再寬限幾個小時，然後調整腳步後的工作序列就重新排出來了，於是可以好好作餐飯、打個拳再去上課。

「庖丁解牛」講完如何在職業裏修鍊心身之後，「惡乎介也」提出第二個身體技術。就是站立或行走的時候，重心都放在一隻腳上，這是何等重要的養生之主！

湯淺泰雄除了講東方身體要追求的目標不是人的平均值，第二個非常重要的論述是東方古典對於身體的鍛鍊都是為達到心靈的目的。放鬆身體，其實是為了放鬆心靈。因為東方古典的生命觀多是永恆的，永恆的是我們的心神、我們的靈魂。

◆◆◆

這裏提供兩個問題與思考，第一個，試著在走路的時候留意你的重心是不是完全放在一隻腳，然後才開展下一步。

有人會懷疑：「一般人走路本來就是這樣不是嗎？重心哪有可能放在兩隻腳？難道是跳著前進不成？」試著感受一下，你在前進的過程中，原本兩隻腳的重心其實虛實並不分明，常常是前腳還沒踏實，後腳就開始下一步了。所以留意走路時踏出的每一步，等重心完全落到單腳，再展開下一步。你或許會問：這樣豈不是走得很慢，什麼時候才能到達目的地啊？但其實只要把腳步放大，走路的速度不會比較慢。於是舉凡你走路之時，就是你練功之日。

你今天因緣際會修了《莊子》，不管覺得莊子是才子或以為這是一本修鍊之書，但既然修了就練吧，以後走路的時候注意徹底把重心放在一隻腳，坐、站的時候盡量豎起脊椎，就好像有一根繩子從頭頂把你向上牽引著一樣。每天坐著的時候想：我的頭頂就好像傑克的豌豆一樣，越長越高、伸到天空去了。這樣一來，在行、站、坐著的同時，你也在練功，一魚兩吃、一舉兩得。你會慢慢發現，心情越來越好，氣血越來越活絡。

第二，好好實踐三天，然後感受一下成效如何。我曾經大病歸來，可是現在的我、今天的我已經逐漸養成這些好習慣。而一旦忙了、輕忽了、生病了，不久後顧影知錯才改、又重新安置心神、延展脊椎、歸零心身的自己，我也會非常開心。因為人通常不是那麼容易將反本全真置於序列之先，所以才不斷需要有一些不太好的狀況來提醒、督促自己。這就是《莊子．大宗師》講的「攖寧」，經歷擾亂後才容易真正獲得安寧。不管亂的是身體、氣血狀態、還是心情，夠亂之後，你才會真心渴望追求安寧。所以記得，萬一有朝一日疾病來敲門，不要懊惱「為什麼是我」，反而要「感謝是我」、感謝前來提醒我。我們都知道電梯要年年保養，不是壞了直接報廢，身體也一樣。小病是你的身體亮黃燈，覺醒了、改善之後，就一路綠燈了。

養生主——肆

澤雉十步

比滿足感官嗜欲更重要的事

澤雉十步一啄，百步一飲，不蘄畜乎樊中。神雖王，不善也。

這段非常地簡短。長在水澤畔的野生雉鳥，「十步一啄，百步一飲」，野生雉鳥要存活可不容易，走十步才能啄食這麼一口，得走上百步才能到達水邊喝口水。不像被人類飼養的鳥兒，籠子裏總有一兩個杯懸掛在旁，不時斟滿，就跟我飼的貓犬一樣，隨時有人供喝、供餐。人在尋找職業的時候，在決定前途的時候，往往都會選最容易吃飽、喝足的安適前程。可為什麼這隻澤雉不同呢？「不蘄畜乎樊中」，活在野外再辛苦，牠也不願意被豢養在鳥籠裏。你會發現莊子的禽鳥譬喻從〈逍遙遊〉、〈齊物論〉到〈養生主〉作了一個翻轉，因為莊子不要我們對任何一個象徵有任何固定的成見。所以〈養生主〉這隻小鳥跟前頭出現過的小鳥不同，牠象徵的是《莊》學價值體系中的正面形象。野雉完全不想被養在籠子裏，不羨慕有人供應餐飲，每天吃好、睡好的生活。就算被豢養在籠裏可以毛色豐澤、神態健壯，牠卻覺得籠中鳥生沒法照顧到生命最重要的部分。

簡而言之，這隻澤雉點出了鳥的一生可以不是為了糧食而活，可是鳥的一生可能也可以不只是為了天下蒼生而生。《老子》提到「修之於家」、「修之於鄉」、「修之於國」、「修之於天下」，天下也是可供我們修行的場所。莊子教我們：「託不得已以養中」，充滿無可奈何與不得已的現實世界，正是提供你我鍊就「乘正御變」心身能力的最佳練習場。道家傳統重視反本全真，提醒我們不斷地反本，持恆地全真。

依循這段文脈細細思考，不禁讓人聯想起陶淵明的〈歸園田居〉：「久在樊籠裏，復得返自然。」樊籠不只徒飽足欲望的制式空間，不只是陶潛為能復返自然決定揮別的仕途，也可以是茅塞住原本靈明之心的成見。只有當你打破昨天以為理所當然的成見時，你才知道那原來是成見。這篇講養生之主，為了讓我們的心靈和身體能徹底放鬆，我們需要丟掉非常多、非常多的成見，心才能鬆，體才能柔。你每放下一個成見，就會覺得更輕鬆，活得更快活。

◆◆◆

最後提供兩個問題讓大家思考。第一個問題是，你心目中理想的父母官、師長、上級，是否最好具有超越個人物質慾望的追求？

所謂樊籠，最簡單地說，可以泛指世俗追求，白居易的〈自問〉詩說：「黑花滿眼絲滿頭，早衰因病病因愁。宦途氣味已諳盡，五十不休何日休。」活在這樣一個時代，面對人人一味追求世俗價值導致的種種亂象、悲劇，心中很難無感。人民都希望父母官能以民生、百姓的生活為優先。所以，若你在父母官、師長或上級手下工作，捫心自問，你會不會希望父母官、師長、上級有超越個人物質慾望的追求？答案應該很明白。如果父母官最大的願望竟是讓自家財富能在短短幾個月、幾年內暴增，那人民還有好日子過嗎？

如果身為師長或上級最在意的是滿足個人、自家物質慾望，怎麼可能去體貼、去為學生、下屬設想呢？太多由資本主義文化主導的企業就是如此。我有個好友在非常大的跨國企業工作，他告訴我，任何事情只要碰上兩樣東西那就複雜了，一是錢，一是權。因為權能生錢，錢能買權。他說，最後發現一件很殘酷的事：不管公司賺多少錢，永遠只有最上層的十個人有份，下面的人還是沒能因為公司的蒸蒸日上、蓬勃發展而有更好的生活。這並不是一人得道，雞犬可以相隨升天的世界。所以如果上位者能有著進一步的、超越物質慾望的追求，那麼一間公司、一個社群乃至於一所教育單位，都可以是更理想的。

第二個問題供大家思考的是，你覺得社會上的人，如果每個人都只在乎「啄」、「飲」，都成為安於「啄」、「飲」籠中的炫羽鳥，不再有高於「啄」、「飲」的生命追求，這將會是一個進步或停止進步，或是將向下沉淪的社會？

我這樣講可能有點得罪大家，還有點得罪我自己。在臺灣，好像最好賣的書就是哪兒好玩、哪兒好吃。有朋友好意規勸，別再在臉書上寫反核、反美牛、反瘦肉精的話題了，教職同公職，戒慎恐懼為好。可是我想，我的臉友可能過半是我的學生，它多少有點寓教於樂的功能，為什麼不能談呢？但朋友、學生不只一位向我表示：這樣很危險，看起來像個偏激分子，難道不能就只寫寫做菜，拍拍美好食物、可愛貓狗的照片上傳？寵物跟美食大家都喜歡，千萬別在臉書上放言高論了，講論人生價值，看起來很冷門。

是嗎？這樣就是偏激分子嗎？反美牛那年，我發表了一些言論，意外被電視名嘴引括。那一年我《莊子》課的教學評鑑分數是前所未有的低。學生說：「這個人太不莊子了，怎麼可以看到即將開放含瘦肉精美牛進口的新聞這麼激動、發這麼多文呢？」我只不解學生怎麼會認為這些文字的背後心情激動？分明書寫的時候心上是無波無瀾的。

臺灣最近有個媒體被另一個資金買下，買下後就撤掉出版部，說反正現在人不讀書了。那家長是否也該把讓孩子學習古典音樂的想望給撤了，反正都說走這條路將來不容易發財，還不如要孩子早早學怎麼做聖誕樹，瞧那小小一個家庭代工廠，一年收入竟可上看一億。如果人人都是這番論調，你覺得這會是一個進步的社會嗎？還是是一個停止進步的、甚至向下沈淪的社會呢？我想這題目也並不高深，只是引導大家思考，就不問各位心中的解答了。

養生主——伍

帝之縣解

人活天地間最大的鬆綁與解脫

〈養生主〉告訴我們，對知識的追求最容易教人陷入一個無底洞，讓人的身心受到摧殘而不自知。〈養生主〉還告訴我們身體最重要的兩大規訓：「緣督以為經」跟「天之生是使獨也」。並告訴我們在自己的職業生涯裏、日常生活中，就可以進行身心修鍊。人需要一個一個克服、一個一個打敗的其實不是別人，也不是外在的環境。不要想臺北環境不好，搬到花蓮去好了，搬到花蓮後你會發現花蓮也不好；不要想這個國家不好，移民到另一個國家去好了，移民到另一個國家去才又發現那裏的缺點。你最後發現，最需要改革的是自己的內心，最需要放下的是自己的成見。到這裏，好像我們真的學到一點養生的工夫了。最後一段「帝之縣解」，談的是人生頗重要的一關——情關。

「情」是一個難過的關隘，可是感情也可以學習嗎？當然可以。如果莊子的哲學可以指導中國服裝設計師馬可[1]成為國際一流的設計師，當然也可以指導我們處理感情。因為生活的背後就是一種哲學，哲學的觀照是一種生活。哲學思想太重要了，如果能將古聖先哲的智慧運用得好，哲學就像車輪的車軸一樣，表面上沒有跟路面直接接觸，但因為有它，整個車輪才能運轉無礙。有一天我們會發現，哲學思想對人生影響之巨與宗教信仰不相上下，它左右我們對死亡的看法，還有面對生離的態度。

臺大的學生有多癡情？年輕的時候我覺得自己很多情，但也不如我的學生。我之前養的一隻貓是我學生撿來的，我養牠的第一天牠就有病在身，街貓很少不病的。後來牠病得厲害，就送到獸醫院去。如果是家人病了大概天天要探望；是朋友大概去探望個一兩次；是貓呢？當我心裏正盤算著要去看多少次的時候，發現有一個常常看到這貓的學生居然一天去看牠兩次。獸醫院有點遠，去看貓要穿越半個臺北市到中山國中站，這學生怎麼一天去看兩次？豈不是顯得我薄情了。因為這學生的義舉，我後來一天也會去看一次，這貓慢慢地走向死亡，我還為了牠去學貓的針灸、貓的按摩、經絡療法。牠得了脆皮症，我便偷偷給牠吃連我都捨不得吃的燕窩，含有再生因子的食物。獸醫非常好奇，貓患脆皮症一旦有傷口就癒合不起來，怎麼牠的傷口竟合得起來？那當然，因為牠吃燕窩呢。

最後，牠快走了，我提出一個非分的要求，要求在獸醫院過夜。獸醫院的院長受不了就說：「沒有獸醫，就不能讓寵物主人待在獸醫院裏面，除非妳請一個獸醫師來。」我說：「真的嗎？只要是獸醫師就可以嗎？」他看我的眼神好像既驚訝且害怕，似乎在想這個老師到底要做到怎樣？我剛好教過獸醫系的學生，於是開始查電話簿、打電話，一定要聘請一位可以跟我一起待在獸醫院的獸醫師。

1 馬可，北京「無用」品牌創始人，是第一位受邀至法國巴黎時裝週的中國設計師。

有個善良的獸醫師女同學願意來醫院陪我，讓我可以在醫院陪我的貓。有一天獸醫院院長終於忍不住跟我說：「蔡老師，差不多了，放手讓牠走吧。」牠走了以後我才知道這年頭動物走了事情並不比人簡單，動物的葬儀公司問：「貓要怎麼樣安葬？要集體火化？還是個別火化？」他們解釋了種種不同，但在我聽來不同的就是集體火化一隻一千五，個別火化一隻五千元。在《莊子》的觀念裏，〈養生主〉最後一段說：「指窮於為薪，火傳也，不知其盡也。」我珍惜的是牠的靈魂，在貓生之年我好好待牠，這屍骨已經不是牠了，是假的、是一生暫借的，所以我就告訴葬儀社：選集體火化吧！這時候，一天看牠兩次的學生在我旁邊，忍不住說：「老師妳怎麼可以這樣對まるこ（MARUKO）？牠是國王，怎麼可以集體火化呢？妳要是捨不得，這錢我幫妳出吧！」我又顯得薄情了。

我問葬儀公司為什麼個別火化一隻要價五千？他們說：「因為貓的骨灰罈是大理石做的。可是這樣很不環保，所以也可以選擇比較環保的天然材質。」我說：「好，就選那個環保的。請問還是五千嗎？」他說：「個別火化就是五千，跟選不選大理石無關。」火化後，我得到一個很像易開罐的罐子，裏面放著我愛貓的骨灰。但故事還沒結束，我把骨灰比照我其他過世的寵物，埋在院子裏的一棵老松樹下。過了一年，有天太陽很大，我把菊花盆栽搬到松樹蔭下遮涼，這個堅持要獨立火化我的貓的學生又來了，他看起來臉色不對，質問：

「老師，請問是誰把菊花盆放在松樹下？」我說：「是我，菊花怕熱，怎麼了？」「老師，妳把它壓在まるこ的墳上了！」「對不起，我錯了，馬上搬走。」

人生自是有情痴，可是我跟他為什麼不同？我不是比較薄情，是因為受到《莊子》的影響。「薪盡火傳」，如果認定亡失耗盡的只有形骸、只是薪柴，那骨灰不過是皮毛跟骨頭火化成的灰燼而已，まるこ的魂魄一樣可以像火苗一樣穿越時空，延燒不絕。所以雖然我把菊花盆放在上面，牠可能正端坐在菊花臺上面賞花。可是我的學生不是這麼想，他還很執著於形軀。

這果然是詩歌課的學生，沒上過我的《莊子》。上過《莊子》以後，面對親友摯愛的死亡，就能解消那種彷彿一切滅絕、屍骨無存的哀傷。面對死別如此，面對生離又如何？看看陶淵明、蘇東坡就知道了，這些非常喜愛莊子的文人墨客，陶淵明的〈神釋〉說：「縱浪大化中，不喜亦不懼」；蘇東坡的〈水調歌頭〉說：「但願人長久，千里共嬋娟」。當沒有讀《莊子》的人還在愁惱：為什麼我考上臺大，我愛的人偏偏考上清大、成大，甚至出國讀書，害得有情人無法如膠似漆、旦暮相隨？讀過《莊子》的人會想：「兩情若是久長時，又豈在朝朝暮暮。」只要還能看著同一枚月亮，便覺得幸運了。怎麼說幸運？像我這麼愛莊子，也不能跟他相戀不是嗎？因為我們沒有並世。而你已經能跟所愛站在同一個地球、一起跨過二〇一四年了，雖然也許你在臺北、他在紐約，可是這樣不就已經很幸福了嗎？透過《莊子》，我們學習的不只是面對死亡的態度，我們還學會深情但不陷溺其中，因為這是不通達的。

◆◆◆

三號而出——至人的情緒、情感與情觀。

老聃死，秦失弔之，三號而出。弟子曰：「非夫子之友邪？」曰：「然。」「然則弔焉若此，可乎？」曰：「然。始也吾以為至人也，而今非也。」

有人說「帝之縣解」這段是老聃死亡的真實記載。這段記載說「老聃死，秦失弔之」，老子過世以後，他的朋友秦失來憑弔他，弔喪的態度卻是「三號而出」，哭了三聲，嗚嗚嗚，就走了。換作我學生看到自己的老師被如此對待會怎麼處理？臺大的學生都有情有義，我也遇過這樣的學生，不是在我的靈堂，而是有生之年。記得有一次，我當時的男朋友也是學術中人，有一回跑到我的研究室來打算找我吵架，因為覺得我是個工作狂。他站在我研究室門口，非常不開心，有點怒意地指著我跟我的助理說：「我看妳啊，陪助理的時間都比陪我多。」我心想：「她不在我旁邊每天坐足幾小時，還算得上助理嗎？」但當年我還沒學好《莊子》、教授《莊子》，聽了只會哭。想不到我那平時膽小如鼠的助理發言了，邊說邊哭，非常入戲。她對著站在門口的人說：「老師您好。以前我也跟老師一樣，不知道怎樣愛一個人。我後來知道，愛一個人就是要尊重她，那人喜歡什麼，你就要喜歡她的喜歡，不然有天老師會像現在的我一樣後悔的。」她講得好動人。就在這時候，我站在門口的男朋友嚇著了，他想：「我女朋友當了教授還不敢反抗，這小毛孩居然幫她說話了。」他不好意思地一笑就走了。我記得那天晚上的電話裏我得意了，養兵千日用在一時。我說：「你覺得我的學生今天說得好不好呀？她指點你怎樣愛一個人哩，你有什麼心得啊？」結果他在電話那頭對我說：「當然有心得啦，今天學會一件很重要的事——我也要趕快擁有自己的學生。」儒家講「化」，可是想教育、改變一個人多半是困難的，可只要甘心願意，最容易教化的人其實是自己。

我用這例子來說明即使在這為師不尊的時代，學生還是會鼓起勇氣護衛老師、發出不平之鳴的，何況是在古代。當時老子的弟子看見秦失的態度，想：「對我們老師那麼無情，哭三聲就走，算什麼朋友？」便把他攔下了，說：「非夫子之友邪？」您不是我們老師的朋友嗎？秦失回答：「然。」是啊，是朋友。弟子就問了：「然則弔焉若此，可乎？」那麼您用這種態度來憑弔我們老師，真的可以嗎？秦失說：「然。」可以。「始也吾以為至人也」，我早先以為你的老師老子是「至人」，是達到人類能達到的最高境界的人。「而今非也」，可現在看來並不是。從這裏可以知道學生的態度有多重要，肩負了老師教育成敗的見證。

安時處順——

聚散離合，都能安然面對。

「向吾入而弔焉，有老者哭之，如哭其子；少者哭之，如哭其母。彼其所以會之，必有不蘄言而言，不蘄哭而哭者。是遁天倍情，忘其所受。古者謂之遁天之刑。」

秦失說，「向吾入而弔焉」，剛才我走進靈堂弔唁的時候，「有老者哭之，如哭其子；少者哭之，如哭其母」，老子的學生有老的、有年輕的，老人知道老子死了，哭得比自己死了孩兒還傷心；小孩子、年輕人哭，就好像失去自己的母親這麼地悲傷。少數注家覺得這個「母」是錯字，因為老子是男子。但這未必是錯字，在東方社會裏，小孩通常是由母親拉拔長大，因此我覺得用「母死」只是表示那種在日常生活中很難失去、很難適應的悲傷。

秦失說：「彼其所以會之」，這個「會」是「感受」，他們之所以感受到這麼強烈的悲傷。「必有不蘄言而言」，這個「蘄」是「需要」，一定有著不必要的傷痛，卻還執意要傳達。「不蘄哭而哭」，哭了原本無需哭的哭。這些不必要的傷痛、不必要的難過，你卻還是任它訴說、任它啼哭宣洩。

人都死了，任隨他自由地悲傷地哭為什麼不行呢？依東方社會的人情事理是不行的。先不論古代，即便在當代都不行。當代文壇我最愛的女子林徽因，在徐志摩死的時候說了一些大家普遍覺得不該說的話。徐志摩可說死得其所，死在前往聆聽摯情之友林徽因演講的飛機上，那時候林徽因已經嫁給梁思成十年了。林徽因在演講一開始就發現徐志摩沒來，她跟梁思成說：「奇怪？志摩最守信用，他說要來聽我演講，怎麼會沒來？」但演講還是得開始，直到中場休息，傳來徐志摩死在搭乘來聽演講的飛機濟南號上的噩耗。她慌了、焦急了，這時候她跟結髮十年的梁思成說了實在不太該對丈夫說的話：「思成，你現在馬上趕到飛機失事的現場，看有沒有任何志摩的遺物，哪怕是衣袖的一角，哪怕是札記本的一頁碎片，一塊骨頭都好，你一定要撿回來！」換作你身為她的丈夫會有什麼感覺？但是聖人梁思成就這樣前去了。到了現場，全部燒黑了，哪知道哪個是徐志摩啊？人燒黑的時候就連肥瘦都分不出來了。可是梁思成柔順地撿了一塊飛機的殘骸趕回來，林徽因拿著這塊殘骸，裱起來、裝框，到死為止都掛在她跟梁思成的臥房，一個非常殘忍的地方。這何止是「不蘄言而言，不蘄哭而哭」？還有不蘄掛而掛，不蘄裱而裱。說林徽因不愛徐志摩，教人難以置信。

故事還沒結束。更殘酷的畫面在徐志摩公祭那天，當天怎麼可以安排林徽因當司儀呢？可是又怎麼能不安排她當司儀？現在看那些史料、報章雜誌報導，林徽因那天根本完全沒法當司儀，她哭成一個希臘的淚人兒，哭得捶胸頓足。《儀禮．士喪禮》、《禮記．問喪》明文規定，只有父母死了才可以捶胸頓足啊！可是她哭到整個人都快鑽到地洞裏去了。依傳統的人情事理她絕不能這樣哭，這就叫「不蘄哭而哭」。妳這樣哭，叫徐志摩的元配張幼儀怎麼哭？叫第二任妻子陸小曼怎麼哭？叫與妳結褵十載的梁思成如何自處？好在梁思成長壽，終究沒機會看到林徽因怎麼為他哭靈。我故意舉了比較偏激的「不蘄言而言，不蘄哭而哭」的例子讓大家了解，我們生命中都有這樣的時刻，人真的會說一些不該說的話、哭一些不該哭的哭。

莊子說，這都是「遁天倍情」，「遁」是「逃離」，「倍」是「違背」，你逃離了天賦、自然，違背了情實。什麼叫「情」，就是「真實」，生命的真實。生命的真實是什麼？我從小就會觀察母親怎麼跟她的朋友們對話，所以我知道什麼是生命的真實或不實。有點年紀的女人相逢時都會說一句話：「哎呀！妳跟當年完全一樣，完全沒變。」我母親在四十多歲時跟她昔日同窗說：「妳看起來就像二十歲。」當時在旁的我心想：「那十來歲的我怎麼辦？是嬰兒嗎？」等到有一天我也變成那年齡的人，有人對我說：「哎呀！璧名妳看起來好像一點也沒變。」我心裏會想：「感謝日行一善。」只是這句話有點失禮，我不會說出來。如果你覺得人永遠年輕才是應該，不願意接受人都會日益衰老、步向死亡的事實，莊子說這就是逃離了、違背了生命的自然。

「忘其所受」，你忘記生命最初是沒有形體的。只是在某個父母親親密恩愛的夜晚，把你製造出來了，你因此從沒有變成有。可是有一天，當你面對一個曾經從無到有的人又要從有變成沒有，卻覺得這是生命無法承受之重。莊子說，這只是你不能接受生命的自然而已。正因此等情緒攪擾和過度的悲傷皆違逆生命的天生自然，所以會遭受刑罰。那個刑罰是什麼？也許你目前完全沒有感覺到，年輕的時候我也一樣沒有感覺到。直到有一天，身體健康的額度用完了，才會知道人的情緒攪擾對身體是多麼強烈而巨大的一種傷害。莊子說，這就是「遁天之刑」，違背天生自然所該承受的刑罰。

「適來，夫子時也；適去，夫子順也。安時而處順，哀樂不能入也，古者謂是帝之縣解。」

那到底該怎樣看待老子的生跟死呢？「適來，夫子時也」，一個人出生在這個世界，是在該來的時候自然而來，「適去，夫子順也」，該走的時候到了，便順隨自然的步調離去。就算是剖腹生產，也是自然，因為你剛好在有這種醫療技術的時代誕生。萬一死於車禍呢？車禍也是自然，因為車禍亦高居近年的十大死因之一。你能這樣去看待生死，就容易安然面對變化，就算無法安然，心中也較不會有過大的悲慟。就算真有極為強烈的傷痛，也不至於經冬歷春久久無法復原。「安時而處順」，安然面對生命中每個時刻的來臨，順應每個處境，每個遭遇你都覺得是順境。為什麼都是順境？逆境助人成長，夜長才感輝光，你慢慢會明白。

在〈逍遙遊〉、〈齊物論〉中，我們學到很多凶器譬喻。誰都害怕凶器，莊子也曾經用凶器譬喻天地之間可以加諸於人的種種傷害。但我們不要忽略凶器也有互動式、主動式傷害的類型，不要過度執著、放大自己遭受的傷害，也不要小看、忽視自己傷害別人的能力。在這種情況下，莊子最後告訴我們：凶器可以是不凶的，凶器最後可以變成一柄利器。它可以讓你靈敏地跟人互動，像庖丁手上那把刀，跟盤根錯結的肌肉骨骼交鋒，再也無傷刀刃。走在長養心身能力的路途上，不自覺中，凶器日漸不再是凶器，而成為可以磨鍊生命成「心如死灰」、「照之於天」、可以助成「葆光」心境的利器。都說「風雨生信心」，在這樣的表述裏風雨是阻力。可是在莊子〈逍遙遊〉的文脈中，大鵬鳥面對的水跟風卻是助力啊！大鵬鳥不就是因為這樣的飆風，這樣的大浪、漲潮、「六月一息」，才能起飛的嗎？所以最後所有的凶器都可以是利器，所有的阻力都可以是助力。

〈逍遙遊〉裏有從小小鳥到大鳥的飛禽譬喻群組。小隻的鳥只會停在有果子的樹上，別說牠淺薄，因為活著就是得吃三餐，那大鵬鳥是出塵了嗎？牠不往有果子的方向飛，牠飛往不毛之地，這多了不起！但莊子指出一個事實，我們讀〈逍遙遊〉，看到種在「无何有之鄉」那棵大樹，從「蜩與鷽鳩」的蓬蒿、榆枋，到莽蒼、百里、千里之外一路的樹。在莊子的譬喻裏，樹的重要性就像宮崎駿動畫裏的樹一樣。無論是不以樹為飛行目標的大鵬鳥，還是飛往高低遠近枝頭的大、小飛禽，牠們有個共同的特質，都是向外飛行或是飛往枝頭。鳥的目的在外、是樹，而非鳥自身。所以莊子在凶器譬喻、群鳥譬喻之後，才會出現樹的譬喻。

莊子透過這棵種在「无何有之鄉」的樹告訴我們：人的目的可以不是外面的財貨、權位、房子、車子、良人、美眷、功名、事業，而是自己。樹的目的就是樹自身，可是很多樹忘了這件事。所以莊子在〈人間世〉讓群樹再次登場，跟大家講有些傻樹一輩子就想成為一棵有用的樹，叫做「文木」，一心一意志在供人砍伐採摘。可是另一種樹並非為了成為有用的樹，供人採摘、砍伐而活，而是要長養提升自己，讓自我生命茁壯成一棵大樹。莊子用這樣的大樹，〈逍遙遊〉中種植於「无何有之鄉」的樹、〈人間世〉中的「櫟社樹」，來講一己身心經過修鍊以後越來越堅強、壯美，最後長成一棵沒有斧頭有辦法砍傷的大樹。

讀中文系的男子真的很重視感情。我認識一位學長堪稱痴情種子，年輕的時候他女朋友離開他，他哭到沒辦法來上課。最後終於來了，見到他後我問：「學長還好嗎？終於能不哭了嗎？怎麼辦到的？」我不習慣男生哭，所以對男生因何哭與不哭特別好奇。學長說：「因為最後流出來的不是眼淚，是血。所以就不敢再哭了！」如果有機會，你會想跟這樣一個哭到流出血來的多情男子相伴終生嗎？究竟什麼樣的情感才是恰到好處？莊子說「哀樂不能入也」，就是不要讓狂喜或狂悲攪擾你的內心、折損自己的生命。狂喜也不行，難道你願意跟〈范進中舉〉中的范進一塊兒發瘋嗎？狂悲當然也不行。能做到這樣，莊子說：「古者謂是帝之縣解」，古人說這是最大的一種放鬆，因為你鬆綁了。在你還害怕失去的那一天，在你還害怕他變心、害怕他劈腿的那一天，在你擁有任何寶物，害怕它損傷或失去的那一天，你都是被捆綁著的。最後你什麼變化、什麼失去都不怕了，就得到最大的鬆綁與解脫。

薪盡火傳——

中國古代醫、道傳統的人觀與靈魂觀。

指窮於為薪，火傳也，不知其盡也。

莊子是怎麼看待生命的？為什麼能做到「安時而處順，哀樂不能入也」？莊子說：「指窮於為薪，火傳也，不知其盡也」，人的形軀就是薪柴，都有老朽腐壞、燃盡燒光的一天，但是無形的靈魂生命可以像火苗一樣，在不同薪柴間繼續燃燒傳遞下去。你不要看一位老翁今天這麼衰老，他死後也許過些時又投身變成個嬰兒再次誕生了。你不要因為重大傷病割去一個臟腑、耗損一種感官機能而忿忿難平、懊惱悔恨不已，健康與否，俊美與否，得意與否，在這條從出生走向死亡的路上，二萬多個日子，一千來回月圓，或早或晚、或快或慢，凡人終將一一失去，沒有例外，這是生命的實相、生命的自然，你我皆然。都是自然。這是莊子對待生命的看法，整個〈養生主〉就在這裏結束。

當我們「緣督以為經」了、「天之生是使獨」了，可以頂頭懸、不雙重，身體強、心情好，可以安然走過情關、放下成見，當然就「養生主」了！

◆◆◆

在最清明的時候問自己一個問題。這適合有談過戀愛的人，還沒談過戀愛的若先學會就更實惠了。去想想你跟你所愛之人的關係，是否是互相依賴佔有？像是彼此擁有自我生命中所缺的那塊。剛好你會做菜、他不會，剛好你怕黑、他不怕，你怕蟑螂、他幫你抓。或說你跟他，像你跟手機的關係，沒有它好不方便？還是，你們是相互扶持關懷，像兩條悠游水中的魚，能相逢相愛，能各自悠游，也能放手成全。這放手成全並非要他跟別人在一起，而是在他忙的時候，你會想：忙很好啊，喜歡忙就忙。

當我還是個教《莊子》的菜鳥老師時，學生對我的感情專題就非常肯定。說只要上過「莊子的感情」專題，跟另一半的感情、朋友間的感情、家人間的感情都會變好，還沒有一個人例外，所以你千萬也不要成為例外。

第二個問題，想想人世間的聚散離合，跟白天黑夜、春夏秋冬有何相似之處？如同之前說過的，感情裏總要先有追求才有仳離，就像有春天才有夏天，有秋天才有冬天。你可願試著用接受晝夜或者四季更迭的心情，去對待情感的變局與離散？能這樣想，你就自由了。但是切莫忘記，古人跟今人，古代的注家、當代的學者都有人說，《莊子》、道家思想，是要給讀過儒家經典的人讀的。就像〈養生主〉一開始那兩隻為了飼料打架的柴犬，如果有一天我助理的狗つばき（TSUBAKI，「上古有大椿」的「椿」）知道我的狗死了，你想牠會不會非常悲傷？不會吧，甚至可能想：「以後飼料不用搶了。」所以如果是情薄如椿的人讀《莊子》，肯定讀不出它的滋味。一定是要比椿更癡情、多情、深情如你，來讀《莊子》，那最合適不過。

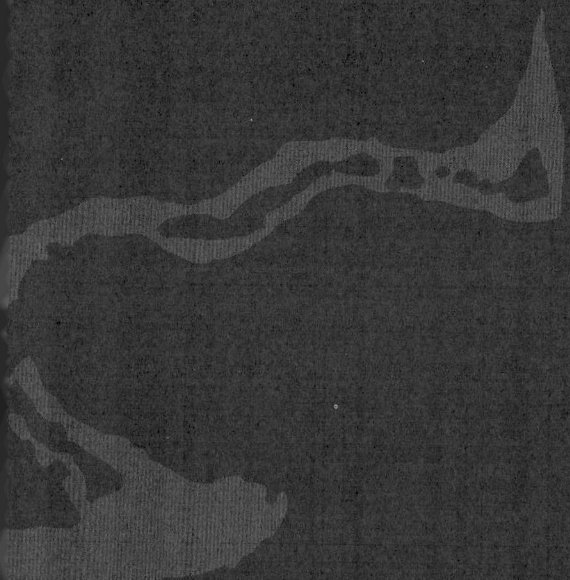

體驗古典

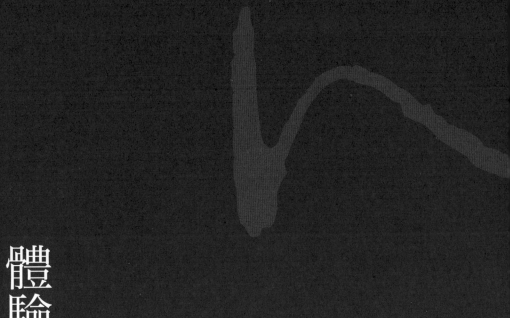

體驗古典——壹

莊子「渾沌」意象的語意實踐：

生命的原初與終極境界

我們的《莊子》課程分成三條路線進行。第一條路線是經典章句的解讀，逐字逐句講解《莊子》內七篇；第二條路線是「體驗古典」，希望古書在每一位讀者的心目中不只是記載於紙片上的學問，而是像陶淵明、李白、白居易、蘇東坡一樣，讓《莊子》跟生命結合；第三條路線是《莊子》專題，例如大家很關心該怎麼談感情？有很多感情問題，莊子怎麼處理？我不能請大家把整本《莊子》拿來跳著翻，那太零碎了，所以就把我已經研究過的專題挑出來談。

以上三部分，一個是閱讀經典的、一個是生活的、一個是比較學術的，因為不知道在座各位未來會走上哪一條路徑。臺灣大學楊泮池校長主張深碗式的學習，因此，我們不是把課程簡單化，變成如綜藝節目般的淺碟，而是嘗試作比較深刻的探索。這三條路線並進，應該能對《莊子》有一定程度的掌握。

在「北冥有魚」、「堯讓天下」之後，要講的專題是「莊子『渾沌』意象的語意實踐」。這個大專題下又包含了幾個小子題，這是當你進入《莊子》身心修鍊之學的實際操作層面時，一系列很重要的課題。

傳統經典中的聖「嬰」現象——

嬰兒是生命的理想典範。

身為中文學門的學者、讀者，要先介紹傳統經典中一個很特別的現象，我姑且稱它為「傳統經典中的聖『嬰』現象」。因為我發現傳統經典裏面，先秦儒、道經典居然不約而同地都把「嬰兒」、「赤子」、「孺子」當成理想的心身生命典範。先看《孟子》：

孟子曰：「人之所不學而能者，其良能也。所不慮而知者，其良知也。孩提之童，無不知愛其親者，及其長也，無不知敬其兄也。」（《孟子．盡心上》）

孟子曰：「大人者，不失其赤子之心者也。」（《孟子．離婁下》）

孟子把「孩提之童」跟「赤子」當成典範來說。為什麼？因為剛出生、還紅通通抱在媽媽懷裏的孩提之童已具備了「不學而能」的「良能」，跟「不慮而知」的「良知」，無需透過學習、思索即天生擁有。孟子說：如果我們長大成人後，依然能懷抱這樣一顆天生本有的「赤子之心」，那就配稱為儒家人格理想典範的「君子」或者「大人」。

再看《老子》：

載營魄抱一，能無離乎？專氣致柔，能嬰兒乎？（《老子．十章》）

眾人熙熙，如享太牢、如春登臺。我獨泊兮其未兆，如嬰兒之未孩。（《老子．二十章》）

知其雄，守其雌，為天下谿。為天下谿，常德不離，復歸於嬰兒。（《老子．二十八章》）

含德之厚，比於赤子。……骨弱筋柔而握固。未知牝牡之合而全作，精之至也。終日號而不嗄，和之至也。（《老子．五十五章》）

老子多次以「能嬰兒乎」、「如嬰兒」、「復歸於嬰兒」、「比於赤子」表達對歸返「嬰兒」心身境界的嚮往與追求。可惜了，我們要是一出生就致力維持那初來時的狀態，今天境界就跟老子相仿了。不過也無需抱憾太早，我們來看老子要學習、要歸返的究竟是嬰兒具備的何等能力？老子說：「專氣致柔」，有人念：「摶（ㄊㄨㄢˊ）氣致柔」。不管是專一心志或意念，使體內真陽之氣能摶聚在一起，慢慢地擴充，以至筋骨、肌肉都能放鬆，而比一般人「柔」，這樣的境界狀態，可以比擬、模仿的那個對象其實就是嬰兒。

「泊兮其未兆」，當你還在母親腹中，陰陽尚未分明的時候，「常德不離」，什麼樣的天賦德性就一直跟著你？「骨弱筋柔而握固」，若有機會被那力氣不小一下抓住你的小手握住，抓抓嬰兒的小手，再握握自己的手，你會很清楚地感受到嬰兒的肌腱、筋、骨都是比較Q彈柔軟的。「精之至也」，嬰兒一哭就哭個沒完，可奇怪為什麼嗓子都不會啞、也不會喘。這麼完美的精、氣、神狀態，是老子所豔羨、想致力歸返的。

再講《莊子》，《老》、《莊》的文本總有些近似。《莊子》的典範「色若孺子」、「能兒子乎」，這個「兒子」就是嬰兒。為什麼〈大宗師〉中得道的女偊能「色若孺子」呢？這樣的描述代表聞道者的容色就跟嬰兒一樣。莊子也提到嬰兒終日嚎啕大哭聲音都不會啞，這就是體內精氣、陰陽和諧至極的身體狀態。《莊子．庚桑楚》說：

「（衛生之經）能兒子乎？兒子終日嗥而嗌不嗄，和之至也；終日握而手不掜，共其德也；終日視而目不瞚，偏不在外也。行不知所之，居不知所為，與物委蛇，而同其波。是衛生之經已。」

「（至人之德）『能兒子乎？』兒子動不知所為，行不知所之，身若槁木之枝而心若死灰。」

嬰兒手一抓就把人抓緊了，這是他的「德」，這是什麼樣的德呢？他整天看著這個世界，眼睛也不會眨，因為他所豔羨、所追求的「偏不在外」，不在外面。所以莊子談「至人之德」講到「能兒子乎？」怎樣叫嬰兒？「身若槁木之枝而心若死灰」，這就跟〈齊物論〉得道的南郭子綦一樣啊！同樣是周身輕靈放鬆、沒有負面情緒，是最理想的身心情況。當女生開始需要化妝才能見人的時候，就會羨慕像嬰兒一樣的肌膚，只是可能不曾深入細想，嬰兒般的肌膚是要怎樣的心靈工夫與身體技術才能共構成就。

不只儒家跟老莊，今本《列子》也說：

人自生至終，大化有四：嬰孩也、少壯也、老耄也、死亡也。其在嬰孩，氣專志一，和之至也；物不傷焉，德莫加焉。其在少壯，則血氣飄溢，欲慮充起，物所攻焉，德故衰焉。其在老耄，則欲慮柔焉，體將休焉，物莫先焉。雖未及嬰孩之全，方於少壯，間矣。其在死亡也，則之於息焉，反其極矣。（《列子．天瑞》）

「其在嬰孩」、「和之至也」，誰能像嬰孩一樣完美、完整呢？「氣專志一」，嬰兒心志專一，不會分神。嬰孩的氣十分飽滿，這就是為什麼外物傷害不了嬰孩。有機會的話去摸摸嬰孩的四肢，即便是在仲秋漸涼的天氣，四肢依然是溫暖的。可是你碰觸那些身體虛一點、米飯魚肉吃得少少、冰品水果吃多一點的同學，秋天一到，四肢末梢就都涼了。

再看到《呂氏春秋》，嬰兒仍被視為非常理想的典範：

三月嬰兒，軒冕在前，弗知欲也，斧鉞在後，弗知惡也，慈母之愛諭焉，誠也。故誠有誠乃合於情，精有精乃通於天。（《呂氏春秋．審應覽》）

「三月嬰兒」，「誠有誠乃合於情」。世上有誰比嬰兒更誠懇？成人世界有人敢一覺得不舒服便開始哇哇大哭的嗎？嬰兒何其誠懇啊，自然而然地合乎人間摯情。「精有精乃通於天」，你看那嬰兒的眼睛總是濕潤潤的，沒有乾眼症，不會嘴乾、痔瘡，因為津液非常充足。神精氣足，這是一種外在世界的清靈之氣很容易與其體內真陽之氣合一的狀態。從上引諸例可以看出，中國傳統經典中有把嬰兒當成人之典範的普遍現象。

解開「渾沌」密碼——

人是什麼狀態，在嬰兒之前？在出生之前？

嬰兒的歲月，是從剪斷與母親臍帶接連的一剎那開始的。如果人初生時的嬰兒狀態在傳統儒道各家的認知中已是這麼完美，我們不禁要想，剪斷臍帶之前、嬰兒在成為嬰兒之前，又是什麼樣的境況？這就是我們今天要進入的兩個字：「渾沌」。像解開達文西密碼一樣，我們要解開「渾沌」的密碼。

在很漫長的歲月裏，我讀《莊子》，對「渾沌」兩個字沒想太多。那時只覺是教導人們五官不要往外探尋，就這樣吧。可是很意外地，後來因為生病以後想要好好活著，更重視自己的身心修鍊，開始把鍊功的重要經典一部一部重新閱讀，這下發現「渾沌」這二字不得了，它其實有非常深刻的意涵。

一、從《莊子》寓言看「渾沌」

「渾沌」的解碼活動要先從《莊子》文本開始。《莊子》內七篇最後一篇〈應帝王〉結東在一則短短的寓言：

南海之帝為儵，北海之帝為忽，中央之地為渾沌。儵與忽時相與遇於渾沌之地，渾沌待之甚善。儵與忽謀報渾沌之德，曰：「人皆有七竅以視聽食息，此獨无有，嘗試鑿之。」日鑿一竅，七日而渾沌死。

為什麼「南海之帝」、「北海之帝」跟「中央之地」不同，是用皇帝的「帝」？什麼是「帝」？如果沒有人文社會的建構，世界上就不會有總統、帝王存在。但「中央之『地』」是蒼茫大地，並非人為的建構，是亙古以來就存在的。這段話告訴我們：南方大海的帝王叫「儵」，「儵」的意思是行動迅速。北海之帝叫「忽」，想必動作也挺敏捷。那麼中央之地為什麼叫「渾沌」？敢情是因為他沒有眼睛、鼻子、耳朵、嘴巴，才被叫做「渾沌」吧。

儵與忽這兩位帝王，每次約會的時候都想找個好地方，而剛巧距離他倆最中間的位置就是渾沌，於是就借用渾沌的場地來約會。久而久之他們就想：渾沌這麼好，免費提供場地招待，該好好報答他才是。就如我們送禮物總想對方缺什麼便送什麼，儵、忽就商量：「人皆有七竅以視聽食息」，大家都有眼睛、鼻子、嘴巴，可以吃、喝、看、聽、還可以玩，渾沌都沒有，實在太可憐了，咱們就送七竅給他吧。於是儵、忽就合作，「嘗試鑿之，日鑿一竅」，每天都幫渾沌開鑿一個孔竅。七天後，寓言故事的結局很驚人：「七日而渾沌死」，渾沌被鑿開、擁有了七竅，於是乎就死了。

在探究渾沌是誰之前，我們要循線來了解一下。「人皆有七竅以視聽食息」，但搞死渾沌的兇手，卻正是七竅。我們把這樣的論述和《老子》文本合參：

五色令人目盲，五音令人耳聾，五味令人口爽，馳騁畋獵令人心發狂，難得之貨令人行妨。是以聖人為腹不為目，故去彼取此。（《老子．十二章》）

「五色令人目盲」，我有這樣的經驗跟大家分享。我在念小學的時候，一次過年期間，電視上播放一部好看的卡通，是改編的《西遊記》，裏面的孫悟空有一個好可愛的女朋友。這卡通很長，每天連播數小時。我每天就盯著看，看到後來眼睛愈發累了，覺得電視實在太亮，但還是想看，就拿一方薄薄的紗布手帕擋在眼睛前，透過薄紗繼續執迷孫悟空與雪地女友的淒美愛情。那是我第一次知道再這樣看下去，眼睛真有可能瞎。

「五音令人耳聾」，有一段好長的歲月我喜歡耳機。別人告訴我有款耳機能讓你聽到來自天堂的聲音，我買了以後常常戴著聽音樂，幾個月下來覺得怎麼耳膜有點疼？從那天開始我不敢再頻繁使用擺進耳朵裏的耳道式耳機。

「五味令人口爽」，「爽」就是「失」，失去味覺的判斷。因為一次機緣到四川，我嘗到代表中國在世界比賽得到亞軍的一桌宴席。等我回到臺北，母親問：「聽說妳在梓潼吃到一桌全世界亞軍的宴席是嗎？品嘗了些什麼？」那一剎那我努力追憶，卻發現連一道也記不起來。母親問：「吃四十幾道，怎麼連一樣也記不住？怎麼可能？」可我真的忘了，我只記得另一餐去吃了簡單的農家飯，嘗了蒜苔還有好多記憶明晰的菜肴，可怎麼反而最精緻工巧又澎湃豐盛的一餐我卻全給忘了。因為滋味太豐富了，舌頭居然忘了該當記得的味道。

「馳騁畋獵令人心發狂」，這年頭每個人活動的空間通常很小，我的學生都少有機會在臺大操場馳騁遨遊，通常是畋獵在電玩的世界裏。我們看新聞，不時看到哪個小孩因為玩電玩性情大變、行為乖張，媽媽怎樣教訓他，之後母子怎樣失和變成社會事件，敢情馳騁畋獵真的可以讓人心發狂。

「難得之貨令人行妨」，有時候我們太想得到什麼卻得不到，就覺得綁手綁腳。

聖人不會放縱感官追逐以上的欲望，「聖人為腹不為目」，我想這個「腹」不是肚子，應該不是吃飽的意思，指的會不會是肚臍以下四指幅的「關元穴」，煉丹所守的丹田呢？

難道老莊是要人消弭人世間的欲望嗎？儒家在《禮記．禮運》說：「飲食男女，人之大欲。」如果一個哲學思想要人斷絕所有的欲望，那也就不必傳授或閱讀了，除非每個人都打算出家，老莊要我們斷絕的不是欲望。自然本能的欲望當然還是存在，肚子餓了就吃，看到心動的人就提筆寫一封情書，飲食男女如常。應該說，道家強調的是要改變我們使用感官的習慣。

二、「渾沌」的考證與詮釋

讓我們繼續追蹤什麼是渾沌。在我考察的過程中，發現有人用畫的：

我看到的當下有點傻了，不禁問了它一聲：「嘿！你真的是渾沌嗎？」讀中文系研究傳統文化的人還是從文字典籍下手吧。尋繹《莊子集成初編》、《續編》，翻閱一百多家的注釋，看看歷代注家怎麼詮釋渾沌，有些說得挺有道理。晉代郭象說，渾沌沒有孔竅，應該是比喻自然。宋代林希逸認為，渾沌應該象徵人的元氣。明代郭良翰說，位居中央的渾沌之地，在人身上是在心的下面、腎的上面、胃的前面，「是丹田虛空之所，非有形竅可見」，並非有形可見的竅穴，我們推測郭良翰講的可能是中丹田。清代方以智也從人身來詮解：「儵，表南心之炎火識王；忽，表北腎之命門情君。」認為作為「南海之帝」的「儵」，在南、屬火，乃是心識的主宰；作為「北海之帝」的「忽」，在北、屬水，為腎間情欲之君。那代表中央之土的渾沌又是什麼？明代朱得之說渾沌：「皆以況道之全體本來具足。」清代王夫之說渾沌「無明而無不明」。大家看了這麼多注家的文字詮釋，應該跟我一樣好像懂了，卻又不太懂。於是我想採取另一種研究進路——一種有別於傳統單在文字上訓詁詮釋的進路。有沒有可能透過身體的默會，用具身認知，來了解什麼叫渾沌？

全世界現在有非常多學門都會去探究什麼是生手？什麼是專家？專家跟生手有什麼差別？一個老鳥記者跟菜鳥記者，他們的知識能力到底有什麼不同？我把這樣一個「專家與生手」的研究方法與研究架構拿來探究《莊子》，想以這樣的角度探究歷代哲學家、思想家、修鍊者，他們有沒有可能在實際的身心操作、身體修鍊中去體會、實踐渾沌。

在研究的過程中我逐漸意識到，這真的是一個可以成立的命題。《莊子・應帝王》中，「渾沌」這個角色可能只能說是個意象、一個象徵。可是在後代確實成為可以讓人操練、實踐的內涵，可視為「渾沌」象徵、意象的語意實踐。這就是這個專題系列所要探究的主題。

這專題系列的第一個主題，是：「莊子『渾沌』意象的語意實踐：生命的原初與終極境界」。當你藉由古人以具身認知的心身操作，掌握住什麼是渾沌、為何要渾沌與如何渾沌之後，你會了解，原來在中國修鍊傳統的觀念裏面，渾沌是每一個生命的開始，也是人經過修鍊，擴充神、精、氣的生命潛能後可以到達的極致境界。

◆◆◆

體驗「渾沌」——

人人皆能達到的境界。

清代黃元吉寫的《樂育堂語錄》是一本挺晚出的書，也並非專門詮釋《莊子》的注解，而是一本單純談心身修鍊的書。可是許多鍊功家覺得這本書至為重要，當我為了身心修鍊而細讀之後，非常訝異地發現書裏有很多關鍵性的詞彙完全承襲衍繹自《莊子》。比如作者就用「渾淪物事」描述人受生之初父精母血媾成一團的渾沌狀態：

原人受生之初，父精母血，媾成一團，此時是個渾淪物事，並無氣息往來，只是個中微有一縷熱意，與母臍腹相聯。自脫胎而後，剪斷臍帶，即另起呼吸直從口鼻出入，而天地一點靈陽之氣，只落於中丹田。凡息一起，胎息即隔，一點元氣不能住於中者，自離母腹時已然矣。雖然，莫謂竟無也。人能一心靜定，屏除幻妄，迴光返炤於印堂鼻竅，自然漸漸凝定，從氣海而上至泥丸，旋復降自中田，何莫非此胎息為之哉？

讀來是不是挺有渾沌的感覺?當中只有「一縷熱意」，你在母親肚子裏的時候，有一縷熱意就這樣透過臍帶與母親相連。而就當你剪斷臍帶、與母體告別後，原本通同於天地靈陽之氣、運行遍於周身的「胎息」，就不再像在母親腹中那樣充盈完滿了。不完滿並非沒有，只要你一息尚在、仍舊存活於天地之間，你的胎息，也就是你的真陽之氣就還是存在。只是人們多半只留意口鼻呼吸，使得身體中那一點靈陽之氣難被察覺、不作擴充。由此我們知道，渾沌在心身修鍊傳統中、心身操作的進程裏，指的就是「受生之初」、「同於太空」的元氣狀態。《樂育堂語錄》又說，原來在長大之前，我們每一個人都有這樣一股渾淪磅礡之氣，主宰這個氣的神、當時的意識狀態是「不識不知」的。在後代心身修鍊的經典裏面我們非常清楚地看到，「渾沌」好像就是指受生之初、同於太空的神、氣還有意識的狀態。

《樂育堂語錄》並詳細描述人在受生之初、受胎之始渾沌狀態的氣血運作實況：

夫後天陰陽者何？即人身受胎之始，借父精母血而生者。到子時坎中有一陽之氣，運行於一身內外，午時離中有一陰之氣，周流於六腑官骸，二氣迭運，無有窒機，故日見其長。及至成人，多思慮以傷神，好淫蕩以損精，精神衰敗，此一身內外陰陽不復運行矣。……（至人）垂簾塞兌，息慮忘機，默默回光，返照於丹田一竅之中，以採取真陽之氣，烹煉至陰之精。……坎中之真陽，生於活子時，由是動以採之，上升下降，活午時到，離中真陰，生於其際，由是靜以養之，收于玄玄一竅。

「受胎之始」，是出生之前，還沒有從母親肚子裏鑽出來之前的樣態。中醫與東方修錬都非常重視時辰的影響，在子時，一陽真氣會運行周身，學過中醫的同學聽了就知道這指的是固衛體表、抵禦風寒的衛氣。各位將來如果有機會讀《黃帝內經》、讀《傷寒論》，就會知道什麼是滋養臟腑的營氣、什麼是固衛體表的衛氣了。到了午時，一陰之氣開始「周流於六腑官骸」，一陰之氣講的是滋養五臟六腑的營氣。「二氣迭運，無有窒機，故日見其長」，陰陽二氣就這樣規律交迭、運行不輟，受生的肧胎因而日益茁長。

可是隨著日漸長大成人，人們多了思慮或是淫慾，精氣便慢慢虧損衰敗。若想把消散亡失的精氣再鍊回來，自然也要配合子時跟午時的時辰去修鍊。今天這個專題主要探討什麼是「渾沌」，操作的事情，在下一個主題再細說。

那出生之後呢？人出生後，在漫長的歲月中有很多追求、有很多競爭、有很多攀比，我們的心、精、氣就慢慢失去原來的樣態。如果因為修了《莊子》，看到歷代讀《莊子》的人不管是《樂育堂語錄》作者黃元吉，還是讀中文系的人最愛的蘇東坡，想達到東坡詩中「是身如虛空，萬物皆我儲」的境界，那就要開始努力了。怎麼樣努力？靜也要練，動也要練。清醒時刻都要練，連睡覺也在練。《樂育堂語錄》解釋了之所以能透過修鍊返還受生之初渾沌狀態的原理：

靜合地體之凝，動合天行之氣。其呼也，我之氣通乎天之氣，其吸也，天之氣入於我之氣。致中和，天地位，萬物育，豈有他哉？亦求諸而已。

「靜合地體之凝，動合天行之氣」，唯有心、神、精、氣都處於理想的狀態之下，自然界的清和之氣才能跟體內的真陽之氣相合而擴充。因此一旦告別未出生前的渾沌歲月後，就得要求自己的言行、動靜要合於天地之理了。

如果這樣日以繼夜注心修鍊，最後能達到的境界是：

果能以神入氣，煉息歸神，則清氣自升，濁氣自降，而一身天地自然清寧。到得天清地寧之候，瞥見清空一氣，日迴環於一身上下內外之間，而非第胎息發現已也。尤要知此個胎息，非等尋常，是父母未生前一點元氣，父母既生後一段真靈，性得之而有體，心得之而有用，在天為樞，在地為軸，在人為歸根復命之原。人欲希賢希聖希天，舍此胎息，無以為造作之地也。

透過「以神入氣，煉息歸神」的修鍊，體內「清氣自升，濁氣自降」，清靈之氣日漸升發長養、不斷擴充，濁滯之氣就會日漸消退減少。如此一來，「清空一氣，日迴環於一身上下內外之間」，天地清空之氣自然入於體內、周流運行一身上下內外，自身之氣逐漸與天地清和之氣渾然為一。此時身上所具已經不只是當初「胎息發現」，而是自身體氣已全幅昇華、轉化成為真陽之氣。在道書裏面我們看到，從胎息時期遺留下來、現在仍留少部分存在體內的真陽之氣，透過道家的擴充工夫讓它迴環一身。這就是歷代修鍊者、研讀並體會《老》《莊》者很想達到的天人合一的聖賢境界。

如果你過去閱讀的《老》《莊》注解比較偏向玄理派的話，聽到這裏會感覺有點迷惘：太修鍊了！太不哲學了！這時候就要讓大家對照合參一下。「清空一氣，日迴環於一身上下內外之間」這樣的描繪，不是很像《莊子・知北遊》的「通天下一氣耳」嗎？不是很像〈逍遙遊〉的「之人也，將旁礴萬物以為一」嗎？甚至連儒家的孟子也談「我善養吾浩然之氣」、「其為氣也至大至剛，以直養而無害，則塞于天地之間」、「是集義所生者，非義襲而取之也。行有不慊於心則餒矣」。《孟子》書中摹寫直接受心神狀態影響的氣可以透過擴充、集義的工夫，讓它充塞於天地之間。這與莊子筆下「旁礴萬物以為一」的氣，情狀相彷，我們不禁要問，這些不約而同出自東方修鍊傳統裏的敘述，會不會其實是狀寫一個自古存在、傳承久遠的境界？

「渾沌」的真偽——

不是昏昏沉沉，而是心如虛室般清朗、寧定，幾乎忘卻形體。

再看道書辨析「混沌一覺」有真有假。不要誤以為今天腦袋昏沉不清就是渾沌，也不要覺得今天背了好多書、解了好多題，腦子運用得很靈活就是覺醒。到底什麼是「混沌真覺」？《樂育堂語錄》說：

雖然混沌一覺，有真亦有偽。如今之人，昏迷一吓，即以為混沌；知識忽起，即以為一覺，此皆認賊作子，斷難有成。惟一無所有中，忽然天機發動，清清朗朗，虛虛活活，方纔算真混沌真覺。不然未有不以昏迷為混沌，知識為一覺也。

這段話有四個字很重要——「一無所有」中，才是「混沌真覺」，且應是清清朗朗、活活潑潑的。什麼叫「一無所有」？如果把「一無所有」放在《莊》學脈絡中來理解，應該就是《莊子．齊物論》的「心如死灰」，再也沒有負面情緒，就像不再燃燒的灰燼般寂靜寧定。我們很難買到一本小說從頭到尾都沒有負面情緒，因為那樣未能鏡現真實世界的小說可能就沒人要看了，人要達到「心如死灰」的境界是不容易的。進一步還要邁向《莊子．人間世》所謂「虛室生白」的境界，不只沒有負面情緒，連念頭也減到最少，這時候心靈這間屋子就自然充滿了明亮光輝。這種情況就像打掃房子、把垃圾都搬出去後，就會覺得家裏亮了起來，不是燈的瓦數增強了，而是障礙物少了。

《樂育堂語錄》裏描述了非常接近渾沌的樣態：「息息歸根」、「我身渾如太虛，直若無有身形者」，就像穿上了《哈利波特》裏的隱形斗篷一樣，好像沒有可見的肉身了，但你依然存在。這時「此身在氣機包裹中，如春蠶作繭一般」，我想起第一次感受到氣與勁的經驗，那時我就是用蠶絲來形容那種感覺。在我乖乖打拳的歲月裏，可能有一天特認真，打特多時辰，打到狀況最好的時候，確實有一種整個人非常透明，且並不僅只臍下四指幅丹田處有乒乓球大小如絲氣繭的感覺。這種感覺非常短暫、非常稀有，因為我是個武盲，道行還很差。但我大概能了解如絲氣繭逐年擴充至周身後「在氣機包裹中，如春蠶作繭」，大約會是什麼樣態，因為可能曾經體會到萬一吧。

「無有身形」、「氣機包裹」所描述的境況正與《莊子》書中對得道者身體感的描述相通。「無有身形」正通同於〈齊物論〉裏說的「嗒焉似喪其耦」，「嗒」是解體，好像失掉肉身，不就是「無有身形」嗎？「又若此身在氣機包裹中」，這句話就跟前面提過的「通天下一氣」、「旁礴萬物以為一」，甚至孟子說的「以直養而無害，則塞于天地之間」相通。讀中文系多年，沈潛諸子多年，喜歡思想史多年，不禁捫心自問：我擴充了嗎？集義了嗎？開始感受浩然之氣了嗎？

現在知道、了解什麼叫「渾沌」了，它既是生命一開始自然本有的狀態，也是經過修鍊後可以達到的極致境界。透過後世修鍊者的描述，我們依稀彷彿知道什麼是「渾沌」。

操練「渾沌」——

擴充每一個人天生具備的身心潛質。

這時候就要問，為什麼要渾沌？操練渾沌好孤單。現在大家流行打籃球、抓寶可夢，要是你說：「我要去渾沌了。」沒人聽得懂。為什麼我要練一個在當代這麼冷門的工夫？今天就用《樂育堂語錄》這本書來理解古人怎麼樣修鍊、為什麼修鍊《莊子》。《樂育堂語錄》提到：「天地人」是「一氣相貫注」的，透過氣溝通連結為一整體。可是「天地無為」，天地沒辦法作為，「為之機在乎人」，只有人可以主動作為。講到這就有點悲傷，人是萬物之靈，只有人能讓地球、大自然維持最美好、甚至臻至更美好的樣態。可是呢，人類的文明現在到處留下一堆又一堆像山、像島嶼一樣龐大的垃圾與污染。「三才者，天地人」，人雖然與天地並稱三才，但由於具備了主動作為的能力，實為「天地之主」，如果人不做那麼多負面的事，而能自覺地去擔當大任成為天地的主人，去開發、擴充「人各一天」，每一個人天生就有的心身潛質，去體現身為人的靈性和主體性，由此開展隨心身一併升進的家庭、專業、志業，就是一種非常積極而有意義的行為。至於為什麼要練？

務要煉出胎息，色身方有主宰。……此息是父母未生前，一點太極，既生後一點元陽，性依此氣以為主，命得此氣而不壞，在天為天樞，在地為地軸，在人為北斗。天、地必有樞、軸，而後可以長存；人身有此北斗，而後可以長生，此氣誠元氣也，所謂真陽一氣之動，即此胎息所積累也。（《樂育堂語錄》）

「務要煉出胎息，色身方有主宰」，原來只有選擇致力修鍊天生本有的「胎息」、「元陽」、「元氣」、「真陽一氣」，才能真正主宰我們的人生。你說：「不會啊，就算我都沒練，每天的人生也都還是由我自己主宰的，課是我選的，今天要不要來上也是我決定的。」但那是你今天沒生病，如果像我一樣，曾經經歷過從床鋪的中間爬到床緣需要十五分鐘才能辦到的體況，請問你要怎麼主宰你的色身？我一位同事說他近日在趕論文，我問：「你這幾天熬夜了？」「沒有，我眼睛現在不行了，現在一天絕對不能用眼超過兩個小時。」人要到一定的年齡、有一定的遭遇，才知道什麼叫心有餘而力不足。如果你想永遠當自己的主人，那你真的就要慢慢地積累你的胎息、你的真陽之氣。

講到「色身方有主宰」，你乍看覺得陌生，可是在〈齊物論〉就曾提到「真宰」、「真君」。講到積累胎息，你可能也感陌生，但我們在〈逍遙遊〉已經讀過姑射神人「旁礴萬物以為一」了。為什麼要探究渾沌之道？為什麼要擴充我們每一個人天生就有的一口真氣？

《樂育堂語錄》解釋：

> 惟至人窮究造化妙義，識得生死根源於此。混沌忽然有覺，立地把持，不許他放蕩無歸，但只一暈靈光，洞炤當空，惺惺常存，炯炯不昧。初不知有所覺，並不知有所炤，更不知有所把持。斯為時至神知，知幾其神。由此日運陽火，夜退陰符，包裹此太極無極之真諦。久久神充氣盛，頓成大覺金仙，永不生滅。勿謂此一覺，非我仙家根本，而別求一妙術也。

修鍊的目的，就是為了把持「生死根源」，做到「神充氣盛」。我們每個人每天面對求學、工作，都想用最好的精神、體力來應對，從事這樣的修鍊會比較容易做到。所謂「把持」生死根源，不就是真的去「君」、「宰」自己的生命嗎？「神充氣盛」，不就是「旁礴萬物以為一」嗎？那麼真氣的擴充是怎麼辦到的？

至人明得金丹大道，係清靈之氣結成。而清靈之氣又不自來歸，必假我身中真陰真陽，然後可以招攝得來。（《樂育堂語錄》）

你們讀過這麼多的中國經典，一定會發現東方有一個元素是西方哲學或科學所缺少的，那就是「氣」。《周易．乾．文言》裏的一句話是「氣」最重要的原則和道理——「同聲相應，同氣相求」，性質相同之氣將自然匯聚。如果你全身多是穢濁之氣，心又亂得很，那即便到空氣再好的地方，能吸收獲取的也有限。中國修鍊傳統認為，當你的「真陰真陽」之氣越來越充足，天地間的「清靈之氣」才能「招攝得來」，匯聚於己身，日漸充盛。

操作「渾沌」——

收回外逐注意力，專注感知內在，使神、氣合一。

要怎樣操作、實踐「渾沌」？

渾渾淪淪，混混沌沌。……為將此心安放在虛無窟子，若有知，若無知，若有想，若無想。外接天根，內接地軸，綿綿密密，于臍腹之間一竅開時，而周身毛竅，無處不開，此即所謂胎息。（《樂育堂語錄》）

簡單地說，要操作渾沌，首先要將注意力收攝歸返「虛無窟子」我們於是可以把「將此心安放在虛無窟子」同〈齊物論〉說的「真宰」、「真君」，和〈逍遙遊〉「其神凝」的「凝」字，以及〈人間世〉的「徇耳目內通」作非常契合的連結。心該專注在哪裏？把雙耳雙眼所有外逐的感官跟注意力從外在世界收回，將心專注、安放於一處，觀看、感知內在的自己。這樣的活動做久了，就慢慢可以體會「綿綿密密，于臍腹之間一竅開時」，在臍下四指幅的闕元穴，也就是下丹田的位置，感受到綿綿密密的氣。這是鍊氣、養氣最容易感受到氣的部位。這有沒有可能就是莊子講「其神凝」卻未加著墨的具體神凝之所？這個問題留待我們第二個專題「『神凝』與『一志』」再來詳談。

聽到這裏，你可能會問：「我們真的可以用這麼晚才出現的一本書來詮釋《莊子》嗎？不管黃元吉到底是元朝人還是清朝人，就算他如傳說中活了幾百歲，跟莊子的時代還是隔得太遠了吧？」

在〈大宗師〉的傳承敘述裏，我們會了解《莊子》書中的許多內容不是莊子一人獨創發明的，很多是早在其前就口耳相傳、綿延久遠的。[1]聞一多先生跟我的老師張亨先生的研究，明明白白地告訴我們在莊子之前可能早就有「古道教」的存在。所以，會不會有這樣一個修鍊傳統，從莊子之前到莊子之後，從古到今一脈相承？神闕穴跟闕元穴這兩個穴道的名字，可能可以證明這樣的假說。

---

1 《莊子·大宗師》：「南伯子葵曰：『子獨惡乎聞之？』曰：『聞之副墨之子，副墨之子聞諸洛誦之孫，洛誦之孫聞之瞻明，瞻明聞之聶許，聶許聞之需役，需役聞之於謳，於謳聞之玄冥，玄冥聞之參寥，參寥聞之疑始。』」南伯子葵請教女偊如何得知「『參日而後能外天下』→『七日而後能外物』→『九日而後能外生』→『朝徹』→『見獨』→『无古今』→『入於不死不生』」的求道過程，在女偊回應的傳承系譜（副墨之子—洛誦之孫—瞻明—聶許—需役—於謳等），無論是姑隱其名、抑或是虛構人物的稱謂，不外是意在強調只有親自致知，前修後學才能體現授受而傳遞不絕，可見《莊》學係屬具身認知、默會之知。

這兩個穴道的名字讓我們知道「其神凝」、「虛無窟子」的所在，雖然不可見，卻又有具體實存之所。穴道本身是看不到的，但我們可以透過骨骼、透過肌肉找到它的位置。神闕穴，就是肚臍，心神從此離開母體，留下一個缺口，所以叫做「神闕」。關元穴則位在肚臍以下距離四根手指寬的地方，元氣蘊藏於此，所以要關好，不能向外傾洩，因此叫做「關元」一穴。我們從穴道的名字似乎可以證明，早在三百六十個穴道的名稱備見於《黃帝內經》（成書於戰國至西漢）之初，可能就已經有了這樣一套修鍊傳統或生命觀念。

那麼要如何做到「渾沌」？

混混沌沌中，而知覺常存，不過主宰不動而已矣。既混沌中，而有知覺之心，又要明得神氣打成一片，如痴如醉一般。若明覺一起，先天元氣即為後天陰識所遮，又隱而不見矣。太上云：恍恍惚惚，其中有物，是可見恍惚而得之，即當恍惚而待之，如酒醉之人一樣，方不將神氣打成兩橛。神氣既已混合如此，運動河車上下往來，庶無處不是太和元氣。（《樂育堂語錄》）

「混混沌沌中，而知覺常存，不過主宰不動」，有意識地專注，把對外的注意力與執著全部收回，內返己身。這時候，整個世界只剩下呼吸的聲音。你並不是在控制呼吸，只是傾聽著自己自然呼吸的聲音。「神氣打成一片」，「神」指的是注意力，收回注意力、傾聽自己的呼吸，你的注意力就跟你的呼吸打成一片了，最終會達到「神氣混合」的境界。一開始練習操作，會覺得怎麼可能全無思慮、完全不想身外之事？但只要持之以恆，就會在每日的練習中感受到慢慢積累的專注。這樣透過知覺主宰不動去達到神氣混合境界的論述，在《莊子》中也會發現相當契近的語言。〈齊物論〉中強調「真宰」、「真君」，肯定心神靈魂可以是生命的真正主宰，因此〈逍遙遊〉中的姑射神人「其神凝」，將注意力凝聚觀照己身，而〈人間世〉的「徇耳目內通」同樣指出應將雙耳、雙眼等感官原本外逐的注意力從外在世界收回，專注感知自身內心。

這樣的操作可以做到何等境地呢？《樂育堂語錄》指出：

又曰：「人身渾與天地一氣，除却有我之私，皆是天也。」天豈遠乎哉！欲到此地位，須心空無物，性空似水，至於忘物、忘人、忘我，纔有此太和一氣。學者，欲與太虛同體，必使內想不出，外想不入，即出入息，一齊化為光明。

真陽之氣的逐日積累，正是通往「人身渾與天地一氣」，自身之氣與天地之氣渾然一體的境界。而唯有「內想不出，外想不入」，漸漸做到沒必要思考時完全沒有念慮、如水般澄澈的狀態，「忘物、忘人、忘我」，不記罣到彷彿忘記外物、人我的存在，才能夠「與太虛同體」，體氣和順、穢濁寒濕之氣漸少，真陽之氣漸多，終至與天地清和之氣渾然為一，「一齊化為光明」。道書中這種「人身渾與天地一氣」的敘述，恰好與《莊子・逍遙遊》「之人也，將旁礴萬物以為一」之說相容互通。而「忘物、忘人、忘我」、「內想不出，外想不入」等工夫，又與《莊子》中反覆論及的「忘」的工夫相呼應。

太極拳從學習第一式「起勢」開始，老師就會告訴你，打拳的時候，腦子裏最好什麼都別想。也因此你會發現，打拳是最容易讓你察覺你的執著在哪裏、牽掛在哪裏的活動，因為你會清楚知道有哪些該忘記的執著卻還牽掛著。我們可以在《莊子》的文脈中看到「忘」這個工夫原則不斷反覆出現，〈刻意〉篇說：達到最高境界的人「无不忘也」，這世界上沒有什麼事是他無法忘掉、放下的，也就是他不再執著些什麼了；可是雖什麼都不執著，卻反而因此能擁有全部，「无不有也」。

〈田子方〉篇說：「雖忘乎故吾」，雖然莊子不斷地叫你忘、叫你不要執著，可是「吾有不忘者存」，還是有不應忘記的事。那個「不忘」就是：注意自身的負面情緒是否已慢慢減少？我今天做到「心如死灰」了嗎？對於出現在我眼前的那個我一直喜歡著的人，至今我是不是依舊很執著呢？面對我不喜歡的人，我是否還是看了就生厭呢？我方才有沒有做到「用心若鏡」？此刻有沒有「照之於天」、「得其環中」或「安之若命」呢？自問今日我有沒有將「心齋」當作最重要的功課呢？莊子要我們「不忘」的，就是永遠要牢記著這些愛護、長養自身心靈亟需操作的事。

但是要忘掉的可多了，從「忘年、忘義」（〈齊物論〉）、「忘仁義、忘禮樂」（〈大宗師〉）、「與其譽堯而非桀也，不如兩忘而化其道」（〈大宗師〉），到「知忘是非，心之適也」（〈達生〉）、「倫與物忘」（〈在宥〉）、「忘乎物」（〈天地〉）、「相呴以濕，相濡以沫，不如相忘於江湖」（〈大宗師〉）。莊子要我們對年壽、仁義、禮樂、是非、外物、情感都不要過度執著，因為過度執著會影響內心的平和。〈天運〉篇還提到，你要真的做到心懷敬愛地孝順父母，還要能「忘親」，心靈並不因此牽掛、攪擾，然後進一步「使親忘我」，讓爹娘對我們也不要過度牽掛、執著，接著還要能「兼忘天下」，讓自己對天地間的事物盡力之後，便不再掛懷得失，最後要做到「使天下兼忘我」，就算你有機會貢獻天下、為天下做些什麼，也不要讓眾人覺得是你的功勞。

莊子提出這麼多要「忘」、要拋卻執著的事物，就連最親愛的人也不可過度執著，甚至對自身也要做到「形有所忘」。《莊子．德充符》說：「德有所長，而形有所忘」，隨著內在德性的長養，對形貌等實質精神內涵之外的執著就會日漸減少，最終達到〈大宗師〉的「墮枝體」、「黜聰明」，忘卻四肢形軀以及聰明智識的「坐忘」境界。以我為例，雖然我也是女人，但發現自己隨年歲漸增，每長一歲、每多學莊子一年，好像慢慢變得愈來愈不在乎外表了，慢慢做到所有會影響心情跟健康的漂亮都不要了。在臺大教書那麼多年，總是會有一種學生帶著靦腆又慧黠的笑容出現在你眼前，然後問你：「老師，我是你教過的學生裏挺聰明的嗎？」我回答「是」，不聰明怎麼考得上臺大呢？可第二句她又追問：「那是最聰明的嗎？」這樣就太執著了，得忘掉自己的聰明才行！

我作過幾年的重訓，相較於西方訓練能愈發明確感受到自己身體的每一塊肌肉存在，東方的修鍊則以愈發輕靈、忘掉身體的一切為目標，這樣的追求跟西方的身體訓練目標著實不同。修鍊過程中，慢慢感覺到自己沒有手指、沒有手掌、沒有手腕，沒有小臂、手肘，沒有大臂、肩膀，沒有脊椎骨，沒有身體，最終造境是「忘己」（〈天地〉）、「忘汝神氣，墮汝形骸」（〈天地〉）、「忘其肝膽」（〈達生〉）、「忘身」（〈山木〉）、「忘形」（〈讓王〉）的境界。

除了「忘」這個字，莊子也用「喪」、「外」、「遺」等語彙來說明這個解消執著的工夫。〈人間世〉描述這個工夫的具體步驟：首先要「无聽之以耳」，關上耳朵，不要放任感官的注意力向外追逐，要內返己身，注意自己的心是不是平和。「无聽之以心」，當對外在的注意力少了，你便會聽見自己的呼吸，這時候你還很清楚地好像在傾聽著、注意著什麼，可是最後連這種注意都會變成自然而然，不用刻意注意就隨時都在注意了。最後真陽之氣充足，甚至可以達到更高的「聽之以氣」境界，可以透過「氣」來聽、來感應。

「渾沌」之境的身體與心靈感受——

忘卻形體、忘卻身處在具體的空間，周身真氣充盈。

我們知道在《莊子》書中身、心修鍊是一體的。當你將「忘」、「喪」、「外」、「遺」的工夫做到盡頭的時候，你的心靈肯定已經達到幾乎或完全沒有負面情緒的境界。即便在上課的此時也能隨時分一些注意力內返觀照己身，像我道行還不夠，是在講到這一點的時候忽然意識到：「欸？注意力離開丹田了。」馬上提醒自己將注意力放回丹田。你從事生活日用每一件事的時候，最好都仍然留一點注意力擺在自身。這時你的心靈不只「心如死灰」、沒有負面情緒，最後甚至連多餘的、心不在焉的念慮也沒有，這就是「虛室」的境界了。我們都有這樣的經驗，整理乾淨了，房間就亮了，莊子則用「生白」（〈人間世〉）、「葆光」（〈齊物論〉）描述念慮淨空後，心靈盈滿明亮光輝的樣態。

一旦晉入渾沌之境，自身之氣就能跟天地之氣往來無礙、融通一片，《樂育堂語錄》對如是境界的身體感有詳盡的描繪：

人欲成不生不滅之神，與太空同無始終，可不虛其心、恬其神，而仍持血氣流行之氣可乎？吾前云玄關一竅，實在神冥氣合，恍恍乎入於無何有之鄉、清虛玄朗之境。此時心空似水，意冷於冰，神靜如岳，氣行如泉，而初不自知也。惟其不知有神，不知有氣，并不知有空，所以與太空之空同。功修至此，動靜同夫造化，呼吸本乎氣機，皆由吾身真陰真陽合而為一之氣，所以與天地靈陽之氣，一出一入，往來不停，以彼此混合，團成一區，空而不有，實而不著也。

在追求渾沌的路上，我們「虛心」、「恬神」，使心神達到虛空恬靜的狀態，最後將達到「神冥氣合」，精神與一身內外的元氣渾合一體，進入所謂「入於無何有之鄉」的狀態。此時你根本不覺得自己是置身在一個具體的空間裏，就像蘇東坡在〈贈袁陟〉這首詩中描述的：「是身如虛空，萬物皆我儲。」這時「心空似水，意冷於冰」，你的心是空的、沒有念慮，像水一樣空靜澄澈。你的意念如結冰般靜止不動，你不會還記掛：「欸，今天十月幾號呀？百貨公司週年慶還剩幾天啊？滿五千送五百的活動是不是快要結束了？」沒有這種往外追逐的意念。「神靜如岳」，你的精神、你的眼光、你的注意力不再是外逐的，它安靜下來了，像山岳一樣沉靜。只有當你的心、意、神達到這般境界的時候，氣才能達到最和順、充沛的狀態，所謂「氣行如泉」，像泉水一樣汩汩湧動。你體內的真陽之氣就這樣慢慢茁壯、積累。如果你非常認真操練這樣的工夫，古代的經典告訴我們：在七天到一百天之間就會有非常明顯的效果。你的「真陰」、「真陽」之氣充沛了，就能與「天地靈陽之氣」溝通往來，彼此融通為一個不可分的整體，這不就很像「渾沌」嗎？

《樂育堂語錄》又說：「神氣有一分交合，自有一分混沌，有十分交合，自有十分混沌」，我們在第二個專題會具體講能通往渾沌的「其神凝」工夫，你如果下課後決定每天都來操作「其神凝」十五分鐘，然後再慢慢從十五分鐘增加到二十分鐘，日積月累，最後會進步到你的神跟氣時時刻刻都是交合的「混沌景象」。從「有一分混沌」逐漸進步到「有十分混沌」，然後就會變成全身、周身都充盈真氣的混沌景象。那是一個怎麼樣的景象呢？「果到神氣大交，自然渾渾淪淪，外不知有人天，內不知有神氣，宛如雲霧中騰空而起，無有渣滓間隔，適與天地人物，渾化而為一氣也。」這段文字描述的就是「混沌」兩個字在身心修鍊當中被體現的樣態，不再意識到有自我、外物、心神、精氣的分別與存在。這樣的描述，或者東坡的「是身如虛空，萬物皆我儲」，都很近似〈逍遙遊〉姑射神人的「旁礴萬物以為一」，同樣描繪出人身之氣與天地之氣溝通無礙、渾化合一的境界。

◆◆◆

最後作一個簡單的複習。左表上方是《莊子》的語言，下方是後人讀《莊》，體現《莊子》、實踐《莊子》留下的紀錄，是一種具身認知的語言。

「渾沌」操作指南

《莊子》	《樂育堂語錄》
真宰、真君（〈齊物論〉）	把持生死根源，知覺常存、主宰、不動
忘／喪／外／遺	心空不想
无聽之以耳、无聽之以心（〈人間世〉）	內想不出，外想不入

徇耳目內通（〈人間世〉）	心安放在臍腹之間一竅
其神凝（〈逍遙遊〉）	意冷、神靜
通天下一氣耳（〈知北遊〉）	神充氣盛 神氣交合 神氣混合 招攝得來 迴環一身上下內外之間
嗒焉似喪其耦（〈齊物論〉）	若無有身形者
旁礴萬物以為一（〈逍遙遊〉）	混沌之義／渾沌景象／人身渾與天地一氣／與天地靈陽之氣彼此混合團成一區

道書說要「把持生死根源，知覺常存」、「主宰」、「不動」，這不就是莊子講的「真宰」、「真君」嗎？當你開始有意識地觀照自己，注意自己的心、自己的情緒，會發現剛開始很難，因為你的注意力還在外面，因為你總怕手機有簡訊傳進來，沒在第一時間回覆；怕你在意的人找你，你沒法馬上跑進電話亭換上超人裝衝出去拯救她。所以你要慢慢學習，將注意力收攝內返自身，同時學習怎麼樣深情地愛一個人，但不陷溺、不執著。

莊子說要做到「忘」、「喪」、「外」、「遺」，「无聽之以耳」、「无聽之以心」，這不就是後世修鍊者所體現的「心空不想」、「內想不出，外想不入」嗎？要不想很難，因為人執著的事物非常多。一旦真的慢慢做到了、執著減少了，那你的注意力就朝內走了。就像〈人間世〉說的「徇耳目內通」，將雙耳、雙眼那些感官外逐的注意力從外在世界收回，專注於傾聽、觀看、感知自己的內心、自己的氣、自己的精。〈逍遙遊〉說「其神凝」，道書說「心安放在臍腹之間一竅」、說「意冷」、說「神靜」，你一定發現這些敘述都非常地契合而相近。

所以後代修鍊者講的「神充氣盛」、「神氣交合」、「神氣混合」、「招攝得來」的「迴環一身上下內外之間」的氣，不就是《莊子．知北遊》講的「通天下一氣耳」嗎？這樣的身心修鍊進程中，可以通往一個非常高的境界，「若無有身形者」，也就是〈齊物論〉南郭子綦的「嗒焉似喪其耦」，好像不再擁有這個供心神寓居的形軀。

最後，達到所謂的「渾沌景象」、「渾沌」境界，這時「人身渾與天地一氣」、「與天地靈陽之氣彼此混合團成一區」，正實現了姑射神人的「旁礴萬物以為一」、與天地之氣渾然為一的生命境界。

如果過去我們只是在紙面上讀《莊子》，沒有把它拿來跟自我生命、身心結合，那《莊子》就是《莊子》，你就是你。可是如果你覺得這些學問是我們在當代依然可以用身心承載、實踐的學問，那也許我們可以依循後代一些修鍊者修鍊《莊子》的足跡，尋訪、探索那很可能接近《莊子》真意的真意。

體驗古典——貳

「神凝」與「一志」：

歸返「渾沌」的入手與究竟

在進入今天「體驗古典」的課程以前，先回顧一下體驗古典的主題：「莊子『渾沌』意象的語意實踐」，想探究歷代哲學家、思想家、修鍊者如何在身心的操作中、身體的修鍊中去體會、實踐「渾沌」。這個主題又分成兩個子題，前面已經談過第一個專題「莊子『渾沌』意象的語意實踐：生命的原初與終極境界」，當我們從具身認知、默會之知的研究取向進入，發現「渾沌」可以是《莊》學義界下生命的美好開始與人人具備的潛質，且是《莊》學義界下的終極境界，是人透過修鍊可以達到的最高身心境界。

更重要的是古典的實際操作，也就是現在要進入的第二個專題：「『其神凝』與『若一志』」，講簡單點就是「神凝」與「一志」，是《莊》學歸返「渾沌」的入手與究竟，「入手」就是入手工夫、基本功，「究竟」是即使你達到最高境界的時候，依然要做到、實踐的工夫。

什麼是「其神凝」——

精神、靈魂、眼神的凝聚與安定。

〈逍遙遊〉是這樣說的：「其神凝，使物不疵癘而年穀熟。」神人只要精神一凝聚，居然就能讓作物不受病害、稻穀豐收。要了解這句話，先從探討“What”開始，到底什麼是「神凝」？了解以後才能操作。透過《莊子集成初編》、《續編》，很容易從歷代注家的注釋得到解答：宋代林希逸說「神」是「精神」，即“spirit”；清代的陸樹芝則說是「身中之神靈」，也就是“soul”；清代黃元吉《樂育堂語錄》指出人的「神」表現為「兩目之光」，是目光。我們都聽過閉目養神、垂簾養神，在中國古人心目中，一個人精神、靈魂的狀態如何，是可以透過其人眼睛的神色狀態看得很清楚的。

知道什麼是「神」，接下來得明白什麼是「凝」。唐代成玄英解釋「凝」就是「靜」，安靜。我們的精神、靈魂、眼神要怎麼安靜呢？明代釋德清與清代高秋月都以「定」詮釋「凝」。當精神、眼神能夠凝聚、安定的時候，這時候不只表示其心靈安定，外在世界也會受到正面的影響，甚至能感應影響作物，令五穀豐收，「使物不疵癘而年穀熟」的描述就是這麼來的。

很多受過西方理性主義洗禮的學者認為姑射神人章只是莊子穿插的一小段神話，但清代注家周拱辰主張「此皆神人實事，非寓言也」。民國初年的學者蔣錫昌甚至認為神人的工夫全在「其神凝」三個字，可見「神凝」有可能是《莊》學裏一個具體可行的工夫，一個可以真實達到的境界。如果今天要講莊子學問的「方」，「敢問其方」的「方」，或者「實」，境界之實，都不外乎「其神凝」這三個字。為什麼之前講〈逍遙遊〉要不斷凸顯「其神凝」的重要？因為它是一個具體的工夫。它不只如民國時的劉武所說是修道的「著手處」，更被明代朱得之認為是「養神之極」，既是入手工夫，也是工夫的極致。

我研究《莊子》到今天，才回想起童年是多麼地不懂事。我常說我在學拳，但也不算，是很混地學。不只一次聽父親告訴學生：「你如果真想把太極拳鍊成的話，就在夜裏打拳，打到有一天覺得整個身體消失在夜色裏，你就鍊成了。」我在一旁聽，心裏淺淺地笑，這怎麼可能是祕訣嘛？當你不覺得這是能否鍊成的關鍵、是祕訣，就不會去注意此等身體的感受。直到我走上《莊子》的學術研究之路，研究「嗒焉似喪其耦」、「形如槁木」，覺察原來身體輕靈到盡頭會像乾掉的木材、像形神解體般丟掉身體，我才驚覺那一句話是真傳哪！某日我聽父親對一個特別乖巧認真的學生又說了：「你要進步得快，就整天把注意力都擺在丹田[1]吧！」我心想：這好像不是多重要的工夫。直到有天我做這方面的研究，做到盡頭才發現：天哪，這是武林第一祕訣！但跟我原先想的都不一樣，武盲總以為要傳授踏雪無痕、草上飛那樣的高招才是祕訣。大家不要覺得工夫太簡單就不重要，其實是非常重要的。中國傳統武術深受道家思想影響，武術強調的心靈課程也非常像。「神凝」是入手，也是最高、究竟。清代煉丹家黃元吉在《樂育堂語錄》也提到：「煉丹者，第一在凝神。」丹道修煉最重

1 丹田：即肚臍下三寸（四指幅）「關元穴」。

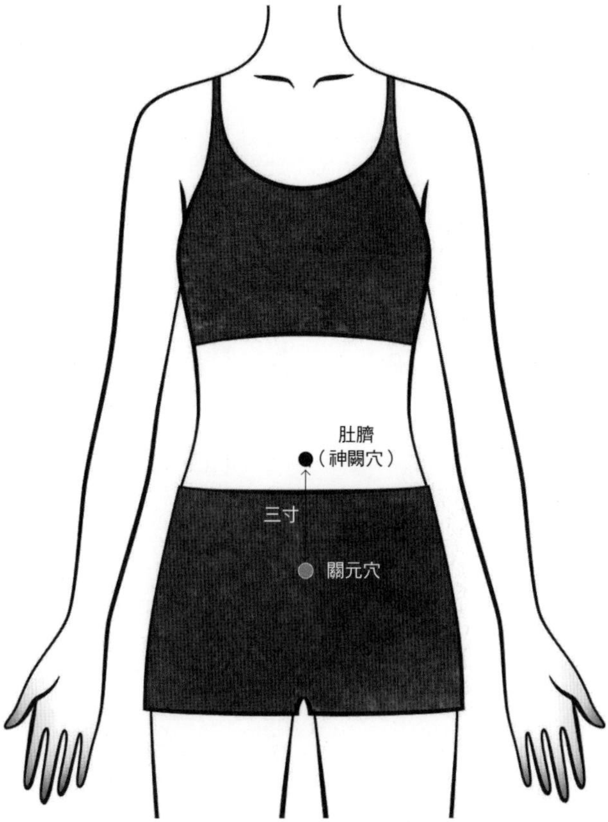

要的工夫就是「凝神」。

到底一個人做到「其神凝」的時候心靈會呈現什麼樣態？身體會是什麼樣態？注家告訴我們，〈齊物論〉裏說的「形固可使如槁木，而心固可使如死灰」，就是做到「其神凝」會擁有的心身狀態。

我們在讀《莊子》的時候很容易被一道道篇章的藩籬界限阻隔，這是〈逍遙遊〉、那是〈齊物論〉、這是姑射神人、那是南郭子綦。可是站在具身認知、工夫習練的立場，它們不該是獨立並列，理應是彼此連動的有機整體。今天你如果做到「其神凝」，心靈放鬆了，身體就跟著放鬆，這樣一來也就更不容易有負面情緒了。彼此其實是同一門體道工夫跟體道境界不同面向的描述。

操作「其神凝」的目的——

靜定心神，以凝聚磅礡真氣。

知道什麼叫「其神凝」之後，接下來就要問“Why”，為什麼要操作「其神凝」這樣的工夫？參加熱舞社或打籃球不是更時尚的活動嗎？透過歷代的注解可以閱讀到一些重要訊息。明代陳治安提到「神凝則氣聚」，原來把注意力集中在身體的某個地方，精神狀態做到沒有負面情緒、沒有念慮的當下，你的氣才能凝聚，真氣才不會渙散，這是「御氣」、「氣聚」非常重要、絕對必要的操作原則。一定要先做到「神凝」工夫，氣才能充沛，才能進一步達到真氣磅礴的充盛狀態。

講得具體一點，注家周拱辰說：「神凝而我有真水焉，有真火焉。」所謂「真水」指的是人體五臟內所藏之「精」，「真火」講的則是「真陽之氣」，如果精神能凝聚，身體才會開始蓄積所謂的陰精與真陽之氣。丹田有了真陽之氣，慢慢地擴充到打通小、大周天，才能進一步超越身體形軀輪廓的界限，達到「贊天地之化育，輔萬物之自然」以及〈逍遙遊〉「旁礴萬物以為一」的境界，也才能獲致「使物不疵癘而年穀熟」的效驗。

常有人覺得姑射神人這一段很美，但就像欣賞完一段美文，便這麼翻過去了。可明代注家朱得之說：「竊謂經中窮神極化之妙，備見此章，而聞者以為狂而不信，豈止一肩吾而已哉。」我們很容易忽略「其神凝」這三個字，覺得人愛胡思亂想什麼就胡思亂想什麼、想煩惱就煩惱、想生氣就生氣、要悲傷就悲傷不好嗎？為什麼要「其神凝」、「心如死灰」？原來是因為有御氣、聚氣，甚至於「贊天地之化育」之效的緣故。

聽了這麼多，也許你還是一點也不想操練「其神凝」，那先讓你們知道後果。《樂育堂語錄》從負面來寫：「神不凝，則散」，神不凝聚精神就會渙散，這樣的經驗我們都有。「散則遊思妄想迭出」，精神渙散就會東想西想，任憑思慮到處遊走。「淫心邪念」，也可能出現壞的念頭。根據《莊子》歷代注家或後代道書裏實際操作「其神凝」的修鍊經驗是「倘有動時」，若是負面情緒動了，或者念頭不太正派，「即為真氣之累」，真氣就會虧損、渙散了。簡言之，就在你選擇修習神凝與否的當下，心神靜定與否影響的絕不只是你的工作效率，更直接決定你體內氣息的充足或潰散。

「神凝」要旨——

觀照自身，無思無慮。

接著談 "How"，要怎麼操作「神凝」？《菜根譚》說：「達人觀物外之物，思身後之身。」傳統文化裏提出「遊外物」的祖師爺正是莊子。《莊子．外物》篇說到「遊外物」，講的就是「塵垢之外」。我們都知道什麼叫「物」，就是我們在滾滾紅塵中追求的東西包括容貌、房產、名位、金錢……等所謂「五子登科」的一切，那些外在的追求。為什麼要「遊外物」？因為你重視心力、心地、心境要超越這一切外在事物才可能做到「其神凝」。如果還患得患失或汲汲營營地想著：那女子，要是我不告白會不會被搶走？這工作，我不去應徵試試會不會吃虧？這iPhone，我不趕快去預訂會不會落伍？當你還執著牽掛於外在世界的一切，怎麼有辦法把自己的念慮止住、靜定自己的心呢？所以要做到神凝的第一步，就是得把心靈的探照燈從向外追求調整成向內，這是第一要務。那麼，我們該怎麼面對「物」？陳治安指出，面對「物」，並不是要與之隔離，只是不要那麼執著。「胸中未嘗有物」、「一物不存」，不掛在心上，不胡思亂想，活在當下就對了。

知道怎麼待「物」後，要「凝神令靜」，讓自己的精神安靜下來。什麼叫做精神安靜下來？就是「無思無慮」，不要有多餘的思慮。你可能覺得這太難了，我剛開始操作的時候也覺得難，懷疑自己真有可能做到沒有念頭嗎？但如果你學神凝像學開車一樣專注認真，就一定能做到。經過一段時間的操練之後，你會慢慢發現，其實要一兩分鐘沒有念慮很容易，當然，更長時間保持沒有念慮的難度較高，要更有定力、更專注才行。並非一開始就要你做到無思無慮，可以從不要執著於外物開始做起，就好像「浮雲之過太虛，毫不留戀，了不介意」，學習放下對外物的執著，不要有讓你心慌、讓你糾葛的執著在意。

神凝之後，怎麼御氣？這時候就可以深刻感受為什麼心神是「君主之官」了。不是別有鍊氣之法，是只要做到「守中」，也就是「其神凝」，就夠了。《孟子》也說：「志壹則動氣，氣壹則動志。」人的心神跟氣彼此密切影響，心一旦能靜定下來，氣就不會因心亂而跟著散亂。「守中」又該怎麼守？透過後世一些身心技術探索者的操作經驗，像《樂育堂語錄》裏就提到：「將眼耳目口鼻一切神光，會萃中宮，不令一絲外入外出。」要把眼耳目口鼻一切感官的注意力集中在身體裏，沒有一絲外洩。正如《莊子．人間世》也叫我們「徇耳目內通」，將眼耳等感官的注意力從外界收回，向內去觀照自己的心。

講完「靜」後講「定」。要如何定？定在哪裏呢？《樂育堂語錄》有一段話：

> 吾再示生一個採煉法程。《易》曰：「寂然不動，感而遂通。」生等于元氣未見時，不妨以神光下照，將此神火去感動水府所陷之金，久久自然水中火發，而真金出鑛矣。此感而彼應，其機有捷於影響者。故古人教後學，於寂然不動中，無可採取，教以神光下炤之法。

後世丹家用《周易》「寂然不動，感而遂通」來說明凝神鍊氣之法。在氣尚未集聚的初步階段，要「徇耳目內通」，將注意力內返觀照，「神光下炤」，注意感知位於眉心的上丹田、胸口膻中穴[2]的中丹田或肚臍之下四指幅的下丹田。在東方論「氣」的範疇中，最重要的

2

膻中：兩個乳頭連線的中點。

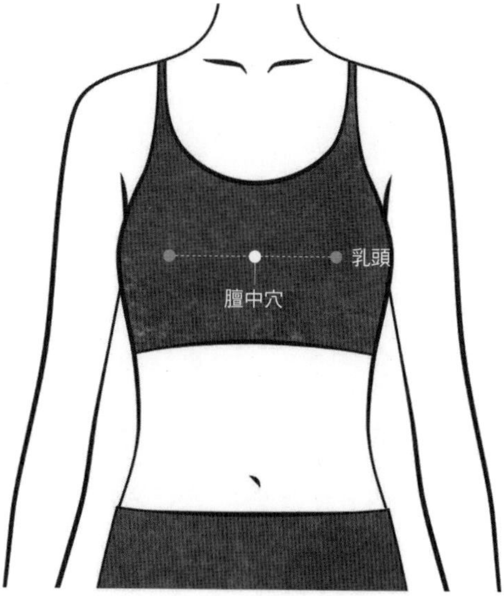

原理是「同聲相應，同氣相求」，當你凝神，把注意力擺在所謂的「氣穴一處」、「歸根復命之竅」，將注意力放在肚臍之下四指幅的下丹田，或者位於眉心的上丹田、位於胸口膻中穴的中丹田。只要「徇耳目內通」，將注意力內返通向那一個竅穴，這就是神凝了。習慣如此，氣機自然因「同聲相應，同氣相求」而感應發動。

這麼簡單的工夫，它很重要嗎？好像很重要。《樂育堂語錄》裏說，這麼多煉丹的瑣事是「一言可盡」、是「一貫之道」、是「真聖心法」——只要做到「其神凝」三個字就夠了，說起來是這麼簡單，可是要時時刻刻都做到又是這麼地困難。

再講仔細一點，《樂育堂語錄》又說：

> 至於靜處煉命，又是何說，靜亦非不動之謂，乃無事而未應酬之謂也。我能於無事之際，無論行住坐臥，總將一個神光下炤於丹田之處，務使神抱住氣，意係住息，神氣戀戀，兩不相離。如此聚而不散，融會一團，悠揚活潑，往來於丹田之中。如此日積月累，自然真氣沖沖，包固一身內外，而河車之路通矣。

生活當中總有閒閒沒事的時候：我不必上課不必教書的時候、散步的時候、等車的時候，或者是一人獨處泡茶、做菜的時候，所謂「靜處煉命」，在沒事、無需跟人應酬時，怎麼樣才算做到「其神凝」呢？就是這八個字：「神抱住氣，意係住息」。如果你跟我一樣做過這樣的操練，會發現當你沒有負面情緒、心裏一片平和，然後將注意力安定在眉心、膻中、丹田的其中一點，這個時候，你心真的靜下來了。你會發現天地之間還有一樣東西存在，就是你的呼吸，此刻你只聽到呼吸的聲音，這時候你的注意力會很自然地好像在觀察你的呼吸一樣。因為你的注意力放在丹田，你的呼吸也就這樣不斷地呼到丹田，然後吸，又再呼到丹田，在無事、未應酬時就這麼做。

以「神凝」御氣——

體內真陽之氣增長，祛除體內陰滯之氣，使身心更加輕靈。

現在我們扣緊神凝的「御氣」效應來講，透過後代一些身心修鍊者的經驗，可以把「神」跟「氣」的關係講得更仔細些。什麼叫「真陽之氣」？當你做到神凝，沒有負面情緒，沒有多餘的念慮，一切安靜下來，唯一活動著的只有呼吸，你觀察著它。容我再強調一次，是觀察而不是控制呼吸，太過注意就會變成控制，若沒辦法稍事注意而不控制、影響，就先不要注意呼吸，只把注意力放在眉心、膻中或下腹丹田的任何一點就好。日久嫻習，你就會理解什麼是「神息相依」，《樂育堂語錄》說：「神依氣而凝，氣戀神而住」，神氣不離、渾然一體，這時候你體內的真陽之氣就會開始逐日累積增長。

為什麼能這樣御氣呢？這是什麼樣的狀態？過去做過「神凝」的修鍊者解釋說：

夫人一身之中，雖是神氣為之運用，要不若兩目之神光，炯炯不昧，惺惺長存。故昔人謂一身皆是陰，惟有目光猶屬陽，須常常收攝，微微下照，則精、氣、神自會合一家。到得丹田氣壯，直上泥丸，遍九宮，注黃庭，自然陰氣消盡，而陽氣常存，猶之太空日照，雲露自消歸無有。（《樂育堂語錄》）

我們全身一身都屬陰，只有兩目之光屬於陽，屬於陽的兩目之光才能在「同聲相應，同氣相求」的原理下感召積累真陽之氣。這樣聽或許你一時難以接受，全身怎麼會都是陰呢？如果你有傳統醫學典籍的閱讀經驗就很容易瞭解。《傷寒論》談六經辨證，所有的疾病從哪兒開始談？太陽中風、傷寒。外面一陣風、寒進入你的體表、你的皮毛，但你的護衛之氣不足，於是它就順著孫絡、絡、經深入體內，客留在你的臟腑，可能就這麼到手太陰肺經、到足太陽膀胱經、到足陽明胃經、足少陽膽經、足厥陰肝經去了。各經絡臟腑的疾病都可能是從外在的風、寒、濕客留皮毛肌表開始的，風、寒、濕到了體內有時候會發炎，或者說產生熱象，風、寒、濕、暑各種客氣就留滯在身體裏，讓你這裏不舒服、那裏氣血不順暢。吃藥的目的之一就是為了把體內多餘的風、寒、濕排掉，風寒之邪還在皮表的就要用汗法排掉，水太多了就要把水利掉。如上所述，傳統醫學說複雜也複雜，說簡單也很簡單。吃藥當然是一種方法，但置身這樣紛亂的、有不少食安問題的時代，許多藥材也有農藥或重金屬殘留的問題。有時候人群聚在密閉的空調空間裏面，光是呼吸都會彼此傳播病毒。在如此容易相互傳染的現代社會中，我們真的需要一些鍛鍊才能抵禦。如果我們操作「其神凝」的工夫，兩個眼睛就像太陽一樣，想像目光注視著你的丹田，就能像「太空日照」一般，日漸把身體多餘的雲霧陰氣祛除消盡。

因此我最喜歡的生活是下課後到醉月湖邊打拳鍊功，如果有一點輕微感冒，那再帶一碗藥，吃藥加上導引鍛鍊才容易讓滯留經絡甚至臟腑的疾病好得快速、好得徹底。一旦你全身再無病氣、客氣，只留下正氣與真陽之氣，冬天當然就不會怕冷；另一方面因為陰血充足、津液充足，夏天也就不會怕熱。它背後的原理其實就是這樣。

「真陽之氣」到底是什麼？我之前在臉書看到中國醫藥大學幾位教授在討論一臺可以拍

出人體經絡狀態的俄羅斯相機，拍到的說是靈魂嗎？真陽之氣會不會是類似靈魂這般超越現象的存在呢？從古書裏頭好像嗅到這樣的訊息。

念有一毫之不止，息不能定。息有一毫之未定，命非有（案：「有」當作「由」）我……近日用功，雖氣息能調，然未歸於虛極靜篤，則玄牝之門，猶不能現象。惟於日夜之際，不論有事無事，處變處常，時時以晨光直注下田，將神氣二者收斂於玄玄一竅之中。始則一呼一吸，猶覺粗壯；久則覺其微細，則少靜矣；又久則覺其若有若無，則更定矣。迨至氣息純返於神，全無氣息之可窺，斯時方為大定大靜，煉丹則有藥可採。（《樂育堂語錄》）

「念有一毫之不止，息不能定。」如前所述，念慮跟氣息的關係是非常密切的，因為念慮能定下來，定在「玄牝之門」，丹田裏你原本感受不到的真陽之氣才能逐日積聚變多，你也才日益感受得到氣的存在。這樣的修鍊會影響你的呼吸粗細，傳統醫學典籍中常見胃腸如果不好，呼吸聲會比平常粗糙一些、大聲一些，鼻孔的味道也會比平常不好聞一些的記載。那相應的，如果我們從事神凝或導引修鍊，呼吸也會因為這樣越來越細，身體臭味越來越稀薄，所謂的「臭皮囊」就逐日轉變成「香皮囊」了。

它不是迷信，透過傳統醫學就能夠理解，發現人真的可以像爬樓梯一樣一級一級走上去，從病人變成沒有病的平人，再從平人變成身心狀態更加輕靈康健的賢、聖、至、真人，是能夠越來越好的。學《莊子》其實比學中醫還容易收效，因為能夠指引讀《莊》者抓住身心健康的大本大原，現在講的「神凝」就是一項非常重要的工夫。它的原理是以神御氣，比方當你「頭目昏暈」的時候就把注意力擺在頭頂正中的泥丸穴[3]，你的氣就跟著往上提了，本來頭部氣血混亂不清明導致頭昏眼花，藉此可以恢復正常的狀態。這就是中國傳統經典描述神跟氣之間的密切關連，神息相依、神氣相依。

講得更明白一點，《樂育堂語錄》提到：

總之得藥結丹，火為要矣。火即神，神即我，修道之主帥也。下閉既凝神下田，上閉即凝神上田。……蓋此時金氣雖升泥丸，要知此氣從至陰濁穢之中煆出，雖名真陽，其實夾雜欲火者多，既上泥丸，無非神火猛烹，追逐之力，為之上騰其中，渣滓尚未能淘汰得淨，煆煉得清，於此不凝神一刻，則陽氣不真，安得收歸爐內而成丹。

3 泥丸：即頭頂正中央的「百會穴」。

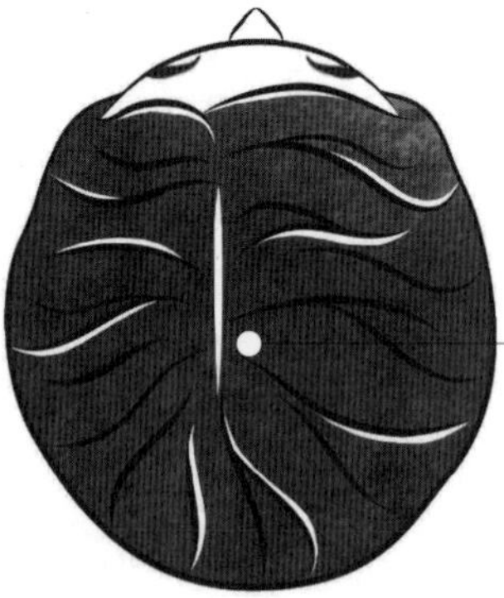

「火即神」，神就很像我們講一個人的心神、靈魂之神。這個火不是火大的、負面情緒的、灼燒身心的凡俗之火，而是真火，是真陽之氣，是一個人的神，也就是「真宰」、「真君」，生命的真正主宰。原來真陽之氣講到最後是在講人的靈魂。今天我把注意力往下，凝神在下丹田；往上，凝神在上丹田，直到你能專一不雜，沒有任何負面情緒、沒有念慮，你體內所有濁穢之氣便會因為真陽之氣的誕生、充盛而慢慢排除，也可能在發一陣汗之後身體就輕靈許多。於是得到這樣的結論：如果不能「凝神一刻」，致力掃除念慮、將注意力置於丹田，你的體內陽氣終究無法逐日逐月逐年轉化為真陽之氣，「則陽氣不真」。

古人為什麼要我們凝神在這幾個地方？我有幾年修行印度瑜伽的經驗，他們所謂人的the third eye、第三隻眼，就位在人的眉心印堂[4]，正是中國傳統修鍊可以凝神的地方之一。這些凝神部位代表的意義是什麼？《樂育堂語錄》這樣解釋：

> 人身還有緊要之處，如山根、玄膺二竅，皆是通精氣往來要道。人能存想山根，則真氣自然上下，復歸黃庭舊處。人能觀炤玄膺，則真津自然攝提而上。爾等每行一次，此二穴不可忽也。古云：「玄膺氣管受精符」，又曰：「玄膺一竅生死岸」，又古云：「山根是人初生命蒂。」吾人開督閉任，通氣往來，即是此竅；苟能存神

於茲，自可長生不老，卻病延年。

「存想山根」，山根[5]在兩眼之間、鼻梁起始凹陷處，鼻子是山，根指最低的地方。注意力放在這個地方，真氣就會自然上下運行。如果把注意力擺在「玄膺」，就是兩個乳頭之間的膻中穴，你的津液就能「攝提而上」，滋養身體上部。總而言之，所有凝神的點都是基於一種經絡的、氣的身體觀，有別於當代解剖學的身體認知，以經絡、穴位為溝通、疏通精氣往來的要道。

有人聽了線上課程就提醒我說，女子好像不能把注意力守在丹田，因為有生理期的關係，煉丹適合將注意力守在膻中。其實每個人的體況都非常特殊、不盡相同。我以前讓學生作凝神作業，讓學生試驗自己將注意力放在印堂、膻中、丹田或者山根，感覺哪一個最安適，內心最容易靜定、念慮最少，之後就凝神在那裏。當我把注意力放在印堂時，最容易在丹田感受到氣，但很多人跟我不一樣，經驗告訴我這是因人而異的，從自身的操作體驗中，每個人都能找到最合適自己的凝神之點。

4 印堂：兩眉中心。

5 山根：兩眼之間、鼻梁起始凹陷處。

如何操作「神凝」而御氣——

注意力時刻內守。

了解神為什麼可以御氣、知道What跟Why之後，我們接著就談How，更具體地闡明怎麼操作、怎麼御氣？《樂育堂語錄》以譬喻說明操持「神凝」的工夫法門：

學者下手之初，必要先將此心放得活活潑潑……外盜天地之元陽，久之神自凝而息自調，只覺丹田一點神息，渾浩流轉，似有如無。我於此守之焐之，有如貓之捕鼠，兔之逢鷹，一心顧諟，不許外遊，自然外感內應，覺天地之元氣，流行於一身內外，而無有休息也。性功到此，命功自易焉。

這段話對我鍊功的影響很大。我們操作神凝的時候通常很快便能感受到「丹田一點神息」，古人說只要七天到一百天。年輕人最容易感受到真陽之氣，因為真陽之氣還很豐沛，但也最難，因為年輕人很難將心定下來，看到美女、帥哥走過，怕不快表示就被搶走了。老人想要鍊成很難，也很容易。因為體衰，真陽之氣較難匯聚。但也因為參透鏡花水月，外在世界的執著少了，很容易就專注在自己的內心。每個人都有各自的艱難與容易之處，不要以為自己是最困難的。

我很多學生在修《莊子》的一年中，做「其神凝」的工夫，做到隨時感覺丹田，丹田就有氣，這種同學每一屆都有幾個。可是怎樣持守才是困難的。剛開始丹田有氣的時候容易非常高興，但不知道它為什麼出現？又為什麼離你而去？感覺一離去你又變回凡夫俗子了。於是古人告訴我們持守的方法。這方法有飼養寵物經驗的人特別容易理解，叫做「貓之捕鼠」。有天，我所有的貓整排都側著頭、對著窗外，不久以後，四、五隻貓同時畫出極為相似的弧線，彷彿搭配舞蹈節奏，動作也太整齊了。我循著牠們注目的方向看，原來有一隻小鳥，貓兒們的目光就非常專注地追著鳥兒跑。就是這樣的感覺，要像貓緊盯著鳥兒、老鼠一樣，有種「絕不放過」的意志力。只有一種情況下貓會放棄，就是小鳥已經超越牠們視線可及之處、飛走了，可丹田就在你肚臍以下四指幅的地方，不會飛走，所以你永遠要將注意力放在那裏，「一心顧諟，不許外遊」，全神貫注於該處，絕不飄忽遊走。我後來用我自己的譬喻告訴學生，想像你的念頭被釘子釘在印堂、膻中或丹田，不許動、無法動。一動，才會有念頭；不動，就無法有念頭。

「守之炤之」，什麼叫「守之」？《莊子．大宗師》中得道的女偊告訴我們：「吾猶守而告之」，「守之」的內容就是女偶所持守的、片刻不離的、體現在她生命中的道。「炤之」則與〈人間世〉談的「徇耳目內通」相通，同樣要將雙耳、雙眼等感官外逐的注意力從外在世界收回，向內專注於傾聽、觀看、感知自身內心。

我們每天可在一個時辰中，將目光、注意力「回光返炤」，收攝觀照於前面提過的任何一個精血往來要道的竅穴：

又聞古人云：「真一之氣，視無形、聽無聲」，如之何而能凝結，以成黍米之珠哉？聖人以法追攝，採取于一時辰內，法即回光返炤，以我去感，彼自相應者是也。（《樂育堂語錄》）

有些特別喜歡《莊子》的同學寒暑假想好好練一練。反正閒來無事，上網、逛網拍、打電動浪費時間，還不如就一天挑一個時辰「回光返炤」，把你的眼神完全投炤在精血往來的其中一個要穴。可一天十二時辰中只一時辰操持夠嗎？《樂育堂語錄》說：學習者可以繼續修鍊，直到臻至「無一時一刻或離」的境界。不是真用眼睛去注視，而是時時刻刻留意著神凝的位置。我每一次心裏跟自己說：最近好像忙了點，鍊功的時間不夠。只要這個念頭一出來，馬上會有另一個聲音教育自己：誰叫妳不時時刻刻「其神凝」？如果能做到，再忙都能隨時鍊功。

很多同學會問怎麼操作？如果還是不知道，有一個辦法能讓你很容易了解：看看你們家有什麼值錢的東西，把媽媽像紅豆大的寶石拿出來，貼在肚臍下四指的地方，去感覺它屬於你、絕不能搞丟，你自然會隨時注意著它。或者說有個重要的東西，像錢包，放在離你兩步遠的地方，你會一直在注意它、注意有沒有人動它，就是這種感覺。它不必在你正眼下，你不必低頭看，不是要你真的用眼睛去注視，可是你時時刻刻留意，「朝夕無閒」。另一種階段更高了，是即便你「有事應酬」，也能做到「神凝」：

到有事應酬，我惟即事應事，因事而施，稱量為予，務令神氣之相交者，仍然無異於其初。斷不使外邊客氣，奪吾身之主氣。其工不過些些微微，以一點神光覺炤之，不使氣離神、神離氣，即止念矣。不然一念起而隨止之，一念滅而隨滅之，起滅無常，將有止之不勝止者。似此之不止，更甚於克制私欲之功多矣。

比如我現在雖然正在上課，卻還是要分些微的精神，「以一點神光覺炤之」，注意著丹田。

在跟外在世界交接的時候，最要注意的就是不讓自己生氣。所以生命中一定要結交幾個熟讀《莊子》的朋友。拿你遇到的人間俗務請教他，他會告訴你：「啊，那件事情啊，倘若你還不能決定，就跟對方說：『你請稍候，我想想再告訴你。』你只要注意一件事，絕對不要動心，絕對不要動怒。」這樣的朋友是非常珍貴的。於是你在應對事物時只是「即事應事，因事而施，稱量為予」，就當下發生的事採取相應的適當措施，不因過度執著而攪擾、操勞心身。「務令神氣之相交者，仍然無異於其初」，務必使神氣在應接外在事物的時候，還能像無事時一樣操持「神凝」工夫，保持神氣交融的狀態，無所損傷、持續長養真陽之氣。如果「有事應酬」的時候也能這樣，就做到《莊子．應帝王》講的「用心若鏡」，應接外在人、事、物時讓心像一面鏡子，只如實映照，沒有偏私、執著，不起波瀾，因而不會損傷自己的心身。如果有一面鏡子，外人立在鏡前照它，鏡面居然會起波瀾，那是妖鏡了吧？所以我們說「用心若鏡」，不因外界攪擾動心。

不管有事、無事，不論「行為動作語默」，隨時都要「此心了炤」、「一念收攝」、「神能收斂」、「一心不二」。聽起來好像很困難，可是理論卻非常地簡單。為能更具體說明在日常生活中如何操作，以下節錄《樂育堂語錄》中有助操作的段落，讓大家更容易明白：

總之，始而稍稍垂頭以顧諟，繼而微微申腰以緝熙，終而至於天機活潑，氣節崚峋，即是長生之訣也。吾見生形氣衰頹，精神疲憊，教之如後生小子，實實了炤於丹田一寸之間，則恐用力太勞，反為不妥。故示以活潑之觀法，無論隨時隨地，俱可做得。然而坐有坐法，睡有睡法。坐法吾且不說，至於睡法：未睡身，先睡心，舉凡一切事為，已就床榻，思之何益？而且枉勞其心，惟有收攝神光，以頭微微曲照入於一竅之中，自然神與氣交而熟睡，火與水濟而安閒。至於行也，須將神光照在兩三步遠，有如清風拂拂，緩步而行，不使累身可矣。若住立於何處，須知卓立不搖，如松柏之挺持，不拘束，不放曠，斯住之法得矣。

你隨時有個注意力放在丹田。講得更具體一點，睡覺之前要「未睡身，先睡心」，讓心靈先入睡，什麼也不想，當然也沒有負面情緒。心靈都睡了，還能胡思亂想嗎？躺下去之後，「舉凡一切事為，已就床榻，思之何益？而且枉勞其心」，不再想、不再牽掛思索日間的事務而勞累耗損心力，使心安靜寧定。這時只要收攝你的神光，把注意力微微照在「一竅之中」——丹田，神、氣自然而然和諧交融，就此入睡了。在座有同學第二年聽我的《莊子》課，聽說他去年照這樣做，入睡後都睡得特好。今天初次聽到的同學，今晚開始就可以依此方式好好入睡了。

那平時走路的時候要如何凝神呢？你可能會懷疑，走路的時候注意力放丹田，難道不怕被車撞嗎？事實上，走路的時候眼神應放在「兩三步遠」，面前兩三步外的地方，悠徐舒緩地行走，這樣一方面能觀照路況、同時又非常容易就可以把注意力放在丹田。今天要來上的是《莊子》，前來上課的路上怎能不把注意力放在丹田呢？待會上課心不夠靜怎麼辦？

站的時候，就像〈養生主〉說的「緣督以為經」，把與生俱來的「身體中心線」、沿著脊椎上行的「督脈」垂直於地面，以此作為日常行、住、坐、臥的準繩，隨時保持這條線的筆直，不駝背、不彎腰、不側傾。這句話講得象徵一點、譬喻一點，就是站得像松柏般地挺直。「不拘束」，不緊張；「不放曠」，也不鬆散、駝背。這就是人站立時最重要的原則。難怪有人說，就算都學《莊子》，但學成每個人都不一樣。因為《莊子》是心法，我們還是有不同的睡姿、不同的穿著。但我們都知道怎麼樣讓心靈最平和，心神最安靜、最寧定。

◆
◆
◆

我們在〈人間世〉中會談到「一志」，讓自己的心志專一，這邊非常簡單地把我從《莊子集成初編》、《續編》整理出來的「一志」注解簡略帶過，因為跟「神凝」的意思完全一樣。

什麼是「一志」？為什麼要「一志」？——

當心神內守沒有雜念、思慮虛空澄澈，自身真氣便得以擴充。

「一志」，晉代郭象說是「去異端而任獨」，不要再想東想西，心神要專一。部分注家則解釋為無二心、無雜念，思慮非常地澄澈。「志者，心之所之也」、「一志，純一不雜」，這不跟「神凝」完全一樣嗎？宋代呂惠卿、清代吳峻則指出「一志」就是應盡量做到「無思無為」，無思慮。部分注家則以「用志不紛」、「一其心之所之」解釋「一志」，心志凝聚專一，這不就是「其神凝」嗎？由此可見歷代對《莊子》的詮釋如果正確，一定可以貫穿內七篇的各個段落，而且彼此之間是通透、通達，能相互支援詮釋的。

為什麼古人說要「一志」？歷代注家的解釋跟「神凝」的理由很像。民國曹受坤說：「故欲養氣，必先一其心之所之」，為了養氣所以要先一志。明代陳詳道說：「一志所以全氣」，一志是為了養氣、全氣。又說：「一志所以合氣」，透過「一志」的工夫，就能與外在清陽之氣合而為一，使自身真氣得以擴充。

透過歷代注家的詮釋，我們發現「神凝」跟「一志」的效果完全一樣。相反的，如果不能做到「一志」，就會擾亂自身之氣的和諧狀態。清代注家王夫之指出：

心齋之要無他，虛而已矣。氣者，生氣也，即皞天之和氣也。參之以心知，而氣為心使，心入氣以凝其和，于是乎不虛。然心本無知也，故嬰兒無知，而不可謂無心。心含氣以善吾生，而不與天下相搆，則長葆其天光，而至虛者至一也。

如果沒有「一志」，反而「參之以心知」，很多念慮縈繞的話，就會「心入氣以凝其和」，一旦有念慮、有想法，心不再虛空澄澈，而像是塞滿蓬草、雜草般堵塞不通，你的氣就跟著亂了。其實這是一樣的描述，只是從正反兩端論述，角度不同而已。

如何操作「一志」——

注意力時刻凝聚在精氣往來的要穴。

古人教我們怎麼操作「若一志」的「一志」？其實也跟「神凝」完全一樣。《樂育堂語錄》說「意若寒灰」，使心就像已經冷卻的灰燼般不再起火燃燒，不再放任念慮追逐外在的事物。此外：

然欲採外來靈氣，務先空其心，絕無翳障，而後天地元氣得以入之。

要「採外來靈氣」，一定要「先空其心」，先做到「心齋」、「心如死灰」，當心靈能臻於無負面情緒、無念慮的虛空心境，才能使天地之間的「靈氣」、「元氣」不受阻礙地匯聚於自身。唯有做到「心中無物」、「一心無二」，沒有念慮了，同時「返觀內炤」，隨時將注意力凝聚在精氣往來的要穴，才能慢慢體會到你天生本有的「真陽之氣」。真陽之氣逐漸累積，最後能「旁礴萬物以為一」，達到神人所體現的最高境界。

《樂育堂語錄》用人體的動作生動描繪「一志」的操作：

天根何以躡，以意躡之也。一意注於天根，如足踏實地，卓然自立，是以謂之躡。躡乎此，乃識人之為人，其根在是。月窟何以探，以心探之也。一心照乎月窟，如手摩囊物，顯然可指，是以謂之探。

「躡」就是踩踏，是放輕腳步行走。想像你的念頭，踮著腳尖輕輕地站立在印堂、山根、泥丸、膻中或丹田任一竅穴上，注意保持念頭就這麼輕輕地站著，或念頭像手輕輕地觸摸著。讓我們來試試看，請大家先坐直，「緣督以為經」。將眼睛閉起來，把念頭放在印堂，或放在山根也可以。你感覺到你的念頭踮著腳尖輕輕地站著，然後再把你的注意力放在頭頂泥丸，再把注意力放在肚臍以下四指幅的丹田位置，讓念頭就這樣輕輕地站在一個地方，這便是神凝的功法。由於氣與意念是無形的存在，所以在講操作的時候往往需要透過非常多具體的意象去描摹，才容易使人理解。

《樂育堂語錄》並指出：

煉心二字，是千真萬勝，總總一個法門……古人用功，必先牢拴意馬，緊鎖心猿……只須一念把持，自可造於渾渾淪淪、無思無慮之天。縱有時念起心動，亦是物感而動，非無故自動。如此動心，心無其心，雖日應萬端，亦真心也；否則，心有其心，雖靜坐寂炤，亦妄心也。

「古人用功，必先牢拴意馬，緊鎖心猿」，不論你在做什麼，任何時刻都要注意做到「神凝」，不放任心神外逐。你甚至可以在做任何運動時「其神凝」。多年前我班上很認真操作「其神凝」的一個男孩在參加營隊時看到一個女孩，事後問我：「老師啊，某某某是不是妳的學生？」我說：「是啊。她真是可愛，你也喜歡她是嗎？」「喔，不是啦，我只是注意到，全場的人都駝腰駝背，只有我跟她兩個從頭到尾『緣督以為經』，一看就覺得是老師的學生。」由此可知，練習神凝的同時是不會影響到你從事任何活動的。

當你整天都在注意「其神凝」的時候就會發現，有時候真的忍不住會想到什麼事情，注意力就跑掉了。這時就提醒自己：「牢拴意馬，緊鎖心猿」。我們都視「心猿意馬」為一負面表述的詞彙，殊不知只要你心不在「焉」（印堂），心不在「焉」（膻中），心不在「焉」（丹田），就可說是心猿意馬了，所以要把心收回來。「只須一念把持，自可造於渾渾淪淪」，只要能維持心念專一不搖，不久你的丹田可能就感受真陽之氣、邁向通往渾沌造境之路了。

剛剛講到的男同學是乒乓球校隊。有一次出去比賽，正好那是屬於「六氣之辯」的一天，風浪很大。球打到一半他眼鏡掉了，鏡片還掉出鏡框，不難想像那是什麼窘境。上半場他因這意外一路潰敗。休息的空檔，他把眼鏡片裝好，眼鏡戴上的那一剎那他想：「反正今天這場比賽看來已經毀了，不如來練習神凝吧。」後來他整個下半場只在注意其神凝，最後逆轉勝，這是一個真實的故事。

這其實也沒什麼，一點都不迷信，因為當一個人心靈最平和、澄澈的時候，腦子當然也最清楚、反應最敏捷。我們活在滾滾紅塵中的一天，當然還是會有心動、多念頭的時候，有時「念起心動」、「物感而動」，是因為外在世界有事，所以你要去處理、去應接。可是「非無故自動」，並不是要你外面沒事卻自己惹事，讓自己心情不好、覺得很衰或歎時局不好、生不逢時。我們心靈的最終追求是「空洞如故」，如此的心靈才能做到「靈覺如常」，用常常虛空的心靈來「養其神明」，擴充精神境界。

◆◆◆

當我們用以上不管是後代的丹道修鍊者、身心技術操作者，或者《莊子集成初編》、

《續編》，乃至於道藏文獻，來探究莊子教我們的「神凝」到底是什麼的時候，我們會不會犯了一個以今證古、曲解原意的錯誤呢？身為學者，一定要有不斷內省的自覺。

從古道教、莊子到後世丹道修煉——

還原莊子可能的修鍊原貌。

在學術圈裏有兩位前賢，一位是聞一多先生，他說過：「我常疑心這哲學或玄學的道家想必有一個前身。」這個前身「很可能是某種富有神秘思想的原始宗教。」聞一多先生稱這樣一個古代宗教為「古道教」，他的研究告訴我們「哲學中的先秦道家，就是這樣從古道教分泌出來的一種質素。」其實莊子並無意讓他的學說變成宗教，因為他不談生前死後的世界，不講天堂，不談地獄，莊子只告訴我們活在返本全真的當下。如果莊子之前有一個古道教，那可能莊子只留下身為一個人能應用在一生當中，有益心靈、身體、人生的心靈技術跟身體技術，讓我們不管是面對任何時代的風浪或是混亂，都能操持一己心身。

這樣的說法為我的老師張亨先生所繼承，他認為聞一多先生所謂的古道教，應該相近於當代學者講的「薩滿教」（shamanism）。在古代似乎有一種能溝通天、地、人的角色存在於世。按照聞一多先生或張亨老師的說法，在莊子出現之前，中國就已經有古道教的存在。

我們不能重起莊子於地下，只能透過閱讀經典來了解莊子。如果我們接受古道教下啟莊子，乃至於後代的丹道修煉及注疏家的觀點。我們相信可能有一種一脈相傳的身心技術，透過口授心傳，從莊子之前、莊子、莊子之後、丹道、歷代注家，就這樣綿延不絕地流傳下來。如果這個說法可以成立的話，那我們今天用這些後代的修鍊去探究《莊子》這部書中生手怎麼經由學習、實踐變成專家？這些操練的方法從何而來？說不定不是牽強附會，而是經由這一脈相承的具身認知，去拼湊還原當年莊子修鍊的原貌。

為什麼「其神凝」很重要？清代注家王夫之在解《莊》的時候，就點出儒道之辨所在：

> 物之災祥，穀之豐凶，非人之所能為也，天也。胼胝黧黑，疲役其身，以天下為事，於是乎有所利必有受其疵者矣；有所貸，必有受其饑者矣。井田之流為耕戰，〈月令〉之濫為刑名，張小而大之，以己所見之天德王道，彊愚賤而使遵。過大而小之，以萬物不一之情，徇一意以為法。於是激物之不平而違天之則，致天下之怒如烈火，而導天下以狂馳如洪流。既以傷人，還以自傷夫。

王夫之把「神人之遊」和「堯舜治迹」對勘，他提到有一種學說、一個家派，總是「疲役其身，以天下為事」，我們已經讀完〈逍遙遊〉跟〈齊物論〉了，看到這幾句就大概知道所指的，就是儒家。

《孟子》說：「生，亦我所欲也；義，亦我所欲也。二者不可得兼，舍生而取義者也。」儒家追求修身、齊家、治國、平天下，很想有所利於天下。可事實上大家都得利了嗎？大家都心平氣和、安居樂業了嗎？可能有人「受其疵」，可能有人「受其饑」，原因何在？王夫之說：「張小而大之，以己所見之天德王道，彊愚賤而使遵。」他認為儒家以一己之意為法度，要所有人照著一個標準做，用強行規範來約束千差萬別的百姓眾生、萬事萬物。於是「激物之不平而違天之則」，違逆了天生自然的人情事理，而激起人、事、物的逆反悖亂，最後導致傷人自傷的惡果。例如井田制的流於耕戰，〈月令〉的濫為刑名。如同牟宗三先生提到的「周文疲弊」現象，西周制定的禮樂制度，原初的精神時至東周泰半多已僵化、喪失。先秦時代的儒家同樣留下非常多的時代課題。

那誰來幫我們解決？王夫之接著說：

豈知神人之遊四海，任自然以逍遙乎！神人之神凝而已爾！凝則遊乎至小而大存焉，遊乎至大而小不遺焉。物之小大，各如其分，則己固無事，而人我兩無所傷。

說莊子提出的「神人之遊」只有一個最重要的工夫——「其神凝」。這個工夫有什麼好處？「凝則遊乎至小而大存焉，遊乎至大而小不遺焉。」我們看《莊》學的典範人物操作「其神凝」，或者各位在操作「其神凝」的時候，會覺得這好像只是一個治內之學吧？但這看似治內之學最終卻好像能獲致得治天下的效果，不管是〈逍遙遊〉的「其神凝，使物不疵癘而年穀熟」、「之人也，將旁礴萬物以為一」，還是〈齊物論〉的「旁日月，挾宇宙」，生命足以充塞天地、倚傍日月，把整個宇宙納入懷抱，東坡因此說「是身如虛空，萬物皆我儲」，這將來講到〈德充符〉、〈應帝王〉各位就會更明白了。實踐這樣的工夫，不會離棄、犧牲任何一物天生自然的性情分位，重視每一個個體間的差異，因此能讓人我皆免於傷害。並贈予每一個不同的個體一個共同的心法、身法，讓每個人都可以在完全不同的生活、不同的人生旅途中去操作、實踐它。

王夫之最後明白地告訴我們：「視堯舜之治迹，一堯舜之塵垢粃糠也。非堯舜之神所存也，所存者，神之凝而已矣。」莊子之所以會譬喻儒家所崇敬的典範人物堯、舜只不過是姑射神人身上拍下來的塵垢、碎屑，是因為堯舜還不能把「其神凝」的「神」，當成生命中最重要的工夫鵠的。「心神」、「精神」似乎很難範限在西方生理學講的生理現象裏，中國古代則把它歸在靈魂一類。透過這樣一段論述，你就知道「其神凝」，安定我們的心神、「真宰」、「真君」，對我們的心身生命有多麼重要。

所以儒、道之間最重要的工夫差別就在「其神凝」這三個字。這也是為什麼我們上完〈逍遙遊〉、南郭子綦，就要進入「其神凝」專題。只有做到「其神凝」，才能「形如槁木」、才能「心如死灰」。這些工夫的每一個面向都共同構成一個有機的整體，只要一一去鍛鍊自己，就可以在生活中感受到身體真的越來越輕靈、越來越「形如槁木」；心靈負面情緒越來越少、越來越「心如死灰」。

這是我們閱讀《莊子》時不能忽略的一個面向，許多在莊子以後出生的人，無論是寫下〈形影神〉的陶淵明也好，李白也好、白居易也好、蘇東坡也好，他們在閱讀《莊子》這部經典的時候，都與自己的生命不斷對話、切磋、內化，甚至與之合一交融。我們今天學《莊子》，也可以選擇具備古人這樣的精神。方法其實很簡單，沒有人聽了還不會，一聽就會。可是要時時刻刻徹底做到，非常困難。很簡單，又很困難。也因此很具挑戰性。說不準在這教神凝的我與聽神凝的你，兩相比較，誰可以在一天中操練更長的時間、實踐得更好。我們能在生活中實踐它，這是這個思想最珍貴的地方。

美好生活 007

莊子，從心開始

Zhuangzi

作　　者／蔡璧名
責任編輯／張釋云
美術設計／楊啟巽工作室
發 行 人／殷允芃
出版一部總編輯／吳韻儀
出 版 者／天下雜誌股份有限公司
地　　址／台北市 104 南京東路二段 139 號 11 樓
讀者服務／（02）2662-0332　傳真／(02）2662-6048
天下雜誌GROUP網址／ http://www.cw.com.tw
劃撥帳號／01895001天下雜誌股份有限公司
法律顧問／台英國際商務法律事務所・羅明通律師
總 經 銷／大和圖書有限公司　電話／（02）8990-2588
出版日期／2016 年 10 月 7 日第一版第一次印行
　　　　　2019 年 10 月 4 日第一版第九次印行
定　　價／480 元

書號：BCCN0007P
ISBN：978-986-398-182-4（平裝）
天下網路書店 http://www.cwbook.com.tw
天下雜誌出版部落格－我讀網 http://books.cw.com.tw
天下讀者俱樂部 Facebook　http://www.facebook.com/cwbookclub
本書如有缺頁、破損、裝訂錯誤，請寄回本公司調換

莊子，從心開始 / 蔡璧名著. -- 第一版. -- 臺北市 : 天下雜誌, 2016.10　面；　公分. --
(美好生活 ; 7)
ISBN 978-986-398-182-4(平裝)
1.莊子　2.研究考訂　121.337　105013140

Zhuangzi

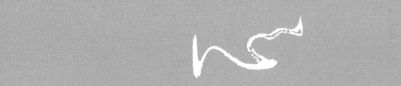

天下雜誌
觀念領先